靈活的語言

——王希杰語言隨筆集

仇小屏　鐘玖英　主編

陳　序

　　王希傑(杰)教授，是享譽海峽兩岸的語言學家、修辭學家。和他認識，緣結自我的學生仇小屏的一篇論文。那是一九九九年的五月六、七兩日，當時中國修辭學會與台灣師大國文系在師大綜合大樓合辦「第一屆中國修辭學學術研討會」，與會的大陸知名學者，除王希傑(杰)教授外，尚有王德春、宗廷虎、譚汝為、王明仁、吳禮權、郭丹、彭嘉強、訾杰等多位教授，而台灣參加盛會的，更是濟濟多士，這在台灣學術界來說，是難得一見的。

　　我的學生仇小屏，在會中所發表的論文為〈平提側注法的理論與應用〉，她將「平側」章法之理論基礎與其應用時之多種結構類型，作新角度的詮釋，引起座中王教授的注意而發言稱讚，以為在學術上是「夠水平」之作。以一個研究生而受到這種鼓勵，內心的感激，是可想而知的。也就由此種下了「緣」，牽合了我和王教授的認識與進一步的學術交流。

　　對於「章法」，有許多人以為乃出自「人為」，而王教授卻直接指出它是「客觀的存在」，又說「章法學作為一門學問，不是有關部門章法的個別知識，而是章法知識的總和，是一種概念的系統。章法學是一門實用性很強的學問，也有極高的學術價值。它同文章學、修辭學、語用學、文藝學、美學、邏輯學等都具有密切關係。章法學已經初步形成了一門科學。陳滿

銘教授初步建立了科學的章法學體系」；並且認為「如果說唐
鉞、王易、陳望道等人轉變了中國修辭學，建立了學科的中國
現代修辭學，我們也可以說，陳滿銘及其弟子轉變了中國章法
學的研究大方向，建立了科學的章法學，把漢語章法學的研究
轉向科學的道路」。（見〈章法學門外閒談〉，《國文天地》18
卷 5 期，頁 92～95）這種肯定，在週遭一片「章法無用」、
「章法僵化」、「章法支離破碎」、「章法庸人自擾」聲中，是
彌足珍貴的。

如此與王教授有了學術上的交流後，對王教授所展現的學
術高度、學術道德、學術襟懷，更為敬佩不已。王教授的學術
事業，一直有「雙翼齊飛」之譽，這顯示王教授不僅深耕學術
園圃，撰寫了一本又一本極富創見的學術論著，如《修辭學通
論》、《修辭學導論》、《王希杰修辭學論文集》等，就是其中
較為眾人所耳熟能詳的；尤其是《修辭學通論》，更被修辭學
界譽為經典之作。並且他又擅用生動淺白的文字，將深奧的學
術研究成果，寫成一篇又一篇深入淺出、引人入勝的小品；這
些小品已有多篇，先後在《國文天地》發表過，廣獲好評。而
本書就是王教授近幾年學術小品精華的總集結。

本書分為五編，共收六十一篇文章，涵蓋了詞彙、語法、
修辭、語言的應用、語言的原理等內容。其中所用的語料，來
源十分廣泛，既取材自古典文、史，也及於現代的文學作品與
報刊雜誌；甚至日常生活中的零言碎語，皆可為王教授所用；
而且因為王教授的學術水平高，所以著眼點就自然高，因此不
僅可以從這些龐雜的語料中抽繹出有趣、有益的論點，而且更
可以在其中體現王教授「一以貫之」的辯證思維，亦即王教授
善於從比較中「求異」，可是更重要的，是在「求異」的基礎

上，更進一步地「求同」，因此使王教授的研究往上提升至原理原則的探討，也因而使得他所寫的語言故事，往往在趣味盎然中含有哲理。凡此，均足見王教授對語言的重新詮釋，不僅令人耳目一新，而且是發人深省的。

　　如今，他的這本隨筆集《靈活的語言》，即將在台灣由萬卷樓圖書公司出版，與廣大讀者見面，這可說是學術界的一件大事。身為一個與王教授神交已久的學術界朋友，而且又忝兼萬卷樓圖書公司之名譽董事長，因此在這出版之前夕，特綴數語，聊以表達衷心的感謝與慶賀之意，也期待著王教授有更多的研究成果，能陸續地和台灣的讀者見面。

陳滿銘

序於台灣師大國文系 835 研究室

2004 年 1 月 16 日

王 序

　　語言就在你我他的身邊，語言時時刻刻伴隨著你我他，我們都生活在語言的海洋中。我們生活在物理世界中，也生活在文化的世界中，也生活在心理世界中，同時也生活在語言的世界中。語言的世界是一個神秘的世界。

　　語言是世界上最簡單的東西，也是最複雜的東西。

　　語言是人世間最枯燥的東西，也是最有趣味的東西。

　　語言是宇宙間最平凡的東西，也是最神奇的東西。

　　語言世界中沒有例外，一切都那麼的符合規律規則，但是卻又處處是那麼的荒謬，甚至是幾乎是全無道理可言的！於是，語言教師的口頭禪是：語言是千百萬人的習慣，跟我說就是了！

　　語言是人類所擁有的一切中最珍貴的東西——「一言九鼎」、「一言以興邦」、「贈人以物不如贈人以言」……；但也是世界上最不值錢、其實是一文不值的東西——空話、廢話、謊話比狗屎更狗屎！語言還是一把殺人的刀子。

　　語言是人類的標誌，是人類同動物的區別之所在。

　　語言是人類的精神家園。

　　語言是社會生活的鏡子。

　　語言是個人靈魂的標誌。

　　語言是認識遠古時代的化石。

語言是人類最重要的思維工具和交際工具。

語言是一種社會制度，一種社會行為，一種生活的方式。

我們運用語言，可我們卻並不真正地知道語言是什麼：它是怎樣產生的？如何演變發展的？我們天天說的最最平常的詞語，其實我們並不真正地瞭解它！

我們真正地有效地運用語言了嗎？我們的話語真的準確地表達了我們自己的思想和感情了嗎？我們真的聽懂了人家的話語了嗎？

做教師的，你真的明白了你的學生的話語的真正的含義了麼？

做父母的，你真的聽懂了十三四歲的子女的話語的真正的含義了嗎？

語文教師對古代作品的分析真的符合作家的原意麼？

戀愛中的男女，真的聽懂了對方的話語的真正的含義了嗎？——那梁山伯就因為不懂祝英台的雙關語而導致了這一悲劇的！小報晚報上經常有許多因為言語而引起的衝突、矛盾和人間悲喜劇！

語言的世界到處都是陷阱！

我們是語言的創造者、主人，還是語言的奴隸？！我們創造了詞語，我們又拜倒在詞語的腳下，甘心做它的奴隸。我們創造了語言，同時又受制於語言。

「人嘴兩塊皮……」——「有明說要做，其實不做的，有明說不做，其實要做的，有明說做這樣，其實做那樣的，有其實自己要這麼做，倒說別人要這麼做的，有一聲不響，而其實倒做了的。然而也有說這樣，竟這樣的。難就難在這地方。」（魯迅《推背圖》）

　　「鑼鼓聽聲，聽話聽音。」體察他人的言語的真正含義，這是智慧。

　　「認識你自己！」明白自己的話語，對自己的話語負責，這是做人的真蒂。

　　語言的知識，值得我們認真思索。

　　語言的智慧，需要我們用心起體察。

　　年過花甲的我，深深感到越來越不理解語言了。但是我也認為，我過去對語言所說的話，也還有幾分道理，能夠給讀者一些好處的。如果我的文章能夠引發讀者對語言的更深一層思索，那麼我就非常的滿足了。

　　最後，感謝仇小屏博士和鐘玖英副教授主編了這本小書，感謝文章學大家陳滿銘教授為我的小書寫了序言。

　　唐代詩人劉禹錫說：「常恨言語淺，不如人意深。」（《環刀歌》）我寫過許多書和文章，寫一短序，似乎是很容易的事情。但是，我最後只是感到：這序言也沒有說明白什麼！

王希杰

2004 年 1 月 14 日　于南京大學

目　錄

壹 千變萬化的辭彙

一、迷你、迷你、迷你……

（一）「迷你」風

「迷你」在近十年的漢語中是時髦之極，風行一時，什麼——迷你裙，迷你電腦，迷你電腦、迷你店、迷你巴士、迷你小說、迷你電池、迷你衫、迷你自行車、迷你手錶、迷你雞……。

「迷你」之風來勢頗為兇猛，但目前似乎已經平靜，大概還不至於席捲天下，包舉宇內的吧？我想。當然囉，也決不會突然停止或衰亡的，「樹欲靜而風不止」嘛！

（二）「迷你」根

「迷你」之根不在中華，本是洋貨，舶來品。它的根生在英倫之島，洋文字母寫做：mini。它的本意是：同類中最小的一個！

當然，這「同類中最小的一個」只是說話人的觀點，並不一定是聽話人的觀點，也不一定就是客觀的事實。

而且，是以大為美、為好、為妙，還是以小為美、為好、為妙，那又是另一個問題了。

在英語的世界中，「mini」只是一個中性的沒有感情色彩的玩意呀！

（三）「迷你」是音譯兼意譯嗎？

有人說，「迷你」是音譯兼意譯詞。

對此說，我不敢苟同。

音譯兼意譯詞者，它既有譯音的部分，又有譯義的部分，如：

卡車—— car　啤酒—— beer　夾克衫—— jacket

其中的「卡、啤、夾克」是譯音，「車、酒、衫」，則是譯意。

至於可愛的使人著迷的「迷你」呢？「迷你」（mini）只是譯音，當然被漢人改造了一番，如加上了聲調。而原義的「同類中最小的一個」這一資訊並沒有在「迷你」二字上有一絲一毫的體現呀！

（四）「迷你」已經變質了

漢語中的「迷你」可不同於英語中的「mini」。

只有少數懂英語的人才知道「迷你」的真實身分——「同類中最小的」。對大多數人來說，「迷你者」——可愛、有魅力、使你喜歡、使你迷戀也！

可是「同類中最小的」卻不等於「袖珍、微型」。

大象中最小的一個卻並不是可以放在哪一位的袖子中的呀！但是英語的 mini 在許多情況下，譯成為「袖珍、微型」是比較恰當的。

由於人們忘卻了 mini 的英語根，於是乎我們甚至在報刊

上發現如下之說法：

迷你微型電腦

可笑嗎？

可笑也。架床疊屋者也！

然而也並不可笑。在語言的世界中這也是古今中外常有的事。君不見──卡車、啤酒、夾克衫嗎？「車、酒、衫」豈不都是多餘的嗎？然而你、我、他也並不覺得有什麼可笑嘛！

（五） 漢字的把戲

「迷你」作為一個新的語素進入現代漢語，之所以如此走俏、走紅，這是漢字的把戲：

迷：使迷惑，使陶醉。使你看不清。

你： you ！交際對象，迎面而來的人。

迷者，「迷魂湯」、「迷魂陣」之「迷」也！

英語的「mini」的前一個音節恰巧同漢字「迷」音近──英語無聲調，漢字「迷」卻是有聲調的呀──，於是這一場好戲便出台了。

（六） 從「迷你裙」開始

在漢語的「迷你」家族中，老大姐應當是「迷你裙」。這「迷你裙」又誕生於性感崇拜的香港花花世界裡。

「迷你裙」，本是超短裙，本身並無使你迷戀之意。但是，

青春少女，豆蔻年華，身著超短裙，稍露大腿，就叫人迷戀了
——當然，這「人」只指男性了。這「迷你裙」的意思是：
「身穿這超短的裙子的少女將使你們男性迷戀！」如此這般說
來，「迷你裙」的譯名不能說毫無根據的，也的確顯示了翻譯
者的聰明才智，還是值得佩服的，一定是個才子，或者才女
了。

（七）「迷你」禍

「迷你」的出現，給漢語辭彙系統帶來了災禍，打亂了相
對穩定的平衡狀態。

「迷你」熱，越來越升溫，這有我們的社會原因，中國更
開放了，不再談性色變了。於是才各行各業都要「迷你」。

「迷者」，使迷惑，使陶醉，使看不清也。要想利用別人，
欺騙別人、坑害別人，首先第一步便是叫對方看不清，迷惑，
陶醉！這便是「迷你」風越刮越盛的社會根源。

但我這裡關心的「迷你」禍，指的是它同「袖珍、微型」
等語素爭名奪利，造成了詞語的混亂：

> 超短裙＝迷你裙
> 微型電腦＝袖珍電腦＝迷你電腦
> 微型汽車＝迷你汽車
> 微型小說＝一分鐘小說＝迷你小說

然而，我不恨「迷你」，因為只有它造成混亂，才要語言
學家來研究語言規範化，如果一切語言問題都解決了，還要國
家語言文字工作委員會幹什麼呀！

（八）別螳臂擋車

懂一點英語、有文化教養的人，對許多人誤解「迷你」憤憤不平。有人還在報上公開指責這一誤解。真是好心人一個，用心良苦也。

可我以為，這是螳臂當車也。

別忘了，漢語的「迷你」決不是英語的「mini」！

我們可以用問卷法進行社會調查：

請選擇正確的答案。

您對「迷你」的理解是——

A 同類中最小的一個。

B 微型、袖珍。

C 使你迷戀，陶醉。

D 同類中最小的，也就是微型的，袖珍的，並且使你迷戀，陶醉的。

同時，每隔五年再調查一次吧，調查結果將是怎樣的呢？在調查之前是不該多說的。

「迷你」正在發展，已經使語言學家們迷惑不解了，那麼，跟蹤它，研究它！

二、量詞的魅力

（一）逗笑的量詞

孫洪彬的相聲《態度問題》中有這麼一段：

> 甲：（打量）您是幹什麼的？
>
> 乙：說相聲呵！
>
> 甲：論個、論台、論把、論片、論匹、論雙、論副、論
> 塊、論磅、論加侖？……
>
> 乙：沒完了。告訴您吧！

是的，相聲論段。如果說什麼「一加侖相聲」，這會叫人家笑掉大牙的。不過，如果有兩個小夥子在逗趣，說什麼：「二百五十加侖相聲」，您又只好承認，妙得很呢！

所以相聲家們——現在，叫他們為笑星，才說：

> 甲：你讀過多少本書呀？
>
> 乙：前前後後，我念了有……三噸半吧。（相聲《水兵
> 破迷信》）

「三噸半書」，當然好笑了。

「知道阿瓦朵麼——有學問的能力，喂，薩卡，你有幾
鬥學問？」（芳方學《巴雅山之夢》）

「學問」論「鬥」，「幾鬥學問」這可不是正經話了。

量詞的運用是一種習慣，有時候也說不出什麼道理來的。
如果您聽到這樣的說法：

一隻人	客家方言
一塊人	川北方言
一匹山	成都方言
一根豬	成都方言
走一擺	潮州方言
走一幣	梅縣方言
三條月	桂林方言
一粒球	福州方言

也許會以為自己的耳朵出了點毛病吧？可是這些方言區的人千
真萬確是這麼說的，而且，在他們看來，天經地義，合情合
理。

如果您看到這樣一些古代詩文：

一百零八條好漢。（《水滸傳》）
一壺酒，一竿身，快活如儂有幾人？（李煜《漁父》詞）
羞的那廝一柄臉通紅似絳雲。（《勘頭巾》雜劇）
如一頂人，恁地不仔細，固是不成道理。（《朱子語類
輯略》卷七）

您也許以為自己的眼睛出了點什麼毛病吧？其實那時候的人的的確是這樣用的，大驚小怪是大可不必的。

因此量詞運用必須注意到規範化，時間和空間的規範，即時代和地域的規範。

（二） 量詞的藝術化

量詞的選用，又是一種藝術，如詩人郭小川在《青松歌》中寫道：

> 而青松啊，
> 決不與野草閒花為伍！
> 一派正氣，
> 一副潔骨，
> 一片忠貞，
> 一身英武。

正氣、潔骨、忠貞、英武，都是抽象的概念，看不透徹，摸不踏實。這裡加上四個量詞：「派、副、片、身」，便賦予了它們某種具體形象，美好的詩的形象，別有一番情趣。

如果我們發個呆勾去這四個量詞：

> 而青松呵，
> 決不與野草閒花為伍！
> 正氣，
> 潔骨，
> 忠貞，

英武。

便沒有了詩味兒了，而且也似乎不成句了。原來，「數詞＋量詞＋名詞」具有一定的述謂功能，而光桿名詞則缺少述謂功能。

我們不妨也換四個量詞看一看：

　　而青松呵，
　　決不與野草閒花為伍！
　　一撮正氣，
　　一把潔骨，
　　一條忠貞，
　　一匹英武。

不倫不類！還能叫做個詩麼？

新詩中的量詞往往具有強烈的藝術魅力，如：

　　不許陽光撥你的眼簾
　　不許清風刷上你的眉
　　無論誰都不能驚醒你
　　撐一傘松陰庇護你睡（聞一多《也許》）
　　風箏去了，留下一線斷了的錯誤（鄭愁予《賦別》）
　　雨絲裡，水靈靈的槐花
　　一串串的清靜，一瓣瓣的歡樂（邢長順《五月情歌》）
　　吹一針新碧
　　掉在你窗前。（徐志摩《山中》）

藝術化的量詞運用，常常就是一個絕妙的比喻。如：

> 夏天的轟一穗一穗、一串一串、一枝一枝、黃燦燦地晾
> 在地上，成熟了，也不再喧嚷了。（王建平《土地之聲》）

這是暗喻，這是博喻：一穗一穗→麥穗，一串一串→葡萄，一
枝一枝→花朵、水果。

也有通感式比喻：

> 直到窗外晨曦一滴一滴地漏過來，慢慢地把整個教室灌
> 滿。（何立彬《月向西沉》）

這裡把視覺和聽覺打通，彷彿晨曦也能發出水珠的「的嗒」聲
響。

有的是借代法，如：

> 蓮舒千葉氣，燈葉百枝光。（洪正見《豔歌行》）
> 兔園春欲盡，別有一叢芳。（楊巨源《和汴州令狐相公
> 白菊詩》）

因為「光」和「燈」，「芳」和「菊」之間具有相關關係，便
用「光」代替「燈」，用「芳」代替「菊」。

也有用拈連手法的，如：

> 一路綠燈，一路深情，祖國母親張開了溫暖臂膊。（陳
> 金山《魂兮歸來》）

分郵員追著我們的腳印趕來，肩背一袋子郵件，一袋子
喜歡。（謝克強《情書》）

「一路深情」和「一袋子喜歡」分別是順著「一路綠燈」和
「一袋子郵件」的話頭而說的。

（三） 量詞的魅力

重視量詞的錘煉藝術，在我國是有著悠久的傳統的。如：

誰怕？一蓑煙雨任平生。（蘇軾《定風波》）
昨夜一庭明月，冷秋千紅索。（宋祁《好事近》）
洞戶悄無人，空鎖一庭紅雨。（晁端禮《宴桃源》）
斷腸院落，一簾風絮。（周邦彥《瑞龍吟》）
看畫船盡入西泠，閑卻半湖春色。（周密《曲遊春·遊
西湖》）
一葉小舟橫別浦，數聲鴻雁，兩行鷗鷺，天淡瀟湘暮。
（謝逸《青玉案》）

藝術化的運用量詞，常常在把抽象的東西具體化，在形象
方面狠下工夫。如：

一掬幽情如幾許？鉤簾半敞藤花雨。（周密《鳳棲梧》）
一縷情深朱戶掩。雨痕愁起青山遠。（吳文英《倦尋芳》）
但柔情一縷，和它香篆，百回千轉（孫雲鶴《點絳唇》）
一枕新涼宜客夢，飛入藕花深處。（黃界《江月》）
一縷相思，隔溪山不斷！（周邦彥《拜星月慢》）

「掬、縷、枕、痕」等，本來是平常的字眼，但同這特定的抽象的事物組合，便產生了一種詩意。

臨時借用別類詞當作量詞用，往往別有風味，特有魅力。如借用名詞的：

一襟幽事，砑蠻能說。（周密《玉京秋》）
轉眼西風，一襟幽恨向誰訴？（周密《曲遊春‧遊西湖》）
寶釵無據，玉琴難托，合一襟幽怨。（王容溪《如夢令》）
一襟餘恨宮魂斷，年年翠陰庭樹。（王沂孫《齊天樂蟬》）
「快去！」嫂嫂嘴巴一撅，威嚴地一揮手，接著就把一篙衣收進自己的房子裡去了。（韓少功《風吹瑣吶聲》）
風掀動我，也掀動你，一河星光暗示著你我之間的距離（易殿選《神秘之河》）

臨時借用動詞的，如

玄都觀裡應遺恨，一抹淡煙殘縷。（馮取洽《蝶戀花》）
（劉三漢）擔好那……挑桶……他板好一挑……足足板滿五十七挑。（何光《種包穀的老人》）
七騎馬，帶了一千人，齊奔一關道，至永福寺前。（《隋唐演義》十八回）
我憑著南窗遠望，西方的天際一抹斜陽。（郭沫若《瓶》第十六首）
我一看見他的嘴唇上那轉柔得發軟的青髭鬚就喜得難耐。（白先勇《玉卿嫂》）

臨時借用形容詞的,如

有一彎蓮治,數間茅宇。(黃升《醉江月·題玉林》)
兩彎似蹙非蹙籠煙眉,一雙似喜非喜含情目。(《紅樓夢》第三回)
一幅桃紅袖被,只齊胸蓋著,襯著那一彎雪白的膀子,摺在被外。(《紅樓夢》第三回)

(四) 換位法和錯位法

量詞藝術化最常用的手段有兩種,一是換位法,二是錯位法。

所謂換位原是用同本體有某種關係的換體來替換本體的位置。如:

即使最後一尾夕陽
從你的眼角無聲遊走(柳譚《為什麼》)

「夕陽」本不用量詞「尾」,但詩人把夕陽比喻為一條魚,所以下文用「遊走」。於是讓量詞「尾」.和動詞「遊走」替換量詞「輪」和動詞「落下」,是借助於太陽魚兒之間的相似關係,這可以叫「比喻換位法」。

借代換位的,如:

老師發現後,給了一教鞭的教訓於我,讓我現在還記憶猶新。(蔡定興《站與坐》)

「教鞭」和「教訓」之間具有相關關係，所以用「教鞭」來作「教訓」的計量單位，代替了量詞「個」、「次」。

錯位法指的是在兩個名詞之間掉換了正常位置。如：

> 我心中突出一撞
> 有許多黃色的小花
> 開滿了牆角
> 像一蓬蓬鮮亮的記憶（熊育群《往事》）
> 一痕血色的夕陽正夾在天山之間。（谷米賓《明月有圓缺》）

量詞「蓬」本是屬於「小花」，但卻有意錯放到「個」的位置上來了，「記憶」的量詞應是「個」。量詞「痕」本屬於「血」的，這裡卻用於「記憶」了。錯位法能給人別致、新奇感。

錯位法也是古已有之的，如：

> 豈知金質掛青松，數葉殘雲一片峰。（盧綸《慈恩寺石磬歌》）

量詞是漢語所特有的。漢人喜歡藝術地運用量詞。在漢語中量詞的修辭作用大於語法作用，這很值得修辭學家們進一步考察。

三、對稱和潛詞

報刊上說：

> 羅馬街頭出現男妓

從美學角度來看，語言中的理想的狀態應當是：

> 妓女──妓男
>
> 女妓──男妓

然而，現代漢語中的殘酷現實卻偏偏是：

> 妓女──男妓

「妓」者，漢代語言學大師許慎解釋說：

> 婦人小物也。

但後來卻用來指稱婦女，這在修辭上是借代的手法，妓和女人有相關的關係，妓屬於婦女的，又是女人的象徵。

而後又同義縮小，專指那些供他人娛樂的歌舞女子。

再後又一偏，專指出賣肉體的女子。

「妓女」一詞，古已有之：

> 進位上大將軍。賜繒七千段，妓女十人，良馬二址匹。
> （《隋書·史祥傳》）
> 蘭惠相隨喧妓女。（李白詩）
> 莫養瘦馬駒，莫教小妓女。（白居易詩）

這裡，指的都是供他人娛樂的歌舞的女子。這「妓女」中的「女」是為了湊音節而硬加上去的，正如「車輛、布匹、船隻」中的「輛、匹、只」一樣。「妓女」一詞的出現是近代漢語雙音節化的產物，也是為的適應藝術語言中協調音節的需要。「妓女」不是修飾結構，仍是後附加結構。

「女妓」一詞則出現得更早一些兒——

> 賞于晉陽置酒，賓遊滿座，中書舍人馬士達目其彈箜篌女妓雲：「手甚纖柔。」宗道即以遺之。（《北史·盧宗道傳》）
> 貞元二十一年放後宮及教坊女妓六百人。（《唐書·順宗紀》）

「妓」既為女性，則這「女妓」一詞甚是不合邏輯的——

> 女妓——女性的供人娛樂的歌舞的女子

不成這話，這正如：

＊女姑娘＊男小子

＊女處女＊男光棍

一樣的不成個話兒！

　　然而，當我們聽到「男小伙子」的說法時，卻又並不覺得有什麼不妥，因此便有了：

　　　女妾——侍衛守空宮，緩璽委女妾，設有非常之變，上
　　　　　　負先帝，下悔靡及。（《後漢書·楊秉傳》）
　　　女妹——夫之姐為女公，夫之女弟為女妹。（《爾雅》）
　　　女媼——太祖命輦至內庭，擇二女媼養視之。（《宋
　　　　　　史·宋王德昭傳》）

這一類的「女」字，都不是區別、限制、分類式的修飾語，乃是描寫，強調式修飾語，與「東吳、西蜀」等同類——

　　　女妓＝妓　　　　女妾＝妾
　　　女妹＝妹　　　　女媼＝媼
　　　東吳＝吳　　　　西蜀＝蜀

　　在現代漢語中「女妓」一詞已經消失，通用的是「妓女」一詞，古意「供他人娛樂的歌舞女子」也已消失，現今指出賣肉體之女子。

　　按理說，應當出現的是：

　　　妓女——妓男

而不該是：

> 妓女——男妓

可是，在偏正結構中，修飾語是「施偏者」，它強制性地迫使中心語發生語義偏離：中心語則是「受偏者」，它是多變的，好動的，易於產生偏離的。換句話說，偏正結構中，多變的、常常發生語義偏離的是中心語，而修飾語則相對穩定，一般情況下不發生語義偏離現象。

在這一條規則作用下，與「妓女」相對的詞是「男妓」，而不是「妓男」。

因為修飾語通常不發生語義偏離，所以：

> 妓男——出賣肉體的女人的男人

無法理解，無法接受！

「男妓」則不同了，因為中心詞容易語義偏離，在施偏者「男」的壓力下，「妓」發生了語義偏離，喪失了女性的含義，只保留了出賣肉體的意思：

> 男妓——男性的出賣肉體的人。

創造「男妓」一詞的人自覺不自覺地受到了偏正結構語義偏離的規則支配。

四、人、臉、面

（一）多義的「丟人」

上了九華山，瞻仰了肉身菩薩之後，在旅遊車上，導遊問我們：「丟人沒有？」有人回答道：「丟了兩個人！」我對身旁的朋友笑著說：「我可沒有丟人。您也沒丟什麼人吧？這導遊可有些『那個』，小看了人了。」導遊說的「丟人」的「人」，指的是萬物之靈，一種會製造工具、能思維、有語言的高等動物。這個「人」，在現代英語中叫：human being; man; person; people。

我說的「丟人」的「人」，則是指「人的品質、性格或名譽」。在英語中應當是：reputation; prestige …… face。

在漢語中，這個「人」又叫做「臉」、「面子」。「丟人」就是：「丟臉、丟面子」。孤立的「丟人」是一個多義的語言形式。

（二）名量詞和動量詞

多義的「丟人」可以通過量詞來加以分化，假如我們說：

1. 丟失了一個人。
2. 丟了一次人。

(1)式中的「個」是名量詞，它的語義指向是衝著名詞「人」的，句法結構分析應當是：

這個「人」是 human being！

(2)式中的「次」是動量詞，它的語義指向是衝著動詞「丟」的，它的句法分析應當是：

這個「人」可就是 face 了！

就這樣，名量詞「個」和動量詞「次」區別了、分化了「人」的兩種含義和「丟人」的兩種含義。

現代漢語中的量詞可真是不可輕視的。

（三） 同義量詞

當然，對「丟人」來說，名量詞「個」可以被同類的名量詞所替代，例如：

位、雙、對、君、夥、班、排、連、團、師、軍、車、船、家、代……

但是替換之後，這人的數量可就大不一樣了；「丟了一個人」不等於「丟了一代人」。

動量詞「次」也可以被同類的動量詞所替代。例如：

回、會兒、小時、天……

同樣的是，不同的動量詞所表示的丟人的次數或時間的長短也不一樣；「丟了一會兒人」並不等於「丟了一年人」！

這是因為，不同的名量詞、不同的動量詞能夠表達名詞和動詞的量的區別和差異。

（四）同義名詞

如果說，「丟人」同名量詞相配，是單義的，那麼，它同動量詞的搭配，可就不是單義了。

我聽到了一位導遊小姐說：「我上次丟過一回人，丟了兩個人，兩位小姐。」

一位中學班主任老師對我說：「我帶學生出去，丟過兩次人，一次丟了一個人，一次丟了三個人，都是男孩子，太調皮，不聽話。」

這些「丟人」中的人都是 human being，不是 face，雖然是同動量詞相配合的。

看來，名量詞和動量詞的對立，還不足以區別、分化「丟人」的兩層意思。這便要求我們運用辭彙手段。因為這兩個意義上的「人」，都有自己的同義的辭彙成份，例如：

人[1]（human being）：小孩、男孩、女孩、小姐、女士、少年、中學生、老頭兒、老婆子、工人、教師、經理、遊客、食客、大兵、朋友、夥伴、港客、老外、老廣……。

人[2]（face）：臉、面子、鼻子（「不要臉＝不要鼻子」

有些方言中有這種說法）

如果導遊小姐說：「我丟過一回遊客」，班主任老師說：「我丟過兩次學生」張三李四說：「我丟過一回臉」、「我丟過一次面子」……那麼，便都不會有什麼歧義了。

（五）一個人有兩個「臉」！

時分古與今，地分南和北。就古今而言，現代漢語普通語中叫做「臉」，古代漢語中則叫做「面」。從現代漢語的地域變體看，北方叫做「臉」，南方方言則叫做「面」。北京人說「洗臉」，上海卻說「打面」。北方人說的「麵湯」是下麵條的汁水。趙樹理在小說《鍛煉鍛煉》中寫一個吝嗇鬼的鄉下老婆子請人吃「湯麵」，但卻沒有麵，於是：「湯麵」便成了「麵湯」！而上海人的「麵湯」卻是洗臉水。這個「湯」字也保持了古代用法，指開水、熱水。

漢字「臉」，東漢許慎的《說文解字》上沒有。《集韻》說：「臉，頰也。」《韻會》說：「目下頰上也。」所以古代的「臉」指的是面部搽胭脂的地方，而且又大都只限於婦女們。據專家說，胭脂在漢代才有，那麼漢字的「臉」應當是漢代以後才有的，據說，西元六世紀以後才出現了漢字「臉」。

我們在這裡為「一代不如一代」論者，今不如昔論者幾個老太太們，提供一個例證：中國古人有兩個臉，而現在的中國人可只有一個臉。請瞧吧：

疑怪昨宵春夢好，原是今朝鬥草贏，笑從雙臉生。（晏殊《破陣子》）

還似妖姬年長後，酒酣雙臉卻微紅。（韓偓《歎白菊》）

芳蓮九蕊開新豔，輕紅淡白勻雙臉。（晏殊詞）

輕勻兩臉花，淡掃雙眉柳。（晏幾道詞）

大語言學家王力說：「所謂『雙臉』、『兩臉』，可見當時一個人有兩個臉，不像現代一個人只有一個臉。」（《漢語史稿》中冊第566頁，中華書局1980年出版，後兩個例子轉引於此。）現代漢語普通話中叫做「臉」，古代都叫做「面」。例如：

春風不解禁揚花，濛濛亂撲行人面。（晏殊《踏莎行》）

花氣酒香清廝釀，花腮酒面紅相向。（歐陽修《漁家傲》）

這一古代用法被保存在現代漢語的南方方言中。

（六）搭配的異同

「人」、「臉」、「面」的相同和相似是有限的。三者是不可以隨意替換的。這，我們可以列一個表格如下：

動詞 ＼ 名詞	人	臉	面 子
丟	＋	＋	＋
愛	－	－	＋
沒	－	＋	＋
不要	－	＋	＋
死要	－	＋	＋
洗	－	＋	＋（不帶子）
偷	＋	－	－

看來，「臉」和「面子」可以作為一組同義詞。在「有臉」和「有面子」、「臉大」和「面子大」等說法中也都可以互換。而「人」同「臉」和「面（子）」互換的可能是很有限的。

順便說，中國的「臉」和「面（子）」很大，大到有時候得把脖子和手也包括進去，證據便是：我們叫孩子洗臉或打面時，要求他們把脖子和手也洗一洗，但卻不說什麼「洗臉、脖子和手」，言下之意，脖子和手也包含在臉之中了。

（七）「人」？！

說到「人」，我記得魯迅在他的文章中曾經引用過當時一位名人的話。這位名人說：「人」是一個混帳的字！力大無窮的也叫人，弱不禁風的也叫人；聰明絕頂的也叫人，蠢笨如牛的也叫人！他建議，從字典上取消這個「人」字。這位名人的錯就錯在他不懂得語言的抽象概括性。列寧早在《哲學筆記》中就說過了：語言中的一切都是概括的。不過，也難怪這位名人，連我們的語言學家也時常會忘記這一條道理。不信，您看：

> 人，指某種人：工人、軍人、獵人、主人、客人、介紹人。（中國社會科學院詞典編輯室《現代漢語詞典》）

如果可以這樣來理解「人」的詞義，那麼我們也可以依照幾條如下：

> 狗，指某種狗：落水狗、喪家狗、獅子狗、牧羊狗、看

門狗。

燈，指某種燈：電燈、日光燈、龍燈、走馬燈。

這一來，一切名詞便都有了一個「某種N」的義項，詞典就難編了。十多年前，一本大型的漢語詞典的樣稿上出現了這樣的詞義：

人，指女人：他娶了人了。指男人：她嫁人了。

這毛病出在：把言語世界中的會話含義當作語言世界中的詞義了，把交際活動中語言符號同現實的客觀世界的對應關係當作語義中的詞義了，這樣的詞典就很難有科學性，其實也無益於詞典的實用價值。

「人」在語言的世界中，指萬物之靈的一種高等動物，但在言語的世界中，有許多這樣的萬物之靈被人斥責為「不是人」，或自稱「我不是人」，而明明是一隻狗、一隻狐狸、一匹馬，人們卻可以說「他們三個人一同到一座大山中去玩兒……」，把狗、狐狸、馬也叫做「人」了！誰又能指責這些說法是錯誤的呢?!

「人」同一切詞一樣，在詞典上那麼簡單明確，但在言語運用中可千變萬化，神秘莫測了。

五、說「大」話「小」

（一）小＝大？！

上海新華書店 1936 年出版的《霜葉紅似二月花》116 頁上寫道：

> 徐士秀一進去，把那黃豆小的火焰沖得動搖不定。

四川出版社 1980 年出版的《霜葉紅似二月花》75 頁上改作：

> 徐士秀一進去，把那黃豆大的火焰沖得動搖不定

「大」和「小」是平常而又平常的兩個詞，三歲小孩兒也會說，還值得語言大師茅盾反復推敲麼？如果原文用錯了，那麼茅盾連一個小小的「小」字也不會用麼？如果把「小」改為「大」，而表示的意思又是一樣的，那麼豈不是——

大＝小

了麼？

（二）大＝大＋小

「大」和「小」是一對反義詞，分別表示矛盾對立的兩端。「大」和「小」連用，可以包含、概括這矛盾對立的兩端：

大小＝大＋小

其他反義詞也是如此：

多少＝多＋少　長短＝長＋短　高低＝高＋低
高矮＝高＋矮　得失＝得＋失　厚薄＝厚＋薄
好歹＝好＋歹　美醜＝美＋醜

也可以抽象化，表示一個區域，一個範圍。因此《現代漢語詞典》說：

大小　　大小的程度
多少　　指數量的大小
長短　　長度
高低　　高低的程度
高矮　　高矮的程度

因此，上例也可以改作為：

徐士秀一進去，把那黃豆大小的火焰沖得動搖不定。

（三）「大」舷，「小」不舷！

單獨一個「大」字，有時候就是「大小」的意思。這時它也包含了「小」的意思在內了。即：

大＝大小＝大＋小

你聽聽看：

你的那個最小的孩子多大啦？
這種玩具是三歲小孩玩的。我家可沒有這麼大的孩子。
孩子都一般大，四五歲光景（袁鷹《蝦蟆陵》）
就你這巴掌大的小縣城？（梁信《龍虎風雲記》）

這裡的「大」字都等於「大小」，也包含了「小」的意思在內。茅盾修改後的「黃豆大」中的「大」字，就是這個意思。

其他許多反義詞也都是如此：

你們班上最矮的同學有多高？
你那條最短的短褲有多長？
你那本最薄的書有多厚？

可以對比：

當年萬里龍河路，載多少離愁去？（趙彥端《青玉案》）
問君能有幾多愁？恰似一江春水向東流。（李煜《虞美

人》）

但是，「小」卻不能等於「大小」，即不能包含「大」的意思在內。茅盾原文中的「小」字用得不妥當，原因就在這裡。同理：

$$少 \neq 多＋少 \quad 低 \neq 高＋低 \quad 矮 \neq 高＋矮 \quad 短 \neq 長＋短$$

（四）「大小」的分化

「大小」，有時候只指「大」：大小＝大，有時候只指「小」：大小＝小。

　　困難大小，我可不在乎。

這裡的「大小」只指「大」。

　　成績大小，我可不在乎。

這裡的「大小」只指「小」。

其他反義詞連用，也有這種情況。如：

　　（李）遠昆季率勵鄉人，欲圖拒守，而眾情頗有異同。
　　（《北史·李賢傳》附《李遠傳》）

「異同」只指「異」。這就是常說的偏義複詞。偏義複詞的詞義

向哪頭偏，這完全靠上下文和說話習慣而定。

吳祖光《風雪夜歸人》中有這麼一句：

你想想自己有多少運氣，年紀輕輕就這麼名揚四海。

作者後來把「多少」改為「多」。大概是考慮到「多少」既是可以只指「多」，又可以只指「少」，語義不如「多」明確這一因素了吧？

（五） 座標和前提

劉義慶《世說新語・言語》中記載：

摯瞻曾作四郡太守、大將軍戶曹參軍，復出作內史，年始二十九。嘗別王敦，敦謂瞻曰：「卿年未三十，已為萬石，亦太早。」瞻曰：「方于將軍，少為太早；比之甘羅已為太老。」

這個故事告訴我們，一方面，反義詞的矛盾對立的兩端是相對的，另一方面，反義詞的價值是依靠著一個比較點而顯示出來的。

如果把用來顯示反義詞價值的比較點稱作為「座標」的話，那麼，「大」以及「美」等的座標必須是大的、美的，而「小」，以及「醜」等的座標卻不一定就是小的、醜的，可以是大的、美的。這就是說：

A 比 B 大
C 比 D 美

只有前提是：Ｂ是大的，Ｄ是美的，這兩句話才能成立，才可以被接受。因此，可以說：

太陽比地球大
吳薇薇比西施美

卻不能說：

地球比湯糰大
吳薇薇比東施美

但是：

Ｅ比Ｆ小
Ｇ比Ｈ醜

Ｆ卻不一定是小的，Ｈ也不一定是醜的。因此完全可以說：

月亮比太陽小。
東施比西施醜。

（六）大小的喻體

語言中，「大」和「小」的代表事物，是由一定的民族心理決定的。在漢語中，代表大的是：西瓜和天。「撿了芝麻，丟了西瓜」，這「西瓜」便是大的代表。《紅樓夢》中，鴛鴦

的嫂子說「快來，我細細的告訴你。可是天大的喜事」，這「天」也是「大」的代表。而在趙燕翼描寫藏民生活的小說中，一個老牧民說，他的意見有乳牛那麼大，這「乳牛」也是大的代表。

在漢語中，「小」的代表是：芝麻、綠豆、雞毛蒜皮、巴掌等。你看：

陶正平很貪玩，算術、語文在他的心裡，只占芝麻綠豆般的地位。（任大星《某甲和某乙》）。

雞毛蒜皮的小事，也值得爭個面紅耳赤？

巴掌大的小縣城，也值得玩三天？

「芝麻綠豆」是小的事物的代表，「雞毛蒜皮」是小而不重要的事物的代表，「巴掌」是面積小的事物的代表。

（七）「大」「小」的不對稱

在漢語中，「大」和「小」常常是成對的，但又並不永遠如此，它們又是不對稱的。

成對的，如：

大楷｜小楷	大寫｜小寫
大腦｜小腦	大鬼｜小鬼
大人物｜小人物	大鍋飯｜小鍋飯
大手大腳｜小手小腳	大是大非｜小是小非

不對稱的，既有有「大」無「小」的：

　　大方　　大副　　大約　　　大綱

　　大略　　大概　　大理石　　大無畏

　　大氣層　大頭釘　大紅大綠

又有有「小」而無「大」的：

　　小吃　　小賣　　小說　　小結　　小康

　　小兒科　小不點　小品文　小夜曲　小兩口

既有只能用「大」而不能用「小」的地方：

　　真相大白　天已大亮　　不大出門

　　不大好辦　不大愛說話　不大樂意

又有只能用「小」而不能用「大」的地方：

　　小住幾天　小坐了一會兒　小看了人家

用在年齡方面，不是「大」和「小」平分秋色，而是「大」、
「小」、「老」三分天下，鼎足而立：「小」既同「大」構成一
對反義詞：

　　大人｜小孩

又同「老」構成一對反義詞：

老人│小孩

但是「大」同「老」卻構不成反義關係。

（八）「大」「小」同一和對立

有沒有「大」完全等於「小」的時候呢？有的。你看：

大驚小怪　大廉小法

為什麼「驚」就一定要大於「怪」呢？難道提倡的是大臣只廉不法，小臣只法不廉嗎？當然不是這麼一回事。其實是：

大驚小怪＝大驚小怪＋小驚大怪
大廉小法＝大廉小法＋小廉大法

因此，在這種情況之下——

大＝小

「大」和「小」運用得好的時候——

大題小作│小題大作
大同小異│小同大異
不大不小│沒大沒小
小打大幫忙。
小不忍則亂大謀。

大處著眼，小處著手。

大事做不來，小事不肯做。

往往使語言生動活潑富於哲理性。

六、地名中的語言學和歷史學

地名，是人類社會生產活動的產物，用來識別不同的地域的各種地理事物的符號。任何一個地方的得名，都有它的由來，都有一定的含意，往往和命名時的地理環境、歷史、政治、經濟，以及民族、風俗習慣等大有關係。

地名因此可告訴我們許多知識，這裡我們只談談地名中的語言學和歷史學。

（一）地名中的古漢語

地名中保存著大量的古漢語知識，可以幫助我們學習古漢語。比如「江」和「河」吧。在古代漢語中，「江」和「河」都是專有名詞，「江」專指長江，即揚子江。《孟子·滕文公》：

> 決汝漢，排淮泗，而注之江。

這裡的「江」，都是指的長江，「注之江」即灌到長江中去，而不是別的什麼江河。這個古義保存在許多地名當中，如「江陰、江甯、靖江、江陵……」其中的「江」都是指長江，這些地方都在長江兩岸。「河」則專指黃河。《莊子·秋水》：

百川灌河。

這裡的「河」指的是黃河，而不是別的什麼江河。這一古義也保存在地名中，如「河北」、「河南」，指的是黃河之北，黃河之南。「江」、「河」由專有名詞變成普通名詞，江指一切江河，那是後來的事情，是詞義擴大的結果。

「陽」和「陰」是我國古代的哲學術語，運用來指稱自然位置時，山的南面叫做「陽」如：

又東三百七十里，曰櫃陽之山，其陽多赤金，其陰多白玉（《山海經·南山經》）。

再如韓愈《送李願歸盤穀序》：

大行山之陽有盤穀。

指大行山之南。這一古義也保存在一些地名之中，如衡陽在衡山之南。水的北面也叫做「陽」，如《詩·秦風·渭陽》：

我送舅氏，曰至渭陽。

指渭水的北面。這個古義也保存在一些地名之中，如洛陽即在洛水的北面，桂陽、漢陽、沔陽、溧陽、濟陽也都在河的北面。而咸陽則地處山之南、河之北。山之南，這是陽；河之北，這又是陽，所以才叫做咸陽，咸者，皆也，都也。山的北面叫做陰，如《史記·貨殖列傳》：

　　泰山之陽則魯，其陰則齊。

這裡的「其陰」就指泰山的北面。這個古義也保存在一些地名
之中，如華陰在華山之北，岱陰、山陰都在山之北。河的南面
也做陰，如《列子‧湯問》：

　　自此，冀之南，漢之陰。

「漢之陰」指漢水的南面。這一古義也保存在一些地名之中，
如淮陰即在淮水之南。根據這些知識，我們便可以斷定，江陰
一定在長江的南岸，即決不會在長江北岸，也決不會在別的什
麼江的南岸。
　　「湯」的古義是「熱水」，如《墨子‧備梯》：

　　薪火水湯以濟之。

這個用法在《水滸傳》中還很常見。但現代漢語的普通話中基
本上沒有這一用法了，它只保存在某些南方方言和一些固定片
語之中，如「赴湯蹈火」，「以湯沃雪」等。這一古義也保存
在許多地名之中，如離南京不遠的湯山、湯泉，北京郊區的小
湯山，都以溫泉而聞名，而不是以烹調著稱，其中的「湯」字
都是指熱水，而不是什麼擺在桌子上可以喝的食物。根據這點
知識，雖然我們從未到過浙江的湯溪、湯浦，但是可以推想古
代這些地方應該曾經有過溫泉吧？

（二）地名中的修辭學

地名和修辭學也大有關係：

有許多地名是由比喻構成的。什麼是比喻？比喻就是俗話說的打比方，就是用具體的、淺顯的、熟悉的事物來說明或描寫抽象的、深奧的、生疏的事物。下面這些地名都是比喻：

黑龍江　牛頭山　九龍山　牛鼻子梁　馬鬃山　魚嘴鎮
海門　龍門

看到這些地名，一幅幅有特色的圖畫便會出現在你的面前，這些地方也便顯現出它的活躍的生命力。

有許多地名是用借代的方式構成的。什麼是借代？借代就是用與事物有關的東西來稱呼它，下面的地名都是用借代構成的：

三棵樹　金沙江　鳥島　蛇島

借代常見的是用部分代全體，如用「小鬍子來稱呼一個長著小鬍子的人」。「江蘇」就是這樣構成的：「江」指當時的江甯府，「蘇」指蘇州府；江甯府和蘇州府是江蘇的兩個很重要的轄區，但江蘇的範圍卻不限於這兩個府。再如蘇州，因城西三十里有一姑蘇山而得名；銅山，因縣境東北微山湖畔的銅山而得名，這銅山今天已沉入微山湖了。

借代常用典型的特徵、標誌來代替事物，如用「紅領巾」稱呼少先隊員，用「白大褂」來稱呼醫務工作者。柳青的小說

《創業史》中有蛤蟆灘。為什麼要叫做蛤蟆灘呢？作者說：「因為暖季的夜間，稻地裡蛤蟆的叫聲，震天價響，響聲達到平原上的十幾里遠的地方。」這就是用典型的特徵來指稱事物。再如：

> 塔布拉罕：蒙古語，就是「五個大土堆」的意思。因為城的附近有五個大土堆。這大土堆可能是大封土墓。
>
> 錫尼奇：鄂倫春語，意思是「有樟樹的地方」。
>
> 包頭：蒙古語的譯音，意思是「有雄鹿」。
>
> 阿克賽欽：維吾爾語，意思是「中國的白石灘」。

比喻和借代的區別何在？比喻的本體和喻體必須是兩個本質不同的東西，借代的本體和借代常是一個東西，但也可以是兩個東西，這是一；其二，比喻的本體和喻體之間必須有相似關係，借代的本體和借體之間必須有相關關係。孫犁的小說《風雲初記》，故事發生在五龍堂。如果曾經有五條龍在此顯過身，就是借代，因為這地方和五條龍有關。但其實是一個比喻，請看傳說：有一年河堤決了口，一切力量都用盡了，一切東西都用光了，口子還是堵不住。這時，有五個年青人跳進大河裡去，平身躺下，招呼著人們在他們身上鎮壓泥山，堵塞水流。他們救了這一帶村莊的生命財產。人們便替他們修了一座大廟，叫做五龍堂。年代久了，就成了村莊的名字。五條龍和村莊，五個年青人之間沒有相關關係，所以不是借代，而具有相似關係，五個年青人就像五條龍，所以是比喻。再如丹徒吧，是秦朝設置的，相傳秦始皇認為這裡有「天子氣」，就派遣三千名穿著赭色衣服的囚徒，來鑿開京峴山，破壞風水，因

此得名；丹徒——穿著赭色衣服的囚徒，和這個地方有相關關係，而無相似關係，所以是借代而不是比喻。

有許多地名是用反語構成的。反語就是說反話，或反話正說，或正話反說。浙江海甯地方，過去海潮災害特別多，當地老百性希望海水能夠寧靜，便取名為「海寧」。這當然是反語。寧波、江甯、海甯、永平、潮安、睢寧等，這都是反語。這些用反語構成的地名，往往體現了人民的美好願望，希望大海、江河或地方安寧無事，但這願望在人民受奴役的黑暗年代是無法實現的。再如長春吧，多好聽的名字啊，一年四季春天常在，這地方似乎應在南方，在昆明、溫州附近，其實誰都知道，它在冰天雪地、春天極其短暫的東北！這一反語，體現了生活在嚴寒的冰雪中的人民對於美好的萬紫千紅的春天的嚮往，渴望著春天常在。

用誇張的方式構成的地名也是很多的。所謂誇張就是通過豐富的想像，把客觀事物合情入理地誇大或縮小。天台、天池、摩天嶺、南天門等，都是誇張。一聽到摩天嶺的大名，人們不由得想起李白的詩：

夜宿峰頂寺，舉手捫星辰，不敢高聲語，恐驚天上人。

（三）地名中的歷史學

地名可以告訴我們許多歷史知識。

江蘇有個宿遷，為什麼叫做宿遷呢？有人說：「宿遷地當魯南洪水南下之沖，旅人常一宿而遷，不敢久留」，因而得名。這顯然是望文生義。其實，這裡春秋時代是鍾吾國地，到

晉朝才稱為宿豫縣，唐代避唐代宗李豫的諱，才改為宿遷縣的。類似的如宜興，秦朝稱陽羨縣，西晉周處，那個除三害的周處之子周玘己三次發動義兵保衛國家有功，朝廷改陽羨縣為義興郡而封之。宋朝避宋太宗趙匡義的諱，才改義興為宜興。現在的年青人已經不知道避諱是什麼一回事了。原來是封建帝王為了維持自己的尊嚴，禁止人們說或寫他的姓名用字，讀書人遇到這些字，就只得避忌，這就是避諱。如秦始皇叫瀛政，諱「政」，遇到「正」字都改為「端」字，琅邪台石刻作「端平法度」而不作「正平法度」，就是這個道理。

地名可以告訴我們民族史的知識。新疆有許多地名是用維吾爾語命名的，如土魯番，維吾爾語，是「土層很厚」的意思，還有烏魯木齊、阿克賽飲等，這說明維吾爾人世世代代住在新疆。用滿語命名的地名大都在東北，如哈爾濱、齊齊哈爾都是滿語，「哈爾」是滿語「江河」的意思，可見東北是滿族的故鄉，內蒙古的地名，大都是蒙古語，海拉爾，蒙古語的意思是「流下來的水」；羅布淖爾，蒙古語的意思是「湖泊」；「呼和浩特」；烏蘭浩特中的「浩特」，蒙古語的意思是「城市」，這告訴我們，內蒙古是蒙古族的大本營。在廣西、廣東、貴州一帶，許多地名中分別有「那」、「羅」、「六」的音節，這不是漢語，而是壯語，這證明這些地方是古代壯族人活動的範圍，這比現代壯族人的活動範圍要大得多，可見壯族人民對華南地區的開發是有貢獻的。

地名是歷史的見證。許多地名所反映的客觀事物早已消失，地名依舊，這時我們便可以從地名中探知古代的自然和社會生活的本來面目。內蒙古有一個旗，叫做喜桂圖，是蒙古語，意思是「有森林的地方」，但是現在這裡並沒有森林。呼

和浩特，蒙古語的意思是「青色的城」；包頭，是蒙古語的譯音，意思是「有雄鹿的地方」。根據這些地名，我們可以斷定，直到十三世紀，或者更晚一些時候，這裡還是一片原始大森林，是鹿群出沒的地方。

蘇聯的遠東地區，有不少中國式的地名，如：赤塔、廟街等。這裡不少地方都有兩個名字，如：

伯力——哈巴羅夫斯克
庫頁島——薩哈林島
海參威——符拉迪沃斯克
雙城子——烏蘇裡斯克
海蘭泡——布拉戈維申斯克

一個是中國式的，一個是俄國式的。一個是早先的，一個是蘇聯當局後改的。這證明：這些地方的最早的開發者和合法的主人，是中國人。近年來，蘇聯當局一再更換遠東地區的一些地名，用俄國式的名字代替中國式的名字，目的是要抹去歷史的見證。

七、奶、牛奶、milk

（一）老鼠和牛奶

1992 年 3 月 5 日的《文摘報》上有一篇文摘：

日本大白鼠產出牛奶

大白鼠產牛奶這一現代神話，已在日本雪印乳業生物科學研究所結誠淳主任主持的一項實驗中變成現實。這一成功使生物工程學朝實用化邁出了關鍵的一步。

實驗採用遺傳基因轉移技術將牛奶成分中特有的遺傳基因轉移到大白鼠體內，這些外來基因在其乳房組織中重組後，產生的乳汁便換上了牛奶的成分。

這是從 1992 年 2 月 26 日《科學日報》上摘下來的。如果我沒有記錯，那麼，1991 年秋天我曾在《文摘報》讀過一回大體相同的報導。

讀了這樣的報導，真使人感慨萬分：世界真奇妙，人類的本事真是大，未來的世界真是不可想像的呀！

但第一次讀後，我要講的不是這些沒油沒鹽的話，而是：

牛奶是從母牛身上擠出來的奶。公牛是擠不出牛奶來的。老鼠不是牛。從老鼠身上只能擠出鼠奶來。從老鼠

身上擠出牛奶來這是宇宙間的玩笑，決不可能。

從老鼠身上擠出來的同牛奶具有相同成分的奶，可以叫類牛奶鼠奶，或牛奶式鼠奶，或牛奶化鼠奶，才是正理。

這裡把從老鼠身上擠出來的鼠奶，也叫做牛奶。而且如果老鼠的這種牛奶化了的奶有一天成了商品，與牛奶並駕齊驅、分庭抗禮，的確也可以就叫做牛奶的。這從用法上，可以叫做「喻代」——利用 A 和 B 之間的相似之處，彼此替代。一旦這一喻代成了全民辭彙進入了全民的辭彙體系，這又可以看作為「牛奶」一詞詞義的擴大，即減少了內涵，擴大了外延，不是牛所產的奶也可以叫做「牛奶」。

其實呢，類似牛奶的老鼠奶，就叫鼠奶，也未嘗不可。或者本也可以叫它為「鼠牛奶」，類似於「兔羊毛」。這都是多義的。

A、鼠　牛　奶　　　即：鼠奶＋牛奶

　　兔　羊　毛　　　即：兔毛＋羊毛

B、鼠　牛　奶　　　即：老鼠身上擠出來的牛奶

　　兔　羊　毛　　　即：從兔子身上剪下的羊毛

B 式打破了「羊毛出在羊身上」這一從古到今的真理。這裡的「牛奶」和「羊毛」都變味了、變質了，轉義、擴大了用法。

但是Ａ式也可以理解為：有一種牛叫做「鼠牛」，有一種
羊叫「兔羊」。鼠比牛小，兔小過羊，因此大概都是體型特小
的牛和羊吧。不過，現在還沒有這樣的動物。

（二）牛奶、神奶和人奶及milk

人不是牛，人身上擠不出牛奶來，母親乳房中流出來的，
只是人奶，或叫母乳，而牛身上擠出來的可又決不是Ｘ奶或
母乳。不過現在有一種新產品，叫做「母乳化奶粉」。這本是
多義的：

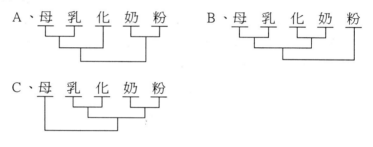

在包裝袋上是這樣排列的：

　　母乳化
　　奶粉

因此是Ａ式的，即這奶是牛奶，但成分同母親的奶相同相
似。廠家比較地客氣、誠實、不說這就是你母親的乳汁，那有
點兒傷人，不好，它挺謙遜地叫做「母乳化」。

牛奶在英語叫milk，但英語中的milk並不相等於漢語的
牛奶。因為，第一，milk不限於牛奶，包括一些動物的乳，
也包括人奶和神奶——女神們的奶水。第二，milk還可以當作

動詞用,即擠奶。也許奶是好東西,所以西方人說「有奶便是娘」,十分的實用主義,而:

the milk of human kindness

這是「人情味」的意思。在英語中:

milkkived ── 膽小的、懦弱的

milksop ── 懦弱的,沒骨氣的人

漢語中的「奶油小生」也被認為是膽小沒骨氣沒大男子漢氣魄的人,大概因為這奶本是女人的特產,男人而太「奶」、太「乳」,便女化了,便沒有男子漢的剛性,這一猜測誰能說一點兒道理也沒有呢!

　　這英國人的 milk 常常會使中國人出洋相。近讀王紅旗的《神秘的星夜文化和遊戲》,其中寫道:

> 我們認為,南美洲的童話更要形象一些,或許印第安人已經知道銀河是由星星組成的,因為蛇米托只吃心臟(可能象徵星星)。西方則視銀河為牛奶路、乳汁之路。

這使我們想起了魯迅 1931 年 12 月 20 日寫的一篇雜文《風馬牛》,其中說:

> 「牛」了一下之後,使我聯想起趙先生的有名的「牛奶路」來了。這很像是直譯或硬譯,其實卻不然,也是無緣無故的「牛」了進去的。這故事無須查字典,在圖畫上也能看見,卻說希臘神話裡的大神宙斯是一位很有些

喜歡女人的神，他有一回到人間去，和某女人生了一個男孩子。物必有偶，宙斯太太卻偏又是一個很有嫉妒心的女神。她一知道，拍桌打凳的（？）大怒了一通之後，便將那孩子取到天上，要看機會把他害死，然而孩子是天真的，他滿不知道。有一回，碰著了宙太太的乳頭，便一吸，太太大吃一驚，將他一推，跌落到人間，不但沒有被害，後來還成了英雄。但宙太太的乳汁，卻因此一吸，噴了出來，飛散天空，成為銀河，也就是「牛奶路」——不，其實是「神奶路」。但白種人是一切「奶」都叫「milk」的，我們看慣了罐頭牛奶上的文字，有時就免於誤釋，是的，這也是無足為怪的。（《魯迅全集》第四卷）

英語中的「milk way」是專有名詞，這玩藝兒中國已有現成的名字，叫做：

銀河、天河、星河、長河、河漢、天漢、星漢、雲漢、銀漢、天津、天繩、白海、星槎、案江、天渠、銀橫……

我們本可以從這幾十個名稱中挑選一個最通行的來翻譯就行了。如果要意譯，要考求語源，那就是像魯迅這樣，從古希臘的神話談起，說這是宙斯夫人赫拉的乳汁，叫神奶為好，叫人奶也可以，但叫牛奶，總不那麼好。但如果為趙景琛、王紅旗等一辯，我們也可以說，鼠奶可以叫做牛奶，神奶也可以叫做牛奶的。記得我的兒子小的時候，就常說「我要喝媽媽的牛

奶」。這一類混淆和替代語，有人類認識的原因，心理的原因，有修辭上求同求異的原因。

因為在認識上，我們總是從 A 和 B 相似之處開始，然後進入相異之處的。在心理上，人類最重要的心理能力，便是相似聯想。在修辭上，人們的語言表達要求簡單容易，利用熟悉的相似之點以 A 代 B 最簡單最方便。另一方面，人類又好奇求異，於是「老鼠身上擠出牛奶來」，要比「老鼠身上擠出與牛奶成分類似的老鼠奶來」，要新奇吸引人得多。

猛然一聽，把鼠奶叫「鼠牛奶」，新奇可又彆扭，怪。其實，細細一想，這是我們的語言世界中十分常見的事情，許多語言事實也只有這樣來解釋的。例如：

墨水：黑墨水、紅墨水、藍墨水……
良心：壞良心、黑良心
保姆：男保姆
浪子：女浪子

「墨水、良心」等早已辭彙化了。至於「上海出現了男保姆」，「她也是個女浪子回頭金不換」，這目前還是一種修辭的用法，能否辭彙化還不知道。

奶、牛奶、人奶、神奶、milk，這麼東拉西扯一通，目的只有一個：語言世界很複雜，簡單化要不得，不要輕易地一棒子打死某一說法，謹慎一些，不要亂解釋語言現象，千萬別不懂裝懂──不懂不丟人，語言太複雜，裝懂就難免要出洋相的。

八、沒有罵人功能的罵人話

（一） 你看這家子！

「婊子」，就是妓女，時髦的文雅的稱呼叫做「應召女郎」，在現代英語中是 prostitute。但是在現代漢語中，「妓女」是中性名詞，用來稱呼一類出賣肉體的女人，而「婊子」卻是一個有著強烈感情色彩的貶義詞，專門用來罵人。對於一個女人，最大的侮辱就是被人罵作「婊子」、「臭婊子」了，即使她是一名應召女郎，也決不樂意被人稱為「婊子」的。

然而在池莉的《熱也好冷也好活著就好》中卻有這樣的細節：

> 嫂子膝下的小男孩爬竹床一下子摔跤了，哇地大哭，她丈夫遠遠地叫道：「你這個婊子養的聾了！伢跌了！」
> 嫂子擰起小男孩，說：「你這個婊子養的麼樣搞的啥！」

這描寫的是 1990 年夏天武漢一家小市民的生活場景。

丈夫罵妻子是婊子養的，這等於說他的丈母娘是一個婊子。母親罵兒子是婊子養的，這等於說她自己是一個婊子。這一對夫妻為什麼用如此惡毒的語言來痛罵自己呢？要知道，娶一個婊子的女人為妻，對一個中國男人來說，也是一個奇恥大辱呀？

可在這一家的語言中，「婊子」已經失去了原有的惡毒的罵人話的意思了。

（二）又是一家子！

在這個小說家的另一篇小說《金手》中，有一位姓薛的女醫生，對女同事講她和她的丈夫間的趣事時說：

> 兒子頑皮不好好吃飯，你說，唉你管管兒子，他的筷子刷地就落在兒子手心裡了：吃！你這個婊子養的！兒子哭起來，他就火了：你哭你哭！我日你媽！

又一個罵兒子為「婊子養的」的父親！

在中國，「我日你媽！」這本是最惡毒最流行的罵人話。妙的是在這裡，罵的物件卻是自己的兒子，兒子的媽媽正是他自己老婆，居然用這一條來嚇唬自己的兒子，有趣不？

這有趣的是改變正常受話物件而得到的，這女作家也許受到了下面這個民間故事的啟發：

> 有一位老爺爺因為自己的小孩子不聽話，便打了孩子一下。這小孩子的父親心疼了，便打了自己一下。這個老人問自己的兒子：「你這是幹什麼？」他的兒子說：「你打了我的兒子，我就打你的兒子！」

「你打了我的兒子，我就打你的兒子！」如果用在鄰居間因為孩子鬥嘴吵架的時候，這話也並沒有什麼可笑的。問題在於這個笑話中，「你的兒子」正是說話人自己。這時候說話人一分

為二了：

A 手——施事。打擊者——作為小孩子的父親
B 身體——受事。被打擊者——作為老爺爺的兒子。

用「我日你媽！」來嚇唬自己的孩子，這當然是同樣可笑的呀。

（三） 並非罵人話，口頭語而已！

在《熱也好冷也冷活著就好》中，作者繼續寫道：

貓子說：「個巴媽苕貨。他是婊子養的，你是麼事？」
嫂子笑著拍貓子一巴掌，說：「哪個罵人了不成？不過說句口頭語。個巴媽裝得像不是武漢人一樣。」

這裡的「個巴媽」、「苕貨」也是武漢口語中的罵人話。在現代漢語中，帶「媽」的幾乎都是罵人話。中國人是重視血統的純潔的，侮辱對方的媽媽，是中國人的最高級的罵人話了，其次才數上侮辱他的姐姐或者妹妹，即：sister。在中國語中，帶「貨」字的詞語也大都有罵人的色彩，如：懶貨、蠢貨、騷貨、吃貨等。人本是能思維有感情的萬物之靈。你現在把他叫做「貨——東西」，當然是在罵他的了。我不懂武漢話，但我懷疑這「苕貨」就是「騷貨」，不要臉的女人，已接近「婊子」了，不過也許只是沒有用處的東西的意思。

這位武漢大嫂的解釋是非常的精彩的：這並不是在罵人，這只不過是一句口頭語！就如「你好」、「真好玩」、「氣死人」

一樣。他丈夫說她是婊子養的，並沒有罵他的可愛可敬的母親大人是一個婊子的意思；而她說她的兒子是婊子養的，更沒有承認自己是一個臭婊子的意思在內，只不過是不滿情緒的一種習慣的表達方式罷了。

這位武漢大嫂批評了武漢青年貓子，忘記了自己是武漢人，假正經起來了。她的批語很有道理，您看小說再向下去：

> 男人說：「你說嚇人不嚇人，多熱！還要不要人活嘛？」
> 貓子豪邁地笑，說：「個婊子養的，我們不活了！」

貓子用他的言語證明：他是武漢人，也是中國人，他說「個婊子養的」也不是罵人，只是一句口頭語，沒有罵聽話的人，也沒有罵他自己，更沒有罵老天爺。

這種沒有罵人功能的罵人話，在中國其實是流行很廣的，早在1925年的夏天，中國現代第一大文豪魯迅於《論「他媽的」》一文中描寫了這一現象：

> 我曾在家鄉看見鄉農父子一同午飯，兒子指一碗菜向他父親說：「這不壞，媽媽的你嘗嘗看！」那父親回答說：「我不吃，媽媽的你吃去罷！」則簡直已經醇化為現在時行的「我的親愛的」意思了。（《魯迅全集》第十卷）

這種口頭語當然是很不好的，很不文明的。但它是那樣的流行。它是一些人每天的生活中決不可缺少的。1990年夏天，在安徽，主人在飯桌上對我說，他的那位汽車司機不好意

思來，因為他在飯桌上不能說話，他一開口就要帶那些字眼，然而他又實在不能在一個學者面前說那些話，只好不來赴宴。

（四） 區分語言的罵人話和言語的罵人話

我們應當區分開兩種罵人話：語言的罵人話和言語的罵人話。語言中的罵人話，例如：

> 雜種　狗娘養的　婊子養的　王八蛋
> 殺千刀的　老不死的

它們潛在地具有罵人的功能。可以用來罵人，但也不一定就用來罵人。我們前面談到的那些「婊子養的」、「他媽的」、「我日你媽」，似乎都不具備罵人話的功能，只是「口頭語」而已，因此從言語角度講，似乎不必歸為「言語中的罵人話」這一範疇的。

言語中的罵人話必須有罵人的動機、罵人的功能，當然也勢必會產生罵人的效果的。讓我們來看兩個例子吧。女小說家王安憶在中篇小說《叔叔的故事》中寫道：

> 老師的妻子雙腳一踩地，連珠炮般地說道：你還當你養了個貞女，你原來養了個婊子，勾引男人是她的一手絕活，難道你們還不知道？她又很刻毒地說：你若不知道，為什麼也不打聽打聽，這裡的男人可都知道你閨女！她是送上門的貨，她是爛了幫的鞋，她是騷狐子投的胎，她是窯子裡下的種！老師的妻子的咒罵可說是駭世驚俗，震天撼地。她不怕如此糟蹋一個沒過門的閨

女，傷了陰法，世上最惡毒最骯髒的字眼從她嘴裡源源而出，滔滔不絕。她的聲音又脆又亮，每一句都有石板定釘的效果，這樣的咒罵進行了三天三夜，她堵到那學生門上去罵，在趕集的日子裡站在人最多的街口去罵。她以她語言的強悍擊敗了對方，扭轉了局勢，拯救了叔叔，可是卻也種下了禍根。

男小說家王蒙在長篇小說《活動變人形》中寫道：

你喪盡天良，衣冠禽獸，欺負我寡婦事業的！你心如蛇蠍，煎炒烹炸，五毒俱全，殺人不眨眼，殺人不見血！你來，你過來！我叫你動手！你不動手就是娘子養的！你個養漢的老婆，你個騎木驢遊四街的娼婦，你個沒人味的臭貨！我叫你亂箭鑽身，大卸八塊，大清早出門汽車軋死，天打五雷轟，脖子上長疔，吸乾你的腦髓，叫你死無葬身之地！

周薑氏的聲音並不太大，她似乎還清醒地掌握著自己的音量，使其不超過「自言自語」性音響的通常量之外。但她的表情卻是瘋狂的，沉醉的，忘我的和完全非理性的。

這才是言語中的罵人話，骯髒、醜惡、刻毒、瘋狂。言語中的罵人話通常由語言中的罵人的詞語組成，但也並不一定非得由語言中的罵人的詞語組成不可。

（五）語言真奇妙

在言語中執行罵人功能的話，並不全是由語言中罵人的詞

語所構成。有時候，語言中同「罵人」沾不上邊的詞語也可以構成惡毒的粗野下流的罵人話。例如，何新在文章中說到過，一個男人對另一個男人說：

昨天夜裡你媽媽真好，真可愛！

這裡並沒有什麼語言中的罵人的詞語，但的確是言語中的罵人話。

與這成了鮮明的對照的是，許多語言罵人話在言語中，有時候不但沒有罵人的功能，反而具有最親暱的色彩，表達人間最親密的感情，用於情侶夫妻之間。例如恩愛夫妻中，妻子常戲稱丈夫為「老不死的」、「老東西」，常「罵」他為「殺千刀」的。人們往往選擇語言中罵人的詞語來表達內心中最親切美好的感情，真怪！這也算是對立的轉化吧！

（六） 罵人不好，不文明

我們有善於罵人的人、也有以罵人為業、為樂的陋習。這不好，不文明。不過，我相信，中國話的這一面是在縮小，是在消亡之中！

九、「我」和「我們」

　　有個中篇小說，題目叫做：《飼養在城市的我們》（作者丁天，《鍾山》1991 年 3 期）。動詞「撫養、贍養、培養」的對象是人，「飼養」的對象是動物。既然說的「飼養」，這「我們」應當是動物。但只有在童話中，動物才會說話的。如果「飼養在城市的我們」這句話是動物說的，那麼這個「我們」指的就是一群動物，這種用法這叫做擬人化手法。小說中有個標題是：「我們是誰」，作者寫道：「我們指我、齊明、劉軍、黃力、馮蘋、江彤和林雪這些人。我和黃力、劉軍、齊明以及林雪是中學同學，馮蘋和江彤是中學同學，她們比我們小三屆。『我們』是一個小圈子，我們有著共同的過去……。」

　　「我們」明明是人，卻偏偏要說「飼養」。這可以說是用詞不當。用詞不當有有意和無意之分。有意識地「用詞不當」，往往是有原因的。如果是別人這樣說，那是別有用心的，是罵人污辱人。這裡可是「我們」自己這麼說的。「我們」自己故意這樣說，是青春期少男少女的特殊心態的表現，是其反傳統反文化的衝動的自然流露。在作者，這是一種修辭技巧。

　　這裡的「我們」其實是同辭異指，換句話說，有兩個「我們」。第一個「我們」，指的是：我＋齊明＋劉軍＋黃力＋馮蘋＋江彤＋林雪。總共七個人。第二個「我們」，說的是前一「我們」內部的一部分——男生，同「她們」（馮蘋＋江彤）相

對，小說的主人公是個男生，站在男性立場上，同「她們」相對的「我們」指的是幾個男生。如果主人公是女生，站在女生的立場上，同「他們」相對的「我們」就是幾個女生了。

葉靈鳳的小說《紅的天使》中有這樣一段對話：

> 「我到上海後決定專心研究音樂。」婉清說。
> 「這倒不難，上海研究西洋音樂的機會比北京多得多了。」健鶴說，「我們靜待你這位音樂家的成功。」
> 「好一個『我們』！」婉清望了望健鶴笑著道。
> 「真的，誰答應過加入你的『我們』。」淑清的臉不由的有一點紅了起來。
> 「不要多心，我的『我們』是代表靜待一位女音樂家成功的一切聽眾。」健鶴回答說。
> 「呸！」婉清向空中啐了一口。

丁健鶴的「我們」指的是他和表姐淑清，他和她在戀愛，這是他內心世界的自然的流露。暗戀著表哥的小表妹婉清有些兒吃醋。戀愛中的淑清有點害羞。健鶴最後的解釋，雖然是說得通的，但是的確不是他的話語的真正的意思。

葉靈鳳是熟悉《紅樓夢》的，他的這個細節顯然是從《紅樓夢》中套用來的。《紅樓夢》第三十一回中寫道：

> 襲人……，道：「好妹妹，你出去逛逛兒；原是我們的不是。」

晴雯聽說「我們」兩字，自然是他和寶玉了，不覺又添了醋

意，冷笑幾聲，道；「我倒不知你們是誰！別教我替你們害臊了！你們鬼鬼祟祟幹的那些事也瞞不過我去！不是我說正經明公正道的，連個姑娘還沒掙上去呢，也不過和我是的！哪裡就稱起『我們』來了！」

　　襲人羞得臉紫漲起來，想想原是自己把話說錯了。作為丫鬟，花襲人是沒有資格把自己同主子的賈寶玉聯繫在一起，合稱為「我們」的。她無意識地說出了「我們」，這是她的潛意識的自然流露。她的這個「我們」也是她同寶玉暗地裡的「勾當」的產物。「我」是單數，「我們」是複數。但是，單數可以當複數用，複數可以當單數用。在《紅樓夢》的這一回中，緊接著，林黛玉小姐來了，她同襲人開玩笑。襲人說：「我們一個丫頭，姑娘只是混說。」這個「我們」其實就是「我」。而「我國、我軍、我黨、我校」等中的「我」事實上是「我們」，國家等都不是哪一個人的。

　　曹禺的《日出》中，有個叫李石清的人，靠陰謀當上了襄理，得意忘形了。對潘經理說：

　　　　李：月亭——（仿佛不大順口）經理知道了市面上怎麼
　　　　　　一回事麼？
　　　　李：……對！我們就這樣決定了。月亭，這是千載一時
　　　　　　的好機會。

又是「月亭」，又是「我們」，他以為他和潘月亭已是一家人一夥的了。他的「我們」是他和潘經理。這當然是誤會。潘月亭從沒把他當作自己人，他得到的是潘月亭的厭惡和仇恨。

　　「我們」是「我」的複數形式，但往往用來指「我」。「我

們說」，「我們認為」，「在我們看來」，「我們不同意」，「我
們走了」，其實只是自己一個人，這麼說，或為的委婉，不過
分突出自己，或為的是加強氣勢，借用他人來增加說話的力
量。反之，複數的「我們」也常常用來指單數的「我」。「我
國、我黨、我軍、我校、我廠」，其實這一切都不是哪一個人
的。「我們」是「我」的複數形式，理論上說，指的是：「我
＋我＋我……」。例如大合唱時，若干個演唱者同時共同唱
道：「我們工人有力量……」書面語中的集體聲明，通常的
「我們」，其實是：「我＋你＋你……」。從理論上說，兩個不
同的人，同時思索，同時開口說話，這幾乎是不可能的事情。

十、「減肥」和「瘦身」

　　「肥」和「瘦」是一對矛盾，漢文化中，「肥」的典型是豬，「瘦」的典型是猴子。漢文化中的豬統統的是肥的，猴子則個個全是瘦的。所以，「肥得像個猴子，瘦得像個豬。」這不符合漢文化的邏輯的。漢語中的「肥」，本是一個很好的字眼兒。「肥美、肥壯、肥沃、肥缺、肥差」等都好。從前「肥肉」是人人嚮往個個追求的東西的，一個常用的喻體，例如：「這是一塊大肥肉。」「到嘴的肥肉飛走了！」現在「肥」和「肥肉」都貶值了。去掉「肥」已經成了一種時代的潮流了。「減肥」已經成為當今最流行的詞語了。

　　現代漢語中，「肥」和「胖」共同的意義是指體內脂肪多，不同的是「肥」用於動物，「胖」指人。說一個人「肥」，那是把人家當作動物了，是不禮貌不友好不文明的行為。當然在熟悉的哥們姐們之間相互開個小玩笑，調侃一番，反而能顯示出親切友好的氣氛來的，這又當別論。人體脂肪多，顯得豐滿，本不是很壞的事情，這可是從前的事情了，中國民俗畫中的胖娃娃就是很可愛的形象。「胖小子」和「胖丫頭」從前是口語中的常用詞語，其意思都不壞。但是中國人的審美觀念也改變了，「胖」似乎不美，甚至就是醜。說人家「胖」，是不討人歡喜的，要說「富態」或「發福」。「富態」一詞真好，窮了，飯都吃不飽，何「胖」（肥）之有？中國

1960 年到 1962 年所謂的「三年困難」時期，農村裡有胖子麼？如果有，那一定是鄉村裡的貪官、不法之徒。而富人大都是肥胖的。大腹便便就是富人的典型形象，是華爾街的大老闆的標誌性造型。富裕了，有吃有穿，吃得好穿得好，才有可能肥的胖的。「福態」的構詞策略真妙：「福態」就是說「胖——富裕的表現，幸福的標誌」。富裕就是幸福，這是許多人的觀念。「發福」一詞也很好，胖了（不是肥了），表示這人開始進入幸福的人生階段了。

「瘦身」是後起之秀、後來居上，大有代替「減肥」的趨勢。用「瘦身」來代替「減肥」，這說明，可見這「肥」字是多麼叫人討厭呀。「減肥」中的「減」是動詞，「肥」（過多的脂肪）是減的受事，就是減少「肥」，把「肥」逐步減少，最理想的是減少到零——一點兒也不肥，標準體形，像宋玉東家那位少女一樣，多一點兒則「肥」，少點兒則「瘦」。「瘦身」中的「瘦」是形容詞，這裡當作動詞來運用了，語言學家叫它為「轉品」或「詞性活用」。意思是：使身體一天天地「瘦」起來、一步步地「瘦」下去。但是卻不能一味地「瘦下去」，一直瘦到真正的瘦，因為瘦也是對標準體型的負面偏離，也是不美的。事實上，胖固然不好，瘦也不好的。說一個瘦人「瘦」，這也有刺激性的，得說「苗條」。所以「瘦身」中的「瘦」不是最後目標，「減肥」或「瘦身」的目的不是把這個人變成一個瘦子。如果「瘦身」是一下子就「瘦」成一個「瘦子」，那誰幹呢？這裡的「瘦」其實是一種手段。「減肥」和「瘦身」中的「肥」和「瘦」本是一對兒，是反義詞。「減肥」是減去身體中的「肥」，「肥」其實是當作名詞用了，這「肥」指的是身體中的肥肉、脂肪，是人的身體的一部分，是已經存

在的東西。「瘦身」中的「瘦」其實就是「減肥」,「瘦」的意思其實是減了身體中的「肥」的部分,也就是減肥的效果。這裡的「瘦」不是目的,最後目標是減到不肥不瘦的境界,不能「瘦身」真正的「瘦」。「瘦身」的「瘦」是相對的「瘦」,比原來的「肥」要瘦,但不是真正的瘦。它不同於「潔白你的皮膚」,那是指的使你的皮膚潔白,不是潔白一點,而是真正的潔白,潔白到不能再潔白的程度。

「減肥」和「瘦身」的物件都是人,主要是女性。但「瘦」的物件還可以特指人體的某一部位,如:《瘦臉、瘦身成功的秘密》(《揚子晚報》2003年1月29日)。現在甚至事物也在害怕「肥」了,「減肥」和「瘦身」已經用到事物上了。「機關減肥」已經成了流行的口號。報紙上還有這樣的標題:《「瘦身月餅」恰似糖果》、《汽車「瘦身」新材料》、《動物園的動物也瘦身》。這種修辭用法,可以叫做「移用」。修辭的移用往往是詞義演變的開始,如果這一用法被廣泛承認了,固定下來了,這就是詞義的擴大。「減肥」和「瘦身」的擴大化趨勢是方興未艾,有增無減。可能會緊跟婚姻和戰爭詞語的,婚姻和戰爭的詞語已經廣泛地用於婚姻和戰爭之外,成了最常見的比喻詞語。

「肥」和「胖」的這個區別,是屬於現代漢語的。古代漢語中,人和動物體內的脂肪多,都是「肥」。說他人「肥」並沒有任何貶義,因此可以問人:「何肥也?」,「肥」可以作為人名和官銜的用字。事實上,中國古代人的人體審美,是以肥胖為美的,古代的美人大都是肥胖豐滿的,大美人楊玉環就是一個大胖子。以「瘦」──不,是「苗條」──為美,這大概是宋以後的事情了。

　　「減肥風、減肥熱」，在中國是上個世紀八十年代以後的事情。如果是前面所說 1960 年到 1962 年的「三年困難」時期，那就是天方夜談了，簡直是不可想像的。減肥熱中出現了許多新詞語，例如「減肥操、減肥茶、減肥藥、減肥靈」等。當時我想，做減肥操的、吃減肥藥的、喝減肥茶的，明明是、既然是人，為什麼用專門指動物的「肥」呢？這豈不是污辱人嗎？奇怪的是，當事人一點也沒有受到侮辱的感受。有一廠家也發覺了這個問題，就把自己的產品叫做「減胖靈」，但是相對合理的「減胖靈」卻敵不過不很合理的「減肥靈」，好奇怪呀。

簡單而複雜的語法

一、語法病句和修辭病句

　　寫作文的人，小心翼翼地怕寫病句。做語文教師的，吹毛求疵地尋找病句。有了病句，這作文就得扣分數，更別說得獎什麼的了。

　　其實，病句有兩種，一是語法病句，一是修辭病句。這應當分分清楚。

　　所謂語法病句。就是不符合語法規則的句子。例如說：

　　我們手挽手走在大路上。

　　在大路上手挽手走我們。

前者是合語法的句子，後者是不合語法的句子，是語法病句。

　　所謂修辭病句，指的是在特定上下文、交際情景中不合適的句子，減少、降低、削弱表達效果的句子。假如，有一位演員在大獎賽上得了獎，記者採訪他，他說：

　　這次榮獲第一名，感到很光榮。

　　這回撈了一個第一，高興死了。

前者是修辭上合格的句子，在這樣的場景中，對記者這麼說，很得體。後者是修辭上不合格的句子，在這個場景中，對記者

先生這麼說，不得體，是缺乏文化教養的表現，是修辭病句。但是後者在語法上卻並沒有什麼毛病。

但是，如果換了一個場景，回到家中對他的老婆孩子說話，或在俱樂部對他的哥們兒說話，這時候，前者便可能成了修辭病句，而後者卻是修辭上的合格的句子。

語法病句和修辭病句有四種關係：

a. 語法上和修辭上都合格。

b. 語法上和修辭上都不合格。

c. 語法合格句其實是修辭病句。

d. 語法病句是修辭合格句。

a 和 b 很常見，可以不舉例子了。c 就是我們剛才說到的例子。董必武有一句詩：

> 義旗八一舉南昌。

這當然是一個語法病句，但卻是一個修辭上的合格句，是一句好詩。再如：

> 夢白把吉爾東的臉讀了很久，心裡涼涼地想，原來他另有所圖。（張潔《紅蘑菇》）

「把吉爾東的臉讀了很久」，是語法上不合格的句子，可卻是修辭上合格的句子。

就中學生作文來看，一般說，語法病句是少的，多的還是修辭病句。這是因為我們中學生大都已經掌握了現代漢語。有的還很熟練。一般說是不大會出語法毛病的。只有在一心想別

出心裁，一鳴驚人，嘩眾取寵的時候，才會出現語法病句，怪句，彆扭拗口的句子。這也是因為，說話，寫文章是按語法規則進行造句的活動，我們重複過無數次了，習慣了，定型化了，機械化了。因此說出寫出符合語法的句子一點兒也不困難，困難的反倒是要說出寫出有語法錯誤的句子，因為沒有模式，有時候反而很難。新潮派小說家大叫「反語法」，但是它們寫出來的作品基本上都是合乎語法的。因此，寫文章的人不必對語法病句提心吊膽。

然而要解決修辭病句就很不容易了。古今中外名作名篇中也有修辭病句。中學生寫文章要想減少修辭病句，那就應當學一點修辭學。

二、詞性、結構和意義

「口」就是「嘴」，但是「親口」和「親嘴」的意義卻是完全不一樣的。這是因為漢語中有兩個「親」，一個是動詞，一個是副詞。「親嘴、親吻」中的「親」，是動詞性的，用嘴唇接觸表示親熱。「吻」就是嘴唇，也就是「口」（口的表面）。「吻」也可以作動詞用，用嘴唇接觸表示親熱，這時「吻」是動詞「親」的同義詞。「親口」中的「親」是副詞，是「親自」的意思。「親筆、親臨、親手、親身、親眼、親征、親政」等詞中的「親」都是副詞。所以「親口」和「親嘴」的區別不是由「口」和「嘴」的差別所造成的。其實，「親口」和「親嘴」的通常意義，是顯性意義，它們還潛在地具有一層意思，在條件成熟時，潛性意義也可以出現的。例如，「是你親嘴說的，不要抵賴！」這個「親嘴」就是「親口」，「親」是親自的意思。「她親那孩子的臉面，先親眼，後親腮，最後親口。」這個「親口」就是「親嘴」。換句話說，這時候「親嘴」的這一層區別有時也可以打破的。

動詞的「親」，有兩個不同的意思，一個指「親近」，例如：親華、親法、親美等。這個「親」現在有了個同義語素叫「哈」，例如「哈韓族、哈日族」等。另一「親」，《現代漢語詞典》上說：「用嘴唇接觸（人或物），表示親熱」。這就是說，動詞「親」是一種動作，動作的行為者是人，動作的工具

是「嘴」——動作發出者自己的嘴，動作的物件是人或物，動作的目是表示親熱。

「親」的工具是必要的條件，但正因為是必要的，一般情況下是不需要出現的。需要出現的是「親」的物件。例如「親親家鄉的土地」。「親」的物件是人的時候，被親的部位通常是嘴、手、足等。「親嘴、親吻、親手、親足」中的「嘴、吻、手、足」都是被親者的身體部位，而不是行為者的身體部位。一個日本漢學家寫了一篇很長的大論文，題目是《「親嘴」是親誰的嘴？》。我的看法是：「親嘴」的「嘴」只能是對方的嘴，理由是，第一行為者的嘴是動詞「親」的內部要素。第二，有同類詞語作證明，「親手、親足」是指對方的手和對方的足。作為一個詞的「親手」的「親」是副詞性的。這裡的「親手」和「親足」是一個片語。「親手、親足、親眼、親額……」，是片語，而「親嘴、親吻」是詞，這大概是因為嘴（嘴唇）是親的最多也最重要的一個部位的原因吧。

同「親嘴」同類的是「握手」，這個「手」一定是對方的手，別人的手，不是自己的手。自己的手，作為「握」這個動作的手，已經包含在動詞「握」中了，是不需要說出來的。換句話說，這是因為「親」的動作是人體中嘴這個器官專有的，「握」是手這個器官所專有的動作，這是常識，不言自明的。

「親嘴」和「握手」同「眨眼」和「彎腰」不是一回事情。「眨眼」和「彎腰」中的「眼」和「腰」是行為主體自己的器官，誰也不可能去眨別人的眼或去彎別人的腰。「揮手」、「低頭」、「踢腿」、「翹腳」、「翻身」和「彎腰曲背」、「擠眉弄眼」等的器官都是行為者本人的器官，不是他人的。

俗話說：「病從口入，禍從口出。」這裡的「口」是人的嘴巴，但「進出口」中的「口」就不是人體的一個器官了。現代漢語中有兩個「進口」和「出口」，這是結構方式的不同所造成的。一個是偏正式結構，例如「從進口進，從出口出。」這個「口」指的是地方，「進」和「出」是修飾成分，意思是供進來或出去的地方；另一個是動賓式結構，例如「進口商品」、「進出口公司」等，這個「口」指的是港口，指的是進入或離開港口；再如「孝子」，是偏正結構，是孝順的兒子的意思，但是它潛在著被理解為動賓結構的可能性，如果理解為動賓結構，那意思就是孝順兒子——對兒子特別的好，出了格的好。這就是說，複合詞內部的語素的詞性相同的時候，結構方式不同，詞的意義也就不同了。

詞性、結構和意義三者之間是相互聯繫著的，準確地把握詞義需要全面地考察這三個方面。例如「動詞＋名詞」，理論上有兩種結構，一是動賓結構，一是偏正結構。例如「建築房屋」是動賓結構；「建築工地」，是偏正結構，是供建築用的工地。「訪問學者、進攻武器、防禦協定、防禦能力、壓倒多數、建築材料、建築藝術」等都是偏正結構。如果把「建築工地」作動賓結構看，那麼工地就是建築的物件了。

三、並列轉義和異類並列

（一）　並列轉義

魯迅在小說《風波》中寫道：

> 老人男人坐在矮凳上，搖著大芭蕉扇，閒談，孩子飛也
> 似的跑，或者蹲在烏桕樹下賭玩石子。女人端出烏黑的
> 蒸乾菜和松花的米飯。

「老人男人」並列妥當嗎？「老人男人」和「女人」並列妥當嗎？「老人」同中年人、青年人、小孩子相對應，是從年齡上進行的分類。「男人」和「女人」，是從性別上進行的分類。老人中有男有女，男人中有老人、中年人、青年人、小孩子，女人中也有老人、中年人、青年人、小孩子。從語言中這些詞所表達的概念之間的關係來看，上例中的並列的確並不怎麼合理。

　　但是，這裡的「男人、女人、老人」都是言語中的詞，它們同客觀事物相對應，在言語中這些並列詞語已經部分地改變了語言中的、詞典上的詞的固有意義。在這裡，老人＝老頭兒＋老婦人，男人＝除去老頭兒的中年、青年男子，女人＝除去老婦人的中年、青年婦女，因此這樣的並列不是語病，同邏輯上的自相矛盾不相干。

汝尤譯契可夫《草原》中有這麼一句：

葉果魯夫看見了你的臉和生著鬈曲頭髮的腦袋。

我們不能因為「臉」是「腦袋」的一個部分，就說這句話不合邏輯，自相矛盾。因為在這裡：腦袋＝除了臉以外的腦袋的其他部分。同理，在「學校和社會不一樣」，「社會比學校複雜得多」，「學校比社會單純得多」，「離開學校，走上社會」，「走出校園，到社會上去」這些話語中，社會＝除了學校之外的社會的其他部分。

當我們說：「張三是甲班歲數最小的一個。甲班人個個喜歡他。」在這裡，甲班人＝除去張三之後甲班其他的人。

這是一種很經濟的說法，如果要代之以：「除去老頭兒之外的其他男人」，「除去老婦人之外的其他女人」，「除去學校之外的社會的其他部分」，「除去張三之外的甲班其他的人」，就顯得太笨拙了，十分可笑而行不通，特別是在日常會話中。當然在某些場合，在公文和科技論文中，有時候為了準確是可以採用這類說法的。

這一語用模式是普遍存在的，很有用的。遞進並列正是因為有了這一模式才得以合法地存在。

那一陣，全鎮，唔，全國不是都風靡一時地繡偉人像、背上大紅忠字黃挎包麼？（葉文玲《曉雪》）

「鎮、國」概念的外延逐步擴大，這是遞進、階梯關係，反映了發展的過程，這勝過於用最大的一個概念「一言以蔽之」。

　　總之，用語言中詞語所表示的概念之間的關係來替代話語中詞語的特定含義，而宣佈上列各例為語病，這是很不妥當的。

（二） 異類並列

作為一般用法，並列的項目應當是同類的。如：

> 那兩個電台的三套不同的廣播節目，不是都播送過貝多芬和莫札特，舒曼和舒伯特，莫索爾斯基和柴可夫斯基的作品嗎？（王蒙《如歌的行板》）

並列的各個項目都是大音樂家，作曲家。

　　一般說，異類項目不能並列，否則，不倫不類，非驢非馬。但是，異類並列的用例可也並不少見：

> (1)春風和醉客，今日乃相宜。（李白《待酒不至》）
>
> (2)護士、醫生、乘務員、炊事員、以至車窗外的月亮、星星、都沉睡了（張為《零點歸來》）
>
> (3)三個書記和一個吻（標題，《報刊文摘》1986年9月23日）
>
> (4)五個女子和一根繩子（標題。見《小說月報》）
>
> (5)鑽心的疼，使袖玉體會出一條她說不出的公式：結婚＝妻子＝丈夫腳下的鞋！（徐光耀《美滿婚姻》）

這是異類並列給人以耳目一新之感，一下子就抓住了讀者的心。

　　相聲藝術家們尤其喜歡異類並列這一修辭手法。如在大笑星馬季的《多層飯店》中：

　　甲：手提包中是否裝有現金支票，貴重物品如：金、
　　　　銀、首飾、自行車……
　　乙：這自行車能裝手提包嗎？
　　甲：還有是否攜帶易燃、易爆、易腐蝕危險品，如汽
　　　　車、火油、硫酸、鹽酸、香蕉水、桔子汁……
　　乙：這蘋果醬許不許？
　　甲：蘋果醬幹麼？
　　乙：桔子汁能算危險品碼？

　　今天的小學生經常做剔除異類項目的練習。如：「香蕉、蘋果、足球、雅梨、鳳梨」。正確答案是剔除「足球」，因為足球不是水果，不可魚目混珠。馬季這麼幹，偏偏摻進異類成分，故意不倫不類，為的是給觀眾以笑的享受，這可以叫做荒謬美、怪誕美。

　　在《多層飯店》中，作者一再運用異類並列的手法，而且愈用愈奇。再如：

　　甲：本人身體健康狀況，有無疾病、如何治療的。本人
　　　　病史、家庭病史、三代病史。是否得過大腦炎、腥紅
　　　　熱、肺病、肝病、膽病、腸病、皮膚病、傳染病，有沒
　　　　有高血壓、低血糖、重傷寒、血吸蟲、脈管炎、白癜
　　　　風、半身不遂、產後失調、心肌梗死、骨質增生。抗O
　　　　是否正常？膽固醇是否偏高？轉氨酶是否下降？血色素

是否增加？照過 X 光沒有？做過心電圖沒有？打過預
防針沒有？種過牛痘沒有？住過醫院沒有？到過火葬場
沒有？

「到過火葬場」是一個多義的句子，一是指死了，到火葬場去
燒屍首，二是指到過火葬場這個地方。這裡當然是指前一種意
思。但是無論是指那一種意思，都同「本人病史」無關，風馬
牛不相及，同前邊的「大腦炎」、「做過心電圖沒有」顯然是
異類的。正是因為是異類的，而且異得出奇，荒謬絕倫，才更
可笑，其諷刺挖苦深度和手法才更叫人拍案驚奇。

　　總之，異類並列是一種修辭手法，它只適用於特定的場
景，在公文、科技語體中則是無立足之地的！

四、已經結婚的和尚?!

在電視機前，畫面上出現了這個城市的最高領導的鏡頭，主人，一個已經退休的前副市長，對我說起這個領導人的笑話，關於語言文字運用方面的笑話。一來因為這是我吃飯的傢伙，二來這類笑話很有趣，很有市場。記得夏天去廣州，在火車上，那南方的乘客一路上都在大談他們的副市長的語言文字方面的大大小小的笑話，可惜我沒有錄音，那是非常精彩的呀。

這位本地的最高長官，在一次動員大會上說：

> 已經結婚的和尚、未結婚的適齡青年，都應當積極報名參軍……

和尚可以結婚麼？「已經結婚的和尚」，還能夠叫做「和尚」麼？和尚也有服兵役的義務麼？和尚不結婚的不需要服兵役，一旦結婚了，就必須服兵役，是嗎？當時在台下的秘書真是急煞了。這可真怪不得他的，他是這樣寫的：

> 已經結婚的和尚未結婚的適齡青年，都應當去報名參加軍……

這裡的「和」是一個連詞,「尚」是副詞。

如果作語法結構的層次分析,那就是:

已經 結婚的 和尚 未 結婚的 適齡 青年

修飾關係

(並列關係、修飾關係)

(修飾關係)

(修飾關係)

在這裡,「和」與「尚」雖然位置相連,但是在句法結構與語義關係方面都是毫無關係的成分,的確是風馬牛而不相及的。

「咬文嚼字」,彷彿是只咬書面語,而不管口語的。但是,我們傳統的語文語論是兼顧口語的,民間笑話就經常嘲笑口語中的種種失誤。

其實,書面語中某些東西,例如個人的書信往來,兩人世界的竊竊私語等,就不必、也不能去公開地「咬」,當心:個人的隱私權應當受到尊重,不好亂來的,否則,上法庭,法庭上見!

而某些口語,卻具有公開性,具有較大社會影響,甚至代表了單位、地區、國家與民族的形象!這就應當、也必須來公開地「咬」,咬一咬,這些口語也是語言規範化的物件,它與個人之間的私人言談大不相同,不可同日而語。

結論是不可以放過它!

五、說「嚴禁夾帶危險品上車」

在火車站、汽車站，映入你我他的眼簾的一個大標語常常
便是：

　　嚴禁夾帶危險品上車

如何對它進行層次切分呢？在多種多樣的切分中，哪一種合理
呢？又為什麼合理呢？讓我們暫且做一次層次切分的遊戲吧。

（一）切分和均衡

從音節均衡的角度上看，應當切分為：

　　嚴禁　　夾帶　　危險品　　上車

這時候「危險品上車」和「嚴禁夾帶」是並列關係，不能
是動賓關係。「嚴禁夾帶」什麼？賓語省略了，或承前而省
略，或人所皆知，不言而自明，不必說了，「小張生了」，生
了什麼？當然是一個白白胖胖的娃娃，公子或千金！「危險品
上車」──合理嗎？合理，危險品不上車，那還得了，永遠地
堆放在生產危險品的工廠裡，工廠早該倒閉了！沒有爆竹、酒
精等，而又非有不可、非用不可的單位和個人又怎麼得了呢？

所以「危險品上車」是一萬個有道理。不過,在火車站、汽車站張貼這樣大標語的人可決不是這個意義:「welcome —— 歡迎,你們大家一起動手,把各種各樣的危險品弄上我們的火車和汽車,welcome!」

　　因此,這一切分不符合火車站、汽車站的本意。

(二)「嚴禁」什麼?

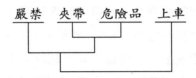

　　「夾帶危險品」這一動賓片語是動詞「嚴禁」的賓語,而同「上車」是並列關係,只要你不夾帶危險品上車,歡迎上車,請上車。好像比較接近了火車站、汽車站的意圖了。然而也不對。

　　「嚴禁夾帶危險品」,合理麼?行得通麼?人們買了汽油、酒精、爆竹等,不夾帶,就放在商店的櫃檯上,行嗎?不行!非夾帶不可的,人們在手提包中夾帶汽油、酒精、爆竹等步行(乘11路無軌電車)回家,你有什麼權利禁止了呢?吃飽了撐的怎麼的?你我他有權夾危險品,可以在那火、汽車站門口前經過,只要不上他的火車汽車,他們都管不著,嚴禁不起來的。而火車汽車站的頭頭自己的事還忙不過來,哪有時間管你這種事兒——事不關已、高高掛起!

　　因此,這一切分也不合理行不通的。

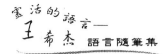

（三）「夾帶」什麼？

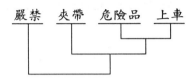

「危險品上車」做動詞「夾帶」的賓語，不通，不能構成一個結構體。因為「夾帶」只帶名詞性賓語，主謂短語，「危險品上車」是謂詞性短語，短語結構不允許它們結合而成一個結構體。而從語義上，「夾帶」同「危險品上車」不可能構成一個有意義的複合意義單位，也違背語義組合規則。

因此，這一切分違背了短語結構規則和語義組織規則，便是荒謬的行不通的。

（四） 語義和語法的統一

看來最好的切分是：

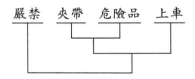

嚴禁的並不是「危險品」也不是「夾帶危險品」，也不是「上車」，而是「夾帶危險品上車」！這時候，語法結構同語義關係，才是統一的。

可見，層次切分不是純形式的問題，而是形式和意義的統一！也不僅是內容和形式的問題，還是社會語用問題。在多種

切分中哪一種更合理，可以行得通，這不僅取決於短語結構規則和語義規則，也同樣地取決於社會文化背景語用因素。所以層次切分也應當走出語言的微觀框架，勇敢地到社會大風大浪中去亮相。這正是層次分析所面臨的重要問題之一。

六、說「你請坐」

「你請坐」，是常說的一種口頭語、敬語、禮貌式，也是一種十分特殊的說法。

「你請坐」，好像是「我請你坐」的省略形式。而「我請你坐」是所謂的兼語式中的一種很典型的格式。這個「你」既是動詞「請」的受事，又是動詞「坐」的施事，集施事和受事於一身，所以是兼語——人們把施事者叫主語，受事者叫賓語，認為這個你兼了主語和賓語，其實施事和受事同主語、謂語不是一回事兒。一個是語義的術語，一個是語法的術語。所以最穩妥的說法，還是叫做「兼事」的好，既是施事，又是受事，在這一點上，「你請坐」中的「你」同「我請你坐」中的「你」相似，都是兼事。但從語法上，我們是不能夠認為「你」是動詞「請」的賓語的。而「我請你坐」中的「你」可的確是動詞「請」的賓語。可見，句子分析的時候，語義平面和語法平面應當區分開來，並不是一回事。對於「你請坐」，我們只能分析為：「你」是主語，「請坐」是謂語，「坐」又可以看作動詞「請」的動詞賓語。動詞和形容詞可以做句子的主語和賓語，這是漢語語法的特點，沒什麼好奇怪的。

值得注意的是，能進入這一格式的動詞，好像只有一個「請」字，其他的動詞都不行。例如不能說：

我求你坐——你求坐
我要你坐——你要坐
我看你坐——你看坐

第二個動詞也有限制，一般都是可以使對方受益的，是對方樂意接受的。例如：吃、聽、說。而第二個動詞，一般都是單音節的，不適應由複雜的長長的動賓短語來擔任。例如：

我請你下個星期六晚上6時半坐在公園的東側的一張長凳上——你請下個星期六晚上6時半坐在公園的東側的一條長凳上。（×）

可見，這個「你請坐」是漢語中最簡潔的一種口語中的禮貌用法。然而，我們也會聽到這樣的話：

你請滾！

這可是不禮貌的、粗野的一種說法。這同我們的結論是不是矛盾的呢？不，我們說「你請V」是一種禮貌用語，說的是一格式的語言色彩，對所有說話人都共同的一種色彩。這色彩的明顯標誌是「請」字。但是，語言中的敬辭可以用來罵人，這就是一個例子。這可以叫做禮貌語言的不用禮貌用法。這一形式與內容的矛盾，賦予這一說法更豐富的表現力。這正如「土匪、混蛋、強盜、殺千刀、不要臉、大壞蛋、恨你……」這些本是粗野不禮貌的用語，如果用在情侶、夫妻之間，反而更豐富地表現了一種極度親暱的色彩，這是「親愛的」、「我的可

愛的小心肝」之類所無法表現出來的一種極度親昵的色彩。

　　表面上看，「我請你坐」，合語法合邏輯，但人們並不說，而「你請坐」，似乎不合語法，不合邏輯，然而人們天天說。這就是我們千百萬人的言語生活，奇哉怪哉！

七、「為」字的誤用

有這樣一則廣告：

> 本書為您「獻醜」──《80年代重大醜聞錄》徵訂啟事
> 新聞除了謳歌美好事物外，也揭露了醜惡現象。新華社
> 參編部編寫的《80年代重大醜聞錄》，以通訊和報告文
> 學等形式記錄了80年代在國際上有重大影響的24件醜
> 聞，其主角多是人們較為熟悉的政壇魁首、軍界要領、
> 文壇巨子、體壇巨星以及像勃列日涅夫女婿這樣一些
> 「特殊人物」。本彙編將他們在權與錢、名與利、江山與
> 美人諸多問題上的欲望與手段、罪惡與陰謀──予以曝
> 光。本彙編內容翔實，脈絡清晰，具有較強的可讀性、
> 啟迪性和資料性。

「獻醜」者，謙詞也，指的是，「用於向人表演技術或寫作的時候，表示自己能力很差」。這裡加了一個引號，便改變了這一含義和用法，是真正的獻上一段醜聞醜事，這屬於「獻醜」一詞的語源意義，即不用詞語的通常的流行意義，而故意使用它的不流行的語源意義來達到某種特殊的修辭效果。

但是，試比較一下：

為你獻醜　為你遮醜

這醜，都是讀者您的。這可不行，我們讀者何醜之有？如果是我們讀者的醜，我們就不花大錢去買這本《80年代重大醜聞錄》了！

這醜本是「人們熟悉的政壇魁首、軍界將領、文壇巨子、體壇巨星以及像勃列日涅夫女婿這樣一些「特殊人物」的」！那麼，就應當用介詞「向」字兒。

　　　　本書向您「獻醜」　　本人向您敬酒
　　　　本書向您獻良計　　　本人向您敬煙

這醜，這計，這酒，這煙，原都不是您的。請您欣賞別人的醜；您使用別人眉頭一皺而得來的一計；不用您掏腰包花大錢而是別人用工資獎金或者外快去買來的名酒外煙。

　　如此這般，我們讀者才樂意花幾元錢去買這樣一本書的。看看那些鼎鼎大名的人到底有多少醜！何樂不為呢？

八、黃犬奔馬句法工拙論補

　　北宋沈括在《夢溪筆談》中記載了一個故事，穆修、張景一同上朝，「適見有奔馬踐死一犬」，兩人便各記其事，以比較優劣。穆修說：「馬逸，有黃犬遇蹄而斃。」張景說：「有犬死奔馬之下。」沈括認為穆修、張景的句法都不佳。

　　陳善在《捫虱新話》中評論說，張景的句法比穆修的好，沈括的又比張景的好。

　　《唐宋八家叢話》也記載了黃犬奔馬的故事，但卻換了主人公：有一天，歐陽修和同事一同出遊，「有奔馬斃犬于道」，歐陽修說：「請記此事。」同事說：「有犬臥通衢，逸馬蹄而死之。」歐陽修說：「太囉嗦。如果叫你寫歷史書，萬卷也寫不完。」同事問：「您怎麼寫？」歐陽修說：「逸馬殺犬於道」。

　　這樣，同一個故事便有了七種句法：

　　⑴適見有奔馬踐死一犬。（沈括）

　　⑵馬逸，有黃犬遇蹄而斃。（穆修）

　　⑶有犬死奔馬之下。（張景）

　　⑷適有奔馬踐死一犬。（陳善）

　　⑸有奔馬斃犬於道。（《叢話》作者）

　　⑹有犬臥通衢，逸馬蹄而死之。（歐陽修的同事）

(7)逸馬殺犬於道。（歐陽修）

這件事並未到此結束，魯迅在《做文章》中、陳望道在《修辭學發凡》中、唐弢在《繁弦集》中，曾經繼續討論這個問題。舊事重提，在此我們願補充三點意見。

首先，不能用施受關係來理解主賓語。施事可以放在主語的位置上，但也不一定放在主語的位置上。語法上的主語、賓語和邏輯上的施事、受事是兩回事情。試比較：

    (A) 有奔馬踐死一犬。   (B) 有犬死奔馬之下。

這種句子通常叫兼語式，「奔馬」和「犬」分別是「有」的賓語，「踐死」和「死」的主語。(B)中，施事「奔馬」處於賓語的位置，受事「犬」卻處在主語的位置上，受事處於主語位置上的句子在現代漢語中是很多的。如：

    他被她批評了一頓。   杯子被打破了。

這就是被動句。施事處在賓語的位置上的句子，在現代漢語中也是很多的，如：

    曬太陽。   出太陽了。   來了一個客人。

施事還可以處在定語的位置上，如：

    他開的車是上海牌的。   她寫的信很熱情。

總之，在主語和施事之間劃等號是不妥的。

其次，同一客觀情況，是可以用不同的句子格式表達出來的。這裡同一個黃犬奔馬的故事，七個人用了七個不同的句子格式。這些不同句式的選用，首先取決於作者的「視點」──著眼點。「有奔馬踐死一犬」的作者，視點在「奔馬」上；「有犬死奔馬之下」的作者，視點同時在犬和馬兩者之上。初學寫作的人往往傾全力於華麗詞藻的選擇，對句式的選擇常常不願多花氣力，結果句式缺少變化，彷彿同一客觀事物永遠只能用同一個句式來表達似的。這個故事給我們的一個啟發是：應當適應自己的視點要求來安排句子格式。

最後，一個句式的好壞，孤立地看有時很難判斷。只把它放到所隸屬的那個整體中去，只有結合交際的目的、環境、物件等因素，才能說好道壞。比如說「廣場中央**矗**立著人民英雄紀念碑」和「人民英雄紀念碑**矗**立在廣場中央」，孤立地看說不出好壞來，放在下列的句子中就各得所宜，都好：

(1)廣場東邊是歷史博物館，廣場西邊是人民大會堂，廣場中央矗立著人民英雄紀念碑。

(2)人民大會堂和歷史博物館在廣場的兩邊遙遙相對，人民英雄紀念碑矗立在廣場中央。

如果兩者交換一下位置，就都不好了。所以寫作者不僅要看看每個句子本身是否通順，還要考慮到它們之間的搭配關係。

再說繁簡吧，歐陽修批評同事太繁，唐庚又批評歐陽修過簡害意。其實繁簡問題，得結合交際環境、目的、物件來看。比如兩份電報稿吧：

(A) 五日乘九次車七日到渝盼接　　(B) 七日接九次。

有人說，(A)太囉嗦，有許多剩餘的資訊應刪去，應該用(B)稿好出。但假若是打長途電話，則(A)也嫌太簡單了呢！更不必說日常會話了。

這個故事啟發我們，對於語言及其運用，應當多一些辯證法。

九、「殺手」

　　「殺手」是現在很為流行的一個詞。它的出現頻率很高，出現場合很廣泛，在年輕人的嘴巴裡，在報紙的標題上。《現代漢語詞典》解釋說：

　　　　殺手是「受雇刺殺人的人」。

　　其實「殺手」是古已有之的，司馬遷《史記·刺客列傳》中的人物其實就是殺手。但是「殺手」和「刺客」的文化含義是完全兩樣的，道德評價是截然不同的。「刺客」受到的是人們的肯定和讚揚，而「殺手」則是討厭的可憎的不道德的。中國古代的刺客同現代社會裡的殺手是全然不同的人，是不能混同的。

　　「殺手」的流行，是當代社會生活的反映。「殺手」往往用於比喻義，例如：

　　　　《中年人死亡率上升。腦血管病成「第一殺手」》（《新華
　　　　日報》2002 年 8 月 23 日）
　　　　《注意！腦血管病成「第一殺手」》（《揚子晚報》2002
　　　　年 9 月 19 日）
　　　　《「意外傷害」已成兒童的頭號殺手》（《文匯報》2002

用「殺手」來作比喻，幾乎成了時尚時髦，這也是一種社會心理的反映，也是新聞語言的媚俗性（滿足人們的好奇心理）和「炒作性」的表現形式。

「殺手」中的「殺」，是一個動詞性語素，表示一種動作。「手」，本是名詞，指的人體的一個器官。「殺手」中的「手」，並不是手，而指某種人，「Ｘ手」就是具有Ｘ特徵、功用、技能等的人。用修辭學術語說，這是借代修辭格，用人的身體中的一個部分（特徵、標誌）來指代整個人。這個詞綴的繁榮，體現了手在人類生活中的重要性。

這「手」不僅是名詞，也是構詞詞綴。表示人的構詞詞綴「手」是很活躍的，可以分別用在名詞、動詞和形容詞性語素的後面，構成一個表示人的新詞。例如名詞性語素＋詞綴「手」：舵手、旗手、棋手、歌手⋯⋯。動詞性語素＋詞綴「手」：打手、殺手、獵手、選手⋯⋯。形容詞性語素＋詞綴「手」：聖手、強手、新手、老手⋯⋯。用在名詞後面，指的是同這個名詞所表示的事物有某種關係的人。舵手——掌舵的人，旗手——扛大旗的人，再比喻為領頭人或領袖人物。用在動詞後面，指的是這一動作的主體或實施這一動作的人。扒手——扒竊他人財物的人。用在形容詞的後面，指的是具有這一特徵或品格的人。按理說，只有這些事物、動作、性質狀態同手有密切關係，才可以用詞綴「手」，但是「歌手」靠的卻不是手，而是口（嘴巴）。

「殺手」是這麼簡單的一個詞，但有時也會引起麻煩。例如《參考消息》有一個標題：

珊瑚殺手重現海洋（2002年9月16日第七版）。

作者是法國人皮圖瓦什，原載法國《快報》周刊（8月1日），原題為：《珊瑚面臨細菌殺手》。原文提要說：「微生物石（microbialithe）重現海洋，威脅著珊瑚礁，並進而威脅著動物和人類。它們『捲土重來』緣於人類的活動。採取相應措施刻不容緩。」

一個作珊瑚殺手，一個說是細菌殺手！按理說，「珊瑚殺手」不等於「細菌殺手」！兩者之中必有一錯。原標題是原作者所擬，按理說是不會錯的，如果有錯，那錯的一定是《參考消息》的編者了。但是，《參考消息》似乎也沒錯兒。因為──

珊瑚殺手＝細菌殺手

「珊瑚殺手」指的是以珊瑚為物件的殺手，「珊瑚」是表示動作物件的一個修飾語，珊瑚本身並不是殺手。「細菌殺手」說的是，殺手就是細菌，所殺的物件是珊瑚。「細菌」是「殺手」的同位語。

用語法學家的術語說，「殺手」前的名詞性成分有兩種：一種是表示物件的修飾語(A)，另一種是同位語(B)。這裡的「珊瑚殺手」和「細菌殺手」，之所以能夠構成同義關係，表示同一事物，根源在於：它們表層形式雖然相同，但是卻是兩種不同的格式：「珊瑚殺手」是表示物件的修飾語(A)，「細菌殺手」是同位語(B)。

「殺手」前的名詞有兩種，就有了兩個「珊瑚殺手」和「細菌殺手」──

A 式：珊瑚殺手、細菌殺手……珊瑚和細菌等是被殺的
物件。

B 式：珊瑚殺手、細菌殺手……珊瑚和細菌等本身就是
殺手。

我曾對人說：是人的不是人，不是人的反是人！我舉例
說，誰也不會見到人就喊人家：「人！」明明是一個人，我們
卻從不用「人」這個詞去稱呼他，常常用動物來指人：黃牛、
老黃牛、千里馬、老狐狸、老驢頭、小狗狗、公雞頭等。明明
是動物，我們卻說：「一隻小花貓，一隻小白兔，一隻小黑
狗，他們三個人上山去玩兒了……」同理，在這裡，奇妙的現
象出現了：珊瑚殺手(A)≠珊瑚殺手(B)。細菌殺手(A)≠細菌殺
手(B)。但：珊瑚殺手(A)＝細菌殺手(B)。

表示物件的修飾語同中心語之間可以插入「的」字，意義
不變，例如：珊瑚殺手＝珊瑚的殺手、細菌殺手＝細菌的殺手
……。但是，同位語同中心語之間卻不能夠再插入「的」字，
「珊瑚殺手」不能說成「珊瑚的殺手」，「細菌殺手」也不能說
成是「細菌的殺手」。同位語同中心語可以轉化為主謂關係，
例如：細菌是殺手，腦血管病成了第一殺手。如果行為主體和
物件都出現，就是：細菌是珊瑚的殺手。

這裡的關鍵是：動詞的「殺」有施事(S)和受事(O)及雇主
(G)三個方面（專案），組合模式是：殺手＝S（施事）「名詞
＋殺手」：(A) S（施事），(B) O（受事）。「名詞＋的＋殺
手」：(A) O（受事），(B) G（雇主）。在「黑幫老大的殺手」、
「仇家的殺手」等中，名詞修飾表示的不是殺手的刺殺物件，
而是殺手的雇主。

　　語言現象簡單而複雜，表面相同的骨子裡可能並不相同，表面不同的骨子裡可能是相同的。注意這些平常語言現象背後的同和異，不但可以提高自己的語言修養，也能提昇自己的文化品位，增加智慧。

十、摩托車修理配件?!

（一）結構和語義的衝突

在金華市內公園附近，有這樣一家商店：

摩托車修理配件

在漢語中，如果動詞前後各有一個名詞，這時候通常便形成了一個「主——動——賓」結構模式。例如：

(A) 我愛春天。他吃糖。她講故事。你讀書。他愛她。她批評他。

(B) 春天愛我。自行車騎人。書讀他。

(C) 她淋了雨——雨淋了她。汽車蓋油布——油布蓋汽車。畫掛在牆上——牆上掛著畫。一頓飯吃了十元錢——十元錢吃了一頓飯。一輛自行車騎兩個人——兩個人騎一輛自行車。

A式是常規。B式是超常式的，所以有點兒怪，只有在特殊語境下才能成立，這就是因為人們都在按照「主——動——賓」結構模式在理解這一類超常句子。C式是特例，只有有限的句子才可兩個名詞互換之後，結構關係和語義關係都不改變。

按照漢語語法的一般規則，這個商店的名稱應當這樣來解讀：

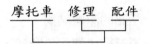

其語義關係是：動詞「修理」要一個施事者，一個受事者。在它前面的是施事，在它後面的是受事，這是施事和受事同時出現時的一般規則。於是乎結果便是：摩托車是施事者，它老先生修理配件——這配件可不一定就是摩托車配件！這顯然不合情理！摩托車是沒有生命的物，不是人，不是機器人，沒有修理的能力。「配件」當然可以作受事，但作「修理」的受事，也有點兒那個的。

當然，也可以把這裡的「摩托車」理解為話題。話題的引入，是80年代中國語法學的一大進步，便成了：

摩托車：修理配件

「摩托車」和「修理」之間是一種話題和陳述關係。服務物件是摩托車，業務專案是修理配件。可也不合情理，因為配件並不需要修理，只要裝上去就行了！把「修理配件」理解動賓結構，也是很不妥當的。

這個商店的名稱其實是詞不達意。

(二) 從深層到表層

事實上，這家商店業務範圍有兩種：

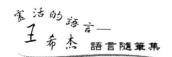
（A）修理摩托車

（B）出售摩托車配件

這也可以看作為這一話語的深層結構。

在從深層結構向表層結構轉化的時候，當然可以合併同類項，只要保留一個「摩托車」，也可以省略刪除，這裡刪除省略了「出售」，這是因為出售汽車配件的商店，幾乎從不出現「出售」或「經營」一類動詞，只大書「汽車配件」或「汽配」便可以了。因此：

（A）　修　理

（B）　　　　摩托車　配　件

不過這兩個名詞一個動詞又可以有多種表層配搭方式，例如：

（A）修理摩托車配件。

（B）修理：摩托車、配件。

（C）摩托車修理配件。

（D）摩托車：修理配件。

（E）摩托車：修理、配件。

（F）摩托車修理。配件。

（G）配件修理摩托車。

（H）配件。修理摩托車。

（I）配件。摩托車修理。

（K）摩托車配件修理。

　　……

當然是以Ｅ式最為合適。摩托車是話題，經營的兩項業務，一是修理，二是配件。不過，並列結構一般大都要求各並列專案在詞性上一致，由於這裡的「修理」是動詞，「配件」是名詞，兩者並列十分彆扭，極不和諧，不美不好。

似乎可以在視覺上玩一點兒花樣：

摩托車 ┌ 修理
　　　 └ 配件

但是不協調感卻依然是存在的。

（三）　音節和簡縮語

在南京的草場門，有一家商店的招牌是：

汽摩配件

我們知道，汽車配件已經簡稱為「汽配」了，但摩托車配件到目前還不能簡稱為「摩配」呢！因此這一商店的招牌大概有如下多種寫法：

（Ａ）　汽車配件。摩托車配件

（Ｂ）　汽配。摩托車配件。

（Ｃ）　汽、摩托車配件。

（Ｄ）　汽摩配件。

（Ｅ）　汽摩配。

（Ｆ）　汽配、摩配。

這裡叫「汽摩配件」是汽車和摩托車相互讓步的結果；汽

車配件→汽配→汽配件。摩托車配件→摩配件。「汽配」遷就
摩托車配件的保守性而後退了半步，多了一個音節。「摩托車
配件」受到了「汽配」的鼓舞和壓力，少了兩個音節，成了
「摩配件」。這個「汽摩配件」可以看作為一個過渡形式，它的
前景將是：「摩配」和「汽摩配」。「摩配」與「汽配」認
同、結盟，而「汽摩配」同「冷熱飲」認同、結盟。但是，即
使出現了「汽摩配」，「汽摩配件」依然有適用的範圍，因為
我們說漢語的人十分喜歡四字格！四字格在語言運用中有特殊
的地位，這是三字格所無法代替的。

十一、眼睛和「看」

（一）「看」的工具是眼睛

「看」是一個會意漢字，「看＝手＋目」，手在上，目在下，就是：以手遮目遠望。最典型的樣式是電視片中悟空孫大聖的那個樣子。其實，「看」——遠望不一定非用手不可，用望遠鏡更好，但是卻是非「目」而不成的。「目」者，眼睛之謂也。

從生理學觀點上看，這「看」是眼睛的功能，是眼睛這一器官工作的過程和結果。沒有眼睛就不能看。或者說眼睛是「看」這一動作一個必要的條件，或是不可缺少的前提。《現代漢語詞典》說：

看　使觸人或物。（705頁）
視線　用眼睛看東西時，眼睛和物體之間假想的直線。
　　　（1156頁）

那麼，實質上，或者運用代入法，就是——

看　使視線——用眼睛看東西時，眼睛和物體之間假想的直線——接觸人或物。
看　使用眼睛看東西時眼睛和物體之間假想的直線接觸

人或物。

看　使眼睛看東西時，眼睛和物體之間假想的直線接觸
　　人或物。

看　使看東西時眼睛和物體之間物。假想的直線接觸人
　　或物。

看　使眼睛和物體之間假想的直線接觸人或物。

如果你對人說：「你看你看，你看呀！多美呀！」可人家
回答卻說：「看？拿什麼看？我一個盲人，看什麼呢？你在挖
苦人！」「我害眼了，不能看。」「我的眼抬不起來！怎麼看？」
「我的眼睛請假了，看什麼？」「我可忘了帶眼鏡來。」「我丟
在家裡呢。」所以說，眼睛是「看」的必要條件，這是沒錯兒
的。

（二）「眼睛」和「看」的語義模式

眼睛和「看」的語義結構的基本框架是：

$$
\begin{array}{c}
\nearrow\text{工具} \\
\text{主體——}\boxed{\text{動作}}\longrightarrow\text{物件} \\
\text{動量}\nearrow
\end{array}
$$

說出來，就應當是：

(1)我用眼睛看你一分鐘。

(2)我看了你一眼。

「一分鐘」、「一眼」都是表示動量的。

(三) 眼睛的隱退

眼睛是看的必要的工具，但是言談中卻常常作為前提隱藏起來，省略去了。我們平常說話的基本模式是：

主體	動作	物件
人（動物）	看	人和萬事萬物

例如：

> (1)我（你、他等）看著你（大樹、小草、花蕾、小狗、
> 　　流水、人家、星星、月亮、天使、神女等）。
> (2)小狗看著我（老狗、肉骨頭、小花貓等）。

最重要的眼睛——看運動的工具，卻偏偏不出現。這其實是人之常情：人真是忘恩負義的東西。越重要就越容易忘記，往往是在失去之後才想到它，諸葛孔明活著時，蜀人並不感覺到他的存在和重要，直等到他死了才深深地感覺到他是如此如此之重要而不可少的。

說「看」而想到或提到眼睛的時候，總是一種超常規狀態。例如：

> (1) 請用您自己的眼睛好好兒地看著。
> (2) 你不能只用眼睛看，還得用你的心靈來看。
> (3) 我只能用我自己的眼睛來看，不能用你的眼睛去看。
> (4) 你要睜大你的眼睛來看。
> (5) 他斜著眼睛在看。

(6) 他用青白眼看人。

(7) 我用一種嫉妒的目光看著他。

(8) 他用一種奇怪的眼神看著我。

(9) 我閉起眼睛不敢看。

(10) 他用狗眼看人。

或是一種強調的格式，或是別有用心的。

這其實並非只是「看」和「眼睛」之間的一種特殊關係，其他動作和工具之間也是如此的。例如：

動作	工具	物件	動量
踢	腳	人或物	腳
吃	嘴、口	食物	口
說	嘴、口	話	口
想	心／腦	人或物	次、回
寫	筆	字、文章	筆

常規情況下也是不出現動作的工具的，工具的出現往往有強調的意味。

（四） 眼睛的代用品和標記的有無

眼睛可以有替代品或輔助性工具：眼鏡、望遠鏡、放大鏡、顯微鏡、哈哈鏡等。例如：

⑴我戴上眼鏡來看。

⑵我用望遠鏡（顯微鏡、放大鏡）來看。

必要的真正的工具的眼睛往往忘記了，而輔助性的工具、代替品卻念念不忘。人，往往是主次不分，顛倒主次，這就是一個例子。其實，那望遠鏡、顯微鏡、放大鏡，只是眼睛的輔助性的工具，沒有眼鏡那望遠鏡、顯微鏡、放大鏡等，還是不能看！但是，人們不說：

(1)我戴上眼鏡幫助眼睛看。

(2)我用望遠鏡提高眼睛功能來看。

就語言表達而言，似乎這些眼睛的代用品比眼睛本身更重要似的。

我們可以把眼睛叫做「無標記工具」，雖然它不出頭露面，「不在場」，沒有標記，但是卻是最重要的。在表層形式中，必須出現的替代品輔助性工具，雖然是「在場」的，有標記的，但是並不顯示它的重要性。這正如：

無標記：皇帝　　總統　　醫生　　教授

有標記：女皇帝　女總統　女醫生　女教授

不能說是「女尊男卑」，其實正是「男尊女卑」觀念的產物。

眼睛同輔助性工具、它的代用品是不可混淆的。兩者之間是有區別的。例如：

(1)我的眼睛看你。——我的望遠鏡看你。（？）

(2)我看你了一眼。——我看了你一望遠鏡。（？）——

我用望遠鏡看了你一眼。

(3)我把你看在眼裡，記在心頭。──我把你看在望遠鏡
　　裡，記在心頭。（？）

　　對「看」來說，最重要的工具畢竟是眼睛，這眼睛是任何
輔助性工具、替代品都不能替代的。

（五）用大腦「看」

　　望遠鏡、放大鏡、顯微鏡等代用品、輔助性工具是具體的
有形的物質的東西，那麼人們還能夠用無形的、抽象的東西來
「看」，例如：

　　(1)我不用有色眼鏡看你。
　　(2)我用法律觀點看你。
　　(3)我用心理學家的眼睛看你。
　　(4)我用發展變化的眼光看你。

這些無形的抽象的東西其實是觀念和方式、學說和理論。這其
實是一種文化的心理上的眼睛，是「看」的工具的一種引伸或
比喻，它的運用已經不再是肉體的眼睛的功能，而是思維器官
的大腦（或是心）的功能，因此這時候的「看」已經不再是原
來意義上的「看」，而是動詞「看」的引伸用法──觀察和鑒
賞、分析和研究。同眼睛的替代品不同的是，這引伸的文化的
工具是不能說的：

　　(1)我用有色眼鏡看你一眼。（？）
　　(2)我用法律觀點看你一眼。（？）

(3)我用心理學家的眼睛看你一眼。（？）

(4)我用發展變化的眼光看你一眼。（？）

　　這「看」已經不是眼睛和物件物體之間的假想的直線的問題了，而是大腦的思維活動，是思索、分析、評價、鑒賞等。

　　再往前走，有些「看」是一點動作性也沒有的。例如：你說說看。我們走走看。

高深而平常的修辭

一、什麼是合作原則？

　　美國語言哲學家格賴斯（H. P. Grice）1967年在哈佛大學作學術講演的時候提出：為了保證會話的順利進行，談話雙方都必須遵守一些基本原則，而最重要的便是合作原則（Cooperative Principle）。合作原則指交際雙方互相理解，共同配合，合作互助，共同順利進行談話，以達到預期的滿意效果。

　　如果交際雙方不合作：

　　甲：您讀過《羅密歐和朱麗葉》嗎？
　　乙：世界上並沒有真正的勝利者！
　　甲：你到過桂林嗎？
　　乙：說謊的人並沒有騙過別人最終只能欺騙自己。

乙所答非所問，拒絕合作，甲只得中斷談話，甲的交際目的便不能實現。

（一）合作原則的內容

　　格賴斯所提出的合作原則共有四條準則，即：

　　量的準則（Quantity Maxim）、質的準則（Quality Maxim）、關係準則（Relevant Maxim）、方式準則

（Manner Maxim）。

所謂量的準則，指話語所提供的充分而又不多餘，即「言無務為多而務為智」（《墨子‧修身》）。如說話人沒有提供充分的資訊：

　　甲：請問春兒是誰呀？
　　乙：春兒嘛，她媽媽的女兒呀！

乙的答話信息量太少，不充分。或者提供大大超過了對方所需要的資訊：

　　甲：您上哪兒去呀？
　　乙：我到圖書館主樓小會議室去找我的同學的鄰居的媽媽的表姐，找她開後門借一本內部小說，幫助我哥哥去討好他的女朋友。

乙的答話資訊又大大超出了甲的需要。這兩種情況下，乙都採取了不合作的態度，這勢必迫使甲中斷談話。所以只有符合量的準則談話才能順利進行下去。

　　所謂質的準則，指交際的雙方都應該努力為對方提供真實的資訊。任何一方都不應當把自己明知是錯誤的資訊傳遞給對方，應當力求不說證據不足的話。因為我們誰也不願意被別人欺騙和愚弄。如果我們一旦知道對方是在說假話，或者在用沒有足夠證據的話語在胡弄我們，便會認定對方無誠意，不合作，於是也就不願意同對方合作了。所以真實的資訊仍是談話

能夠順利進行下去的一個必要條件。

所謂關係準則，指話語應當與談話的主題相關，與所要實現的目的相關。在談話中，只有切題的話語才能引起對方把談話進行下去的興趣。而所答非所問，「王顧左右而言他」式的談話，則表明說話人是不合作的，這將促使對方對談話失去興趣。所以關係準則仍是談話順利進行並獲得預期效果的一個必然滿足的條件。

所謂方式原則，指談話要清楚明白，有條有理，要避免晦澀，避免歧義，避免囉嗦。說話不能是為了自己痛快，而要為對方理解著想，盡可能交代清楚，主動消除對方理解時可能出現的障礙，這就是合作態度，這是話語交際正常進行的重要條件。如果不滿足這一條件，談話便有可能中斷。

在交際活動中，不同的說話人，在不同的交際場合中，遵守合作原則的四項準則可能有所側重。不遵守合作原則的事是經常發生的。有時候，有些說話人乾脆宣佈不願意合作，「無可奉告。拜拜！」有時候說話則面臨著顧此失彼的局面，他想努力遵守合作原則中某一項他認為最重要的準則，於是又違背了另一項準則。有時候，說話人悄悄地、不讓對方發覺地違反合作原則，把聽話人一步步引入歧途。如高德明的相聲《醋點燈》：

> 甲：鮮魚口把口路東瑞林祥卸貨哪。淨是皮，都是直毛。狐脊的、狐尾的、狐腦門、海龍、水獺。那位學徒的也搭著困迷糊了，一扛這包袱呀，從車後頭掉下一卷皮襖來。這卷皮襖呀，扔著賣得賣四百塊錢？

乙：那你就撿去吧！

甲：撿去，人都在那兒瞧著⋯⋯

⋯⋯

乙：那你走吧？

甲：走？哪兒找這事去呀！我蹲在電線杆後邊瞧著，你們瞧不見我認了，瞧不見是我的了。我等了十幾分鐘貨卸完了，車往北了，他們把門上上，電燈滅啦。呵！我這喜歡呀！我過去雙手一抱。

乙：抱起來了？

甲：哪兒呀？一條大黃狗。（《傳統相聲集》）

甲便在有意違背合作原則的方式準則，引乙上當受騙。

（二）合作原則的補充——禮貌原則

繼格賴斯之後，利奇、布朗、列文森等作為對合作原則的補充，又提出了「禮貌原則」（Politeness Principle）。禮貌原則包括如下準則：

得體準則（Tact Maxim）——減少表達有損於他人的觀點，儘量少讓別人吃虧，儘量多使別人得益。

慷慨準則（Generosity Maxim）——減少表達利己的觀點，儘量少讓別人吃虧，儘量多讓自己吃虧。

讚譽準則（Approbation Maxim）——減少表達對他人的貶損，儘量少貶低別人，儘量多讚譽別人。

謙遜準則（Modesty Maxim）——減少對自己的表揚，儘量少讚譽自己，儘量多貶低自己。

一致準則（Agreement Maxim）——減少自己與別人觀點上的不一致，儘量減少雙方的分歧，儘量增加雙方的一致。

同情準則（Sympathy Maxim）——減少自己與他人在感情上的對立，儘量減少雙方的反感，儘量增加雙方的同情。

禮貌原則可以解釋合作原則所解釋不了的問題，完善了同「會話含義」的學說，但是禮貌原則本身也需要進一步完善。

哲學家提出的合作原則，其實是一種理想的原則，其實在現實生活中，在一切的言語交際中，都很難說有真正的完全的合作原則，即使在最友好最親密的人際關係中，也做不到真正的完全的合作，永遠是一種相對的合作，又合作又不合作的合作。

二、什麼是會話含義？

　　句子本身的含義與特定的說話人使用這個句子所表達的實際含義並不是一回事兒。句子本身的含義是語言單位及其組合所產生的，它取決於成分異同、詞語的次序、構造的層次、語法結構關係、語義結構關係、句調等因素。特定說話人使用這個句子所表達的實際含義大都同語境有關，是話語的真正含義、言外之意，是話語所意味著的東西。這種意思，格賴斯稱之為「會話含義」（conversational implicature）。會話含義又分為「一般含義」（generalized implicature）和「特殊含義」（particularized implicature）兩種。

　　一般含義指的是說話人在遵守合作原則的某一項準則時，在話語中通常帶有的某種含義。而特殊含義則指在談話中，說話人明顯地或有意地違反合作原則的某項準則（總的說來還是遵守合作原則的），從而迫使另一方推導出話語的含義。這特殊含義是根據特定的時間、地點和人物而作出的一種推斷。如故意違背量的準則的：

　　　　王元美適宴客，有以星術見者，座客爭談星命。元美
　　　　曰：「吾自曉大八字，不用若算。」問何為大八字，
　　　　曰：「我和人人都要死的。」（明《諧叢》）

八字應對人家的「生老病死、福祿壽喜財」方面有所論定才是，但「我和人人都要死的」卻什麼迷津也沒有指點指點，說了等於沒說，這違背了量的準則，是一種不合作的表示。這逼迫聽話人從當時宴會上爭談星命者的熱情同王元美不動聲色的冷淡相互輝映、強烈對照上去推斷，得出這句話字面上所沒有的弦外之音、言外之義：王元美根本不相信星命，他挖苦嘲諷了在場爭談星命的人。

　　而違背質的準則的如：

　　　　郝隆七月七日出日中仰臥，人問其故，答曰：「我曬書。」（唐・朱撰《諧噱錄》）

郝隆並沒有曬書，明明是曬他的大肚皮，卻偏說是曬書，這一資訊是虛假的。這逼迫聽話人從說話人的身分和神態方面多想想，於是他明白了：郝隆在開玩笑，他在為自己滿腹經綸而自豪，他的肚子裡全是書，他是在隔著肚皮曬他讀過的書呢！

　　違背關係準則的如：

　　　甲：你有男朋友了吧？
　　　乙：春天真好。

乙說「春天真好」是所答非所問，這一不合作態度逼迫甲推導出乙的意思：不好意思談這個問題，不願意談這個問題，委婉地轉移了話題。

　　違背方式準則的例子更是多種多樣的。但這些情況下，說話人有意不遵守合作原則的某一項準則，目的是讓聽話人越過

字面意義去推導出其中的語用含義。從根本上看,這不能算是
違反了合作原則的;從總體上看,他還是遵守著合作原則的,
因為只要聽話人瞭解了話語的會話含義,談話是可以進行下去
的,雙方是能夠相互配合並達到預期的交際效果的。如曹禺的
名劇《雷雨》第四幕:

> (中門輕輕推開,繁漪回頭,魯貴悄悄走進來。)
> 魯貴:(彎了彎腰)太太,您好。
> 繁漪:(略驚)你來做什麼?
> 魯貴:(假笑)給您請安來了,我在門口等了半天。
> 繁漪:(鎮靜)哦,你剛才在門口?
> 魯貴:對了,(詭譎地)我看見大少爺正跟您打架,我
> ——(假笑)我就沒敢進來。
> ……
> 繁漪:(嫌惡地)你現在想怎麼樣?
> 魯貴:(傲慢地)我想見見老爺。
> 繁漪:老爺睡覺了,你要見他什麼事。
> 魯貴:沒有什麼,要是太太願意辦,不找老爺也可以
> ——(意在言外地)都看太太怎麼辦了?

魯貴總的來說還是遵守了合作原則的,所以他同繁漪之間的談
話是順利進行下去了,他也達到了預期的目的——要繁漪推導
出他的語用含義,雖然他沒有遵守質的準則。

　　格賴斯認為,會話含義具有五個特徵,即:

　　可取消性(cancellability)、不可分離性(nondetachabil-

ity）、可推導性（calculability）、非規約性（non-conven-
tionality）、不確定性（indeterminary）。

會話含義學說推動了語用學的發展，已經成為語用學的重
要內容，.積極研究漢語中的會話含義是漢語研究者今天的重要
任務。

三、什麼是語境？

　　同樣的話語，在不同的場景中說出來，意思不一樣。「雞不吃了」，在餐桌上說，是不吃雞了。在養雞場說，是雞不吃食了。人家生了小孩，祝他「長命百歲」，對方很高興。在慶賀某人九十八歲生日時祝他「長命百歲」，那家人大動肝火。所以語境是一個不可等閒視之的大問題。

　　語境（context 或 context of situation; environment），是哲學、邏輯學、語義學、語用學、修辭學、語法學所共同關心的一個重要問題。人類學家馬里諾夫斯基（Malinowsik）說：

　　　話語和環境互相緊密地糾合在一起，語言環境對於理解語言來說是必不可少的。

哲學家沙夫說：

　　　被表達的內容只有在一定的環境裡才能被理解。

　　因此有人定義語用學為研究語境的科學。語境，即語言環境，在現代人文科學中的地位是越來越重要了。

　　那麼什麼是語境呢？學者們的理解是不完全相同的。英國倫敦學派弗斯在《社會中的個性和語言》（1950 年）區分了語

言因素構成的語境和社會環境因素構成的語境，而情景語境又
包括：(1)A.參與者的有關特徵：人物、人格。參與者的言語
活動。(2)參與者的非言語活動。 B.有關客體。 C.言語活動的
影響。倫敦學派的另一位代表人物哈裡迪（Halliday）認為語
境是由「場景、方式、交際者」三個因素所組成的。他說：

> 場景是話語在其中行使功能的整個事件以及說話者或寫
> 作者的目的。因此，它包括話語的主題。方式是事件中
> 的話語功能，因此它包括語言採用的渠道——敘述、說
> 教、勸導、應酬等等。交際者指交際中的角色類型，即
> 話語的參與者之間的一套永久性或暫時性的相應的社會
> 關係。場景、方式和交際者一起構成了一段話語的環
> 境。

　　而早在三十年代我國著名的修辭學家陳望道在《修辭學發
凡》中在闡述修辭要適應情境和題旨的理論時便歸納出了六個
「何」字兒：

> 第一個「何故」，是說寫的目的，如為勸化人的還是想
> 使人瞭解自己意見或同人辯論的。第二個「何事」，是
> 說寫的事項，是日常的瑣事還是學術討論等等。第三個
> 「何人」，是說認清是誰對誰說的，就是寫說者同讀者的
> 關係。第四個「何地」，是說認清寫說者當時在什麼地
> 方，在城市還是在鄉村之類。第五個「何時」，是說認
> 清寫說的當時是什麼時候，小之年月大之時代。第六個
> 「何如」，是說怎樣的寫法，如怎樣剪裁，怎樣配置之

類。其實具體的事項何止六個！但也不必勞誰增補為
「七何」「八何」。至少從修辭學的見地上看來是可不必
的。

到六十年代美國社會語言學家費希曼（Fishman）曾發表
論文《研究「誰在何時用何種語言向誰說話」過程中微觀與宏
觀社會語言學之間的關係》。

美國社會語言學家海姆斯（Hymes）在《語言與社會背景
相互作用的例子》中指出語境的構成因素是：話語的形式和內
容，背景（setting），參與者（participants），目的（neds），音
調（key），交際工具（medium），風格（genre），相互作用的
規範（interactional noima）等。

瑞典邏輯學家奧爾伍德（Jens All wood）等在《語言學中
的邏輯》一書中，區分了「內涵語境」（intesional context）和
「外延語境」（extensional context），「晦暗的」（opaque）語境
和「顯透的」（transparent）語境。

我們認為最重要的是區分語言的語境和言語的語境。語言
的語境是小語境，微觀語境，由語言因素構成的語境，即上下
文，可以叫做「語流」，是屬於語言系統內容的。言語的語境
是大語境，宏觀語境，由非語言的社會文化等多種因素所構成
的，可以叫做「情景」，它是處在語言系統之外的。語法學，
特別是語言的語法學，建立詞類和句型系統，是不能考慮詞語
和句子所聯繫的情景的，但卻不能不重視語流。美國結構主義
的語法分析所高度重視的是語流，但不是情景。

修辭學、語用學、邏輯學、社會語言學、文化語言學十分
重視情景，但又不可以局限於情景本身，而是把情景類型化，

以尋找情景類型同語言類型之間的某種相互關係為目的。語境
已經成了多學科的研究中心，它能否成為一門獨立的學科的研
究物件，即能否建立獨立的語境學，這還有待於探索。

四、詞序和修辭

《花誠譯作》第五輯中有邵剛的一篇文章，題目叫做：

蕭紅作品在日本的研究和譯介

讀起來，總覺得有一點彆扭。似乎不如：

在日本，蕭紅作品的研究和譯介

甚至也不如籠統一點，乾脆叫做：

蕭紅作品在日本

　　這是因為，在現代漢語中，性質狀態的修飾語的位置習慣
上比較靠近中心詞，而時間地點修飾語的位置則可以遠離中心
詞。由此可見，詞序是語言藝術中不忽可視的一個問題。
　　詞序比較固定，是漢語的一個特點。詞序變動之後，意義
往往要改變。如：

　　(1)在音樂理論中，有所謂音樂的語言，在語言形式美的
　　　　理論中，也應該有所謂「語言的音樂」。（王力《略

論語言形式美》）

(2)還有，曾被他們愛過和愛過他們的北大荒的姑娘。
（梁曉聲《鹿哨》）

例(1)中的「音樂的語言」和「語言的音樂」不是一回事。例(2)
中的「被他們愛過」和「愛過他們」也不是一回事。有時候詞
序變了，句子不通了，不合理了。如：

(3)副處長莊重的面龐上，那嚴肅的目光和堅定剛毅的神
色，不由得使這個美軍上尉見而生畏。（胡錫山《沖
霄曲》）

(4)他有點被我看得不好意思了，故意轉過臉去看遠處的
礁石。（達理、鄧剛《白帆》）

例(3)中的「不由得」顯然是「見而生畏」的修飾語，放在「使」
字之前，不合理。例(4)中的「有點」顯然是「不好意思」的修
飾語，用在「被」字之前也不合理。所以這兩句話讀起來就都
顯得彆扭，遠不如改為：「……使這個美軍上尉不由得見而生
畏」、「他被我看得有點不好意思了……」。

再如：

(5)外國朋友參觀了豐富多彩的展覽會的展品。

(6)我們要學習老飼養員的先進的為革命養豬的思想。

都是十分的彆扭。

（一） 詞序是語法手段

漢語沒有形態，語法意義主要靠詞序和虛詞來表達，詞序比較固定，這是漢語的重要的特點之一。

漢語的實詞，按照一定的次序排列起來，便能構成片語、句子。具有一定的語法意義，表達思想感情，完成交際任務。如：

(1)北國／風光　大好／河山　深刻／印象——偏正片語

(2)攀登／高峰　克服／困難　曬／太陽——動賓片語

(3)春光／明媚　雜草／叢生　人蹟／罕至——主謂詞組

(4)桌椅／板凳　勤勞／勇敢　一蹦／二跳——聯合片語

(5)春天到來，花兒開放，鳥兒歌唱。——句子

這些片語和句子，都是依靠詞序組織起來的。

（二） 詞序的靈活性

漢語的詞序是比較固定的。一般來說是不能任意調動的。顛倒之後，或者不通，或者意義大不一樣。如：

(1)是自然的美，

　　是美的自然（李大釗《山中即景》）

(2)白求恩同志，我也要批評你兩句。

　　你不很注意——不，是很不注意——自己的健康。

　　（電影《白求恩》）

「自然的美」和「美的自然」，當然是兩碼事。「不很注意」和「很不注意」，程度上的差別是很大的。

回環這一修辭方式，就是利用漢語詞序比較固定這個特點構成的。如：

(3)邊幹邊學，邊學邊幹。

(4)魚翻浪，浪翻魚，包你比到湖上去放老鴨（指魚鷹）好！（柯藍《魚鷹》）

如果漢語的詞序不是表達語法關係的重要手段之一，那麼這種詞序的顛倒就沒有多大意義了。

但是，如果以為漢語詞序是一點也不能變動的，那就把問題絕對化了。其實，漢語的詞序也是有它靈活性的一面的。有的時候，詞序顛倒了，意義基本上還是一樣的，如：

(5)一鍋飯吃了三十個人——三十個人吃了一鍋飯

(6)兩個人騎一匹馬——一匹馬騎兩個人

(7)我看過這本書——這本我看過——我，這本書看過

(8)老王和小於是好朋友——小於和老王是好朋友

從修辭角度看問題，這靈活的一面尤其值得注意。

（三） 詞序也是修辭手段

在漢語中，詞序也是一種重要的修辭手段，修辭學研究詞序，著重在三個方面：一是並存著的多種詞序的細微差別，表義方面的差別，風格色彩方面的差別；二是變動正常詞序的可

能性及其修辭效果；三是詞序和歧義的關係。

　　並存著的多種詞序大都是有細微差別的。比如說，不同的詞序表義方面的側重點往往有所不同。如果重點在於陳述事實，我們則說：

　　⑴我看過這本書／我見過這個人／我吃過這道菜／我說
　　　過這個話

如果重點在於描述物件，則說：

　　⑵這本書我看過／這個人我見過／這道菜我吃過／這個
　　　話我說過

如果要強調主體，則說：

　　⑶我，這本書看過／我，這個人見過／我，這道菜吃過
　　　／我，這個話說過

　　並存著的多種詞序往往在風格色彩方面有區別，如：
　　⑷

A式	B式
兩本書	書兩本
三隻雞	雞三隻
四斤蘋果	蘋果四斤
五朵紅花	紅花五朵

B式是計帳式的，A式是通用的。

並存著的多種詞序在語體方面也往往有區別，如：

(5)

A式	B式
來了嗎，你哥哥？	你哥哥來了嗎？
走了吧，大概。	大概走了吧。
下班了，已經。	已經下班了。
買了沒有，給我？	給我買了沒有？

A式是口語詞序，B式是書面語和口語的通用詞序。

為了提高語言的表達效果，我們應當注意這些並存著的詞序的細微區別，根據交際環境、物件、目的諸因素，選擇恰當的詞序。

（四）　詞序變動的作用──強調

在漢語中，許多正常詞序是可以變動的，變動之後可以獲得較好的修辭效果，大都有強調的意味。

一般情況下，漢語中主謂結構是主語在前謂語在後；修飾結構是定語、狀語在前中心語在後；補充結構是補語在後；句子的基本次序是「主──謂──賓」。為了滿足特殊的表達需要，這種次序是可以變化的，如：

(1)我的孩子們！我憧憬於你們的生活，每天不止一次！（豐子愷《給我的孩子們》）

(2)我忽而聽到夜半的笑聲，吃吃地，似乎不願意驚動睡著的人，然而四周的空氣都應和著笑。（魯迅《秋夜》）

例(1)正常詞序應當是「我每天不止一次憧憬於你們的生活」，
例(2)正常詞序應當是「我忽而聽到夜半的吃吃地笑聲」，這裡
將狀語、定語後置了。後置之後，狀語和定語被強調了。試比
較：

> (3)我還期待著新的東西到來，無名的，意外的。（魯迅
> 《傷逝》）
> (4)於是在這絕續之交，便閃出無名的，意外的，新的期
> 待。（魯迅《傷逝》）

例(3)定語後置，「無名的，意外的」這一意味就更強烈了。如
果要表達強烈感情，主語和謂語也可以顛倒一下位置，如：

> (5)鼓動吧，風！咆哮吧，雷！閃耀吧，電！把這一切沉
> 睡在黑暗懷裡的東西，毀滅，毀滅，毀滅呀！（郭沫
> 若《屈原》）
> (6)去吧，野草。連著我的題辭！（魯迅《野草》）

一般來說，謂語——前置，謂語的地位就被強調了，如：

> (7)月喲，孤涼地注射銀光。
> 消隱了，玉兔和金桂香。（殷夫《幻象》）

狀語後置到全句之後，或者前置到主語之前，都有強調的意
味，如：

(8)哥哥喲，上海在背後去了，驕傲地，揚長地……（殷
夫《夢中龍華》）

(9)萬丈光芒地，將出現了喲──新生的太陽（郭沫若
《太陽禮贊》）

(10)輕輕的我走了，正如我輕輕的來。（徐志摩《再別
康橋》）

就例(10)而言，「輕輕的」一處在主語前，一處在主語和謂語之
間，而在主語前的，意味顯然更強烈。

定語後置的時候，定語的地位也就被強調了，如：

(11)「現在呢，家中還有誰？」

「還有媽，後來的。」（王統照《湖畔兒語》）

(12)老通玉全家連十二歲的小寶也在內，都是兩日兩夜
沒有合眼。（茅盾《春蠶》）

（五） 詞序和歧義

從修辭角度考察詞序，還應當注意到詞序和歧義的關係。
同一詞序，往往可以表達兩種以上的語法關係，如：「名詞＋
名詞」，所表達的語法意義就可能是修飾關係，如：

(1)木頭‧房子　玻璃‧茶杯　英語‧課本　錦師‧教員
北京‧時間　中國‧物產

也可能是同位元關係；

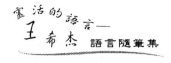
(2)張三‧這人　小於‧姑娘　語法‧這門課

還可能是動賓關係；

(3)糞土‧當年萬戶侯　魚肉‧人民

有時，同一詞序可以體現不同的層次結構，如：動詞＋名詞＋名詞，可以是：

動詞＋名詞＋名詞

也可以是：

動詞＋名詞＋名詞

再如：數量詞＋名詞＋名詞，可以是：

數量詞＋名詞＋名詞

也可以是：

數量詞＋名詞＋名詞

舉一個例子來看吧，如：

東漢許慎的《說文解字》（即解說文、字），魏酈道元的

《水經注》和賈思勰《齊民要術》中多說明方案，唐宋的「記」亦多以說明為主，再如沈括的《夢溪筆談》、元王禎的《農書》（書中有圖）、明宋應星的《天工開物》、《沈氏農書》、《本草綱目》、《幾何原本》，清代康熙御定的《數理精蘊》、鄭光復著的《鏡鏡冷癡》等等。（張壽康《說明文略說》）。（《中學語文教學》1979年第1期）。

這裡的「明宋應星的《天工開物》、《沈氏農書》、《本草綱目》、《幾何原本》」，起碼有兩種解釋，一是這四本著作都是宋應星的作品；一是宋應星只寫過一本《天工開物》，其他三本是別人的著作。

為了提高語言的表達效果，對於這些可能產生歧義的詞序，我們都應當慎重一些，有時可以避開它，換一種說法。

（六）詞序變動服從於言語音樂美

在韻文中，變動詞序是安排韻腳、協調平仄、增加節奏感的一個重要的手法。如：

(1)丫鬟兩個涼亭上，
　笑指雲開月一輪。（無名氏《花箋記》）

這裡說「丫鬟兩個」不說「兩個丫鬟」，是為的協調平仄。這個問題值得另外找個機會說一說。

最後，必須指出，在利用詞序作修辭手段時，一定得注意不能妨礙意義的表達，如果變動正常詞序後，造成了費解或歧

義，那就不好了。如：

(2)謝公最小偏憐女（元積《遺悲懷》）

這是「謝公偏憐最小女」的倒裝。有人說倒裝得好，「這從語言學上完全允許。」（見鄒問軒《詩話》134頁）我們認為不好，因為它勢必會造成理解上的混亂。

（七）詞序方面也要精益求精

語言大師們是十分注意在詞序方面精益求精的，如：

(1)（原句）他聽人講過，這裡的婦人都——在夏天——赤著背，在屋外坐著……（老舍《駱駝祥子》）

（改句）他聽人講過，這裡的婦人，在夏天，都赤著背，在屋外坐著。

(2)（原句）各式各樣的思想，全有在上海。（茅盾《子夜》）

（改句）各式各樣的思想，在上海全有。

(3)（原句）如同他那張不祥的面孔一樣，日薄崦嵫，音容慘澹，失意、坎坷、憂愁。（吳祖光《風雪夜歸人》）

（改句）如同他那張不祥的面孔一樣，日薄崦嵫，音容慘澹，失意、憂愁、坎坷。

(4)（原句）他到不論什麼地方，尤其是茶館和酒店裡，總是拉住別人先問，……（葉聖陶《校長》）

（改句）他不論到什麼地方，尤其是茶館和酒店裡，總是拉住別人先問……

例(1)，原句副詞「都」遠離了它的中心詞，處在時間修飾語「在夏天」之前，有點彆扭。例(2)原句地點狀語「在上海」處在「有」字之後，很彆扭。修改之後，既規範又順口。例(3)原句中「失意坎坷、憂愁」的排列順序沒有注意到語義的輕重，修改後語義由輕而重，顯得更合理。例(4)中「不論」修改後放在「到」之前，更合乎語言習慣。這就是詞序的藝術。講究詞序的藝術，應當特別注意的是：一、詞序的穩定性同詞序的靈活性之間的關係；二，同義詞序和歧義詞序。

五、語序和修辭

（一）語序穩定又靈活

語序，指的是語句的先後順序。它包括複句中各個分句的次序，句群中各個句子的次序，整個講話或文章中段落的次序，我們平常說，飯要一口一口地吃，話要一句一句地講。既然話只能一句一句地講。那麼，哪一句先講，哪一句後講，這先後順序問題，就得認真考慮安排，如果安排不當，就會損害思想內容的表達。例如：

　　⑴揚州紅園的樹椿盆景和廣東嶺南派、蘇州派、成都
　　　派、上海派並駕齊驅，形成了自己的獨特風格。
　　　（《江蘇廣播電視》1981 年 88 期）

揚州紅園的樹椿盆景只有先形成自己的獨特風格，然後才能和廣東嶺南派、蘇州派、成都派、上海派並駕齊驅。因此應該改為：

　　⑵揚州紅園的樹椿盆景形成了自己的獨特風格，和廣東
　　　嶺南派、蘇州派、成都派、上海派並駕並驅。

有的時候，語序不一樣，所表達的意義也大不一樣。如：

(3)人不犯我，我不犯人。──我不犯人，人不犯我。

(4)我為人人，人人為我。──人人為我，我為人人。

例(3)「人不犯我，我不犯人」，講的是我不主動出擊，但是保持了自衛反擊的權利。「我不犯人，人不犯我」講的是用自己的不主動出擊來換取對方的不進攻。前者主動權操在我之手，後者主動權在人不在已。例(4)，「我為人人，人人為我」，這裡我為人人是無條件的；「人人為我，我為人人」，這裡我為人人是有條件的。

再如唐代詩人李涉有這樣一首詩：

(5)終日昏昏醉夢間，忽聞春盡強登山。

因過竹院逢僧話，偷得浮生半日閒。

宋代有人掉換了一下語序，改成如下一首詩：

(6)偷得浮生半日閒，忽聞春盡強登山，

因過竹院逢僧話，終日昏昏醉夢間。

詞序不同，意義、情趣大不一樣。．

當然，有時也會有這樣的情況：語序雖然不同，但是所表達的思想內容卻是大體相同的。如：

(7)(原句)魯（至大海前）別說了，走吧。（曹禺《雷雨》）

(改句)魯侍萍（至大海前）走吧，別說了。

這表明語序有相對穩定的一面，也有靈活的一面。當然，在這種情況下，所表達的思想內容只是大體相同，細微的差別是明顯地存在著，如語義輕重的差別，語氣、感情色彩的差別等。

（二）歷史和邏輯

安排語序有一個基本原則，那就是依據歷史和邏輯的因素。歷史的因素主要是指時間，即事件發生的先後順序。如：

> ⑴這幾天心裡頗不寧靜。今晚在院子裡乘涼，忽然想起日日走過的荷塘，在這滿月的光裡，總該另有一番樣子吧。月亮漸漸地升高了，牆外馬路上孩子們的歡笑，已經聽不見了；妻在屋裡拍著閏兒，迷迷糊糊地哼著眠歌。我悄悄地披了大衣，帶上門出去。（朱自清《荷塘月色》）

例⑴是一個句群，各個分句正是根據事件發生時間的先後組織起來的。

邏輯因素，主要是指事物之間的各種事理邏輯關係，如：因果、條件、並列、遞進、主客、方位等。如：

> ⑵如果美是專指「婆娑」或「旁逸斜出」之類而言，那麼，白楊樹算不得樹中的好女子。（茅盾《白楊禮贊》）
> ⑶哥白尼發表了地動學說，不但帶來了天文學上的革命，而且開闢了各門學科向前邁進的新時代。（竺可楨《哥白尼》）

例(2)是條件複句,條件分句在前。例(3)是遞進複句,次序是由小到大,由輕到重。

方位是安排語序中極其重要的因素,特別是在敘述描寫場面景物的時候。如:

(4)山右有枯槁了的梧桐,

山左有消歇了的醴泉,

山前有浩茫茫的大海,

山後有陰莽莽的平原,

山上是寒風凜冽的冰天。 (郭沫若《鳳凰涅槃》)

由於照顧到方位的習慣順序:東、南、西、北、上、下、左、右、前、後等,句群就顯得很自然,易於為讀者所接受。

(三) 變式語序

從修辭角度考慮問題,為了提高語言的表達效果,我們應當把握變動正常語序的各種可能性,並認清變動後的修辭效果。

按事件發生時間的先後安排語句的先後次序,這叫做順序。順序自然大方,但有時也會給人以單調乏味之感,因此可以採用倒敘、補敘、插敘等手法。如:

少年時代我打開歷史的篇章,

就聽見尼羅河光榮的音響。

古國的人民呵,

我對你懷著深深的敬意,

雖然我生在遠遠的東方。（魏巍《不斷集》）

上例是讓步複句。一般情況下，讓步複句是表示讓步的分句在表示轉折的分句之前。這裡將表示讓步的分句後置，突出了轉折分句。

如果說，正常語序給人以自然平實之感，那麼變式語序常常給人以新穎奇巧之感，同時語義的重點也轉移了。

（四）精益求精，藝術化

語序的調配是語言藝術的一個重要內容，語言大師很重視這一點。如：

(1)（原句）正中的門呀的開了一半。一隻秀美的手伸進來擰開中間的燈，室內豁然明亮，陳白露走進來（曹禺《日出》）

（改句）正中的門呀地開了，陳白露走進來，擰開中間的燈，室內豁然明亮。

(2)（原句）去吧，去吧，多少工地，多少工廠礦山，多少高樓大廈，多少城市和農村，都在殷切地待待著你們——井岡山的翠竹啊！（袁鷹《井岡翠竹》）

（改句）井岡山的翠竹啊！去吧，快快地去吧！多少工地，多少礦山，多少高樓大廈，多少城市和農村，都在殷切地等待著你們。

例(1)，原句是變式語序，改句是正常語序。因為這是劇本中的交代文字，要求是準確、明白、簡潔，原句變式語序所造成的

奇異的感覺和氣氛在這裡就是不那麼適宜的。改句採用正常語序，自然而平實，是符合交代文字的要求，所以是得體的，美的。例(2)，呼語「井岡山的翠竹啊」原句中放在最後，改句則移到前頭來了。這樣一改，加強了這一呼語，渲染了抒情的氣氛。

　　語序的藝術是很值得深入探索的。這可以從兩個方面著手，一是語序本身的美和醜，一是語序對語體、題旨、情景的適應情況。比如說：

　　(3)這不是詩，但是比詩更激動人心。這不是畫，但是比畫更美。

　　(4)這不是畫，但是比畫更美。這不是詩，但是比詩更激動人心。

例(3)比(4)更順口悅目一些，這是音節多少這個因素在起作用。

　　比如說，公文語體、科技語體以採用正常語序為宜，文藝語體則可以大量採用各種類型的變式語序。

六、上下文和修辭

（一） 胸有全局

一個詞、一個句子，用得是否合適，能否取得最佳的表達效果，這不僅僅取決於這個詞，也取決於交際的時間、地點、物件，還取決於上下文。因此說話和作文的時候，就應當胸有全局。

胸中如無全局，那是不會有較好的表達效果的。如：

(1)改霞臉發熱，心慌，手腳癡笨（柳青《創業史》）
(2)入學考試分初試和復試兩場。考試的題目是《武有七德論》；復試的題目是《不以規矩不能成方圓論》。（《魯迅——中國文化革命的主將》）

孤立地看，「心慌」、「考試的題目」這類說法，都是可以的。但在這樣的上下文中，由於上文是「臉發熱」，所以就不宜於說「心慌」，而應當說「心發慌」；而由於要和下文「復試」相呼應，這裡也不應當說「考試」，而應當說「初試」。

反之，有時孤立地看未必妥當的句子，但是在某個上下文中，就整體看，卻又可能是好的。如：

(3)家綱不修鐘了。我們有我們自己的時間了。

桑娃的榻榻米靠近窗子。太陽照在她身上，早上九點。

太陽在她身上舔過去。舔著。舔著。猛一抬頭。太陽不

見了。中午十二點。

磨剪鏟刀的打著鐵片呱噠呱噠的來了。下午兩點。

遠處的火車叫著過去了。下午三點半。

交通車在巷口停下了，三三兩兩的公務員在巷子裡走過

去了。下午五點半。

唱歌仔戲的女人不知在哪個街頭突然為愛情哭起來了。

傍晚七點。

籲——籲——籲——盲目的按摩女在黑巷子裡朝天吹起

哨子。午夜時分。（聶華苓《桑青與桃紅》）

孤立地看，每節末尾的一句，「早上九點」等，都是一個表示
時間的名詞性片語，和前面的句子掛不上鉤。但是從全局看，
每一節都先敘事後記時，這一模式把七段話組成了一個整體，
這時就沒有什麼不好的了。

（二）音韻

音韻的調配首先應當看上下文

有些同音詞語寫在文章中，用眼睛看還可以，但若是用嘴
巴念，用耳朵聽，就不那麼明白了。如：

(1)就在那一刻，我看到了他們的眼睛，她的眼睛，他的
眼睛。（白先勇《遊園驚夢》）

以上加黑點的部分，光憑耳朵聽的話，是很難把握其確切的含

義的，是很容易誤解的。

有些同音詞語用在文章裡，用眼睛看並不吃力，如若用嘴巴念，用耳朵聽，那可就不好辦了。如：

(2)「十二生肖」之說屬華夏文明，與洋人洋獸無干，故此十二生肖之中沒有獅子、河馬、猩猩、袋鼠之類我國不產的動物。在各種羊和猴之中，選「羊代表」，也只限於國產的羊種和猴種，而不及於各種「洋羊、洋猴」。豬也是如此，「豬年代表」自然也須選自國產豬。（《大自然》1995 年第一期 2 頁）

(3)說起「貢」，越南朋友都眉飛色舞，一往情深，就像向你介紹他的愛人……（袁鷹《秋風起的時候》）

這裡的「洋羊」、「就像向你」之類，讀起來吃力，聽起來也吃力，這就叫做拗口。拗口令說快了之所以會「串」，也就是因為其中有過多的聲母相同或韻母相同的音節。

為了提高語言的表達效果，同音詞語所引起的歧義和拗口現象，都是應當避免的。如：

(4)在戰爭與和平問題上的兩條路線（報）

(5)《戰爭與和平》（列夫·托爾斯泰作）

因為下文有「和平」一詞，所以不用「和」，而改用「與」，這就避免了拗口，做到了上口、悅耳。

（三）用詞

詞語的選擇，也應當考慮到上下文。

用詞忽視了上下文，就容易出現重複囉嗦和自相矛盾的毛病。如：

> (1)每當雁群經過長途飛行，在夜晚寄宿於沙灘、河岸棲息時，唯有它們的衛士——雁奴，為了同伴們的安全，它不辭勞苦，為眾雁守夜，（《人民日報》1980年7月3日）
>
> (2)很久很久以前，華沙有一位美麗的姑娘。她美麗、勤勞而又善良。（《人民日報》1979年7月22日）

例(1)中，「寄宿」和「棲息」重複，「它」和「雁奴」重複。例(2)中，因為前一句中已有「美麗」一詞，後一句再用，就重複了。

> (3)葉燮的這一論點和明代「公安派」關於詩和時代關係的論述，基本上是完全一致的。（《文學評論》1979年4期）

例(3)中，「基本上」和「完全」是矛盾的。

重複羅嗦和自相矛盾都是應當避免的。

（四）造句

句式的選擇也應當考慮到上下文。

　　造句的時候如果忽視了上下文，就會出現這樣的情況：孤立地看，每個句子都通，但是從整體看，總叫人有點不舒服。如：

(1)《默》寫一位牧師伊革那支因為專橫，致使女兒威羅自殺，周圍的人都非議這位牧師。

(2)他們雖然初次上陣，但是表現了敢於突破、勇於創新的精神，應該向他們學習。（《電影故事》1980 年 10 月）

以上兩例中，各個分句孤立地看都通，但上下文聯繫起來看，卻形不成整體，如果改為：

(3)《默》寫一位牧師伊革那支因為專橫，致使女兒威羅自殺，遭到周圍人的非議。

(4)他們雖然初次上陣，但是表現了敢於突破，勇於創新的精神，這是值得學習的。

這樣，整體感就要強一些。

　　語言大師們在選擇句式時，是很重視上下文的搭配的。如曹禺的《雷雨》中：

(5)（初版）貴（嚴重地）：孩子，你可放明白點，你媽疼你，只在嘴上，我可是把你的什麼要緊的事情，都處處替你想。

(6)（再版）……你媽疼你，只在嘴上，我可是把你的什

麼要緊的事情，都放在心上。

作者之所以要把「處處替你想」改為「放在心上」，是要和上文「只在嘴上」相呼應，以形成鮮明的對照。

（五） 求異

求異，這是選擇詞語和句式時的一個原則，也是調配音韻時的一個原則。

選擇詞語時應當避免和上文或下文重複。如：

> (1)她變得愛觀察大街小巷的戰士，有時忘情地跟在後面走，直到那戰士投來驚疑的目光，她才恍然若失地離開。偶爾碰上一隊威武的戰士齊步走過，她就用眼睛一個個的數，每一個人都像他，又都不像他。（王中才《三角梅》）
>
> (2)他一會兒看看煙嘴，一會兒抬頭望望，站在一旁的蔡四爺，一會兒掃視一下圍觀的人們，一會兒又把目光在老會計的臉上久久地流連……（吳若增《翡翠煙嘴》）
>
> (3)年輕俊俏的小服務員，不耐煩地瞪他一眼，冷冷地側過臉去，眺望窗外的大街。（毋國政《海濱》）

這裡的「觀察、投來……目光，用眼睛數、看、望望、掃視、把目光……流連、瞪、眺望」，都是「看」的意思，作者有意採用不同的形式，避免了重複，顯示了語言的變化美。

選擇句式時也應當注意到上下文，儘量避免重複。如：

(4)那就是白楊樹，西北極普通的一種樹，然而實在是不
平凡的一種樹。

這就是白楊樹，西北極普通的一種樹，然而決不是平
凡的。

（六） 求同

求同，也是選擇詞語或句式的一個原則，也是調配音韻的
一個原則。求同的目的是要使語言具有整齊的美、音樂的美。

對偶、排比、反覆、對照等手段的要點都在於求同，即相
同的詞語或句式有規則地重複出現。如：

(1)風聲、雨聲、讀書聲，聲聲入耳。家事、國家、天下
事，事事關心（明東林黨人顧憲成撰寫）

(2)能攻心則反側自消，自古知兵非好戰。不審勢則寬嚴
皆誤，後來治蜀要深思（清人趙藩題成都武侯祠）

這是對偶句。

(3)一年之計，莫如樹穀；十年之計，莫如樹木，終身之
計，莫如樹人。（《管子·權修》所引古諺語）

(4)趕超，關鍵在時間。時間就是生命，時間就是速度，
時間就是力量。趁你們年富力強的時候，為人民做出
更多的貢獻吧！（郭沫若《科學的春天》）

這是排比句。對偶和排比，形式整齊，節奏鮮明，和諧悅耳。

押韻，也是「求同」的重要手法之一。如：

(5)有一句話說出來就是禍，──ㄛ

　　有一句話能點著火。──ㄛ

　　別看五千年沒有說破，──ㄛ

　　你猜得透火山的緘默？──ㄛ

　　說不定是突然著了魔，──ㄛ

　　突然青天裡一個霹靂，

　　爆一聲；

　　「咱們的中國！」──ㄛ（聞一多《一句話》）

「禍、火、破、默、魔、國」中，都有一個韻母「ㄛ」，把這些字有規則地安排在句末，這就叫做押韻，押韻增加了語言的節奏，賦予語言以音樂的美。

七、潛意識和修辭

修辭活動是資訊流通、感情交流的一種社會心理行為。它主要是一種自覺的有意識的行動。但是其中也有潛意識的因素在起作用。在資訊的編碼過程中，說寫者的潛意識是不可忽視的。在解碼的時候，聽讀者的潛意識也是不可忽視的。因此潛意識在修辭活動中的作用和地位是很值得注意的，應當加以研究的。

潛意識常會干擾自覺的編碼活動，導致口誤或手誤。

一個教師走上課堂時對學生說：「好，現在下課了！」一個人在上午十一時對他人說：「走，吃晚飯去！」這些編碼錯誤都應當到潛意識中去找原因。

潛意識造成各種口誤：而且會造成各種手誤，誤寫錯誤，排版錯誤。

《韓非子‧外儲說左上》：

> 郢人有遺燕相國書者，夜書，火不明，因謂持燭者曰：「舉燭。」云而誤書「舉燭」。「舉燭」非書意也。

這就是成語「郢書燕說」的由來。郢人的這一編碼差錯並不是自覺的有意識的行為，而是潛意識干擾編碼的結果。

在茅盾小說《霜葉紅似二月花》中：

（原句）但當這兩點綠光照又往下一沉的當兒。（63頁）

把「綠光」書寫為，或排版為「綠光照」，即把「綠光」和「光照」混二為一，這是潛意識的作用，而決不是有意為之。

在編碼過程中，潛意識不僅表現為各種口誤、手誤，更多地表現為對某種語音、某些詞語、某類句式的偏愛或者排斥的傾向，表現為對全民語言材料偏離的特定模式。

魯迅在《父親的病》中寫道：

「叫呀，你父親要斷氣了。快叫呀！」衍太太說。

「父親！父親！」我就叫了起來。

「大聲！他聽不見。還不快叫?!」

「父親！！！父親！！」

……

「叫呀！快叫呀！」她催促說。

「父親！！！」

「什麼呢？……不要嚷。……不……。」

他低低地說，又較急地喘著氣，好一會兒，這才復了原狀，平靜下去了。

「父親！！！」我還叫他，一直到他咽了氣。

在現代漢語中，「父親」是書成語詞，不用於口頭對稱，「爸爸」是口語詞，用於對稱，任何說現代漢語的人在正常情況下都是不會搞錯的。為什麼魯迅在這裡卻一再大叫「父親」。而不喊「爸爸」呢？甚至多少年後寫在紙上依然如此呢？這其實是一種潛意識的活動，是受了衍太太的「你父親」這一話頭的

暗示、誘導而產生的，此時此刻魯迅的自覺的有意識的活動已經退居第二位了，在這一連串的編碼活動中佔據首要地位的是他的潛意識。

在魯迅小說《肥皂》中，四銘「拖長了聲音」叫他的兒子：「學程！」四銘太太也幫著叫「學程！」這時她不用平時叫慣了的「程兒」，是在順著丈夫的語勢，這也是她的一種潛意識，在平常的日子裡，她只能充當一家之主的四銘先生的應聲蟲。

在程乃姍的中篇小說《女兒經》中：

> 「他雖是單身一人，但結過婚，」蓓沁又來了個補充。
> 「Wife 在美國，他正打算和她辦離婚呢。」她也忌諱用
> 「妻子」這個字眼，不知不覺也用了 Wife 來代替。

蓓沁的「不知不覺」就是一種潛意識行為。

《三國演義》第72回「曹阿瞞兵退斜谷」中寫道：

> 操屯兵日久，欲要進攻，又被馬超拒守；欲要收兵，又
> 恐被蜀兵恥笑：心中猶豫不決。適庖官進雞湯。操見碗
> 中有雞肋，因而有感於懷。正沉吟間，夏侯惇入之帳，
> 稟請夜間口號。操隨口曰：「雞肋！雞肋！」（626頁）

聰明過人的楊修因此對夏侯惇說：「以今夜號令，便知魏王不日將退兵歸也：雞肋者，食之無肉，棄之有味。今進不能勝，退恐人笑，在此無益，不如早歸：來日魏王必班師矣。」楊修的分析，當然不是沒有根據的，但並不是曹操編碼時自覺的有

意識的活動，並不是曹操編碼時所自覺傳遞的資訊，乃是曹操潛在的意識流。把三軍統帥的潛在意識當作自覺的意識來傳佈、宣揚，這就是楊修丟了腦袋瓜子的原因。

我們每一個人都有自己的口頭語，大作家們也有。大家都會對某些語言材料、某些修辭手段表現出一種強烈的偏愛傾向，而對另一些則十分頑固的抗拒、排斥、回避、厭惡，而這一切又往往是不知不覺的，甚至從未意識到，甚至別人一旦指出，或大吃一驚，或拒不承認，因為這雖然有自覺意識的成分，更多地卻是屬於潛意識範疇的。

美國語言學家萊曼在他的《描寫語言學引論》中說過：

> 個人的風格則是在他們自己的語言所允許的變體中顯示他愛好的特徵。一位詩人可能愛用前母音，另一位則可能愛用輔音叢，等等。這種選擇可能是經過精心考慮的，但是許多個人的特徵是下意識地進行選擇的。由於這種個人的風格特徵，個人的作品經常可以從某種模式的選擇上加以識別。

言語風格的問題之所以如此複雜，難以把握，就是因為它同潛意識的關係十分密切。因此，我們應當把潛意識同言語之間的關係問題當作一個重大課題，認真地對付。

在編碼過程出現潛意識問題，在解碼過程中同樣存在著，因此，在解碼過程中，聽讀者的潛意識也是不可忽視的，應當專門研究的。

在《紅樓夢》第33回「不肖種種大承笞撻」中：

（賈寶玉）正盼望時，只見一個老媽媽出來，寶玉如得
了珍寶，便趕上來拉他，說道：「快進去告訴：老爺要
打我呢！快去！快去！要緊！要緊！」寶玉一則急了，
說話不明白；二則老婆子偏偏又耳聾，不曾聽見是什麼
話，把「要緊」二字，只聽做「跳井」二字，便笑道：
「跳井讓他跳去，二爺怕什麼？」

把「要緊」解碼為「跳井」，這是老媽媽的潛意識在起作用。

《紅樓夢》第9回「訓劣子李貴承申飭」中李貴說什麼
「哥兒已經念到第三本《詩經》，什麼『攸攸鹿鳴，荷葉浮
萍』，小的不敢撒謊。」（97頁）李貴把「攸攸鹿鳴，食野之
萍」解碼為「攸攸鹿鳴，荷葉浮萍」，這也是一種潛意識行
為，而非有意為之，決不是為的博得、逗得賈政一笑，並且一
笑而把此事了之。

《紅樓夢》第57回中寫道：

賈母道：「既這麼著，請外頭坐，開了方兒。吃好了
呢，我另外預備謝禮，叫他親自捧了，送去磕頭；要耽
誤了，我打發人去拆了太醫院的大堂。」王太醫只管躬
身陪笑說：「不敢，不敢。」他原聽說「另具上等謝禮
命寶玉磕頭」，故滿口說「不敢」，竟未聽見賈母后來說
「拆太醫院」之戲語，猶說「不敢」，賈母與眾人倒反笑
了。

王太醫解碼時竟然不解「拆太醫院」這些代碼，這是他的潛意
識在起作用，我們的潛意識幫助我們只接受投合我們胃口的代

碼,而拒絕接受不合口味的代碼。正如萊曼所說:「我們甚至可能對跟我們最接近的人的語言上的錯誤和附加聲音不加注意;例如我們跟著一位老師學習一個時期,我們就完全不理會他的猶豫停頓。」(《描寫語言學引論》)而這一切都是在潛意識層次上悄悄兒地進行的。

在曹禺的《北京人》中:

> 屋內文清的聲音:恭喜你啊。
> 陳:(大聲)可不是,胖著哪!
> 思:他說恭喜您。
> 陳:嗨,恭什麼喜,一個丫頭子!
> 屋內文清聲音:你這次得多住幾天。
> 陳:(伸長頸子,大聲)嗯,快滿月了。
> 思:他請你多住幾天。
> 陳:(搖頭)不,我就走。

陳奶奶的解碼錯誤,表面上看是因為她的耳朵有點聾,其實真正的最重要的原因還在於她的潛意識:剛得了個孫女兒的巨大的內心喜悅。

耳誤同口誤、手誤一樣是值得修辭學者研究的,因為這將導致資訊的損耗、轉移、增殖等。

潛意識在解碼過程中的作用,並不局限於耳誤,更多地表現為語音和語義的聯想方向、聯想模式。同樣一個詞「老虎」,對於山中獵人,對於生物學家,對於在動物園中遊玩的孩子,潛意識的聯想是大不相同的。

在解碼過程中,在解釋修辭學中,潛意識的作用和地位,

同在編碼過程中，在表達修辭學中，是同等重要的。其實編碼和解碼之間具有逆向同構關係，這一點對於研究潛意識同修辭的關係是十分重要的。

關於潛意識和修辭的關係的研究，我們首先應當從收集大量的第一手的事實開始，但不應停留於事實的羅列和彙編上，我們的目標應當是考察資訊流通，感情交流過程中潛意識的地位和作用，對於資訊的損耗和增殖的影響，我們最終目的是建立潛意識同編碼、解碼之間的各種關係模式。

八、從修辭學觀念看禰衡

（一）　禰衡和巴利

法國修辭學家巴利在《語動與生活》中說：

> 吾等說話即戰鬥，因人間信念欲望、意志等多不能完全
> 吻合。此人所重，旁人未必重之；此人所輕，旁人未必
> 輕之。故兩人接觸時，即不能不開始有語辭之戰鬥，運
> 用語辭之戰術，或辛辣，或委婉，或激動，或平和，或
> 謙恭愁訴，甚至或有偽善之氣息。如此，方能攻倒對
> 方，傳達自己之意志，引起對方之行動，而說話之目
> 的，方能如願達到。

這樣的修辭學，在我們看來，並不是真正的修辭學，它已經失
去了修辭學的真正的目標了。

中國人從古以來就是主張「修辭立其誠」的。漢字的「和」
從「口」，口的功能就是說話；說話的目的就在於「和」。「和」
當然也不能靠嘴巴，還得有眼神的配合，「睦」從「目」，目
就是眼睛。其實呢，再進一步說，這眼非眼，乃是面部表情的
代表，和顏悅色是也，笑嘻嘻的，甜蜜蜜的。用修辭學家的行
話來說，這叫做「借代」。但是，世界上的事情本來就是複雜
的。中國和外國都並不是鐵板一塊，也都是複雜多樣的。如果

因此就說，凡中國人都把語言當作為人際的和諧和睦的工具和手段，而凡外國洋鬼子就都是把語言當作為戰鬥的工具和手段的，這就失之於偏頗了。不必去找許多的例子，只要想想《三國演義》中的那個大才子禰衡就可以的了。

由於人們都討厭曹操，因此禰衡在中國人心目中的形象還是不算壞的。人們首先是讚美他的才華，同時讚揚他的反曹的骨氣，佩服他的不怕死的精神。總之，他還是一個正面的形象，一個很能引起人們同情的形象。在京劇舞台上，那禰衡——《擊鼓罵曹》中的禰衡——豈不是一直在叫中國人大喊「痛快痛快」麼？中國人的許許多多的苦悶和憤怒的感情，自己不敢說，現在由禰衡在這個大舞台上當眾發洩出來了，自己又不必承擔任何責任，不必擔心任何後果，這樣的好事情，誰不幹呢?!在我看，這禰衡——《三國演義》中的禰衡，京劇舞台上的禰衡，正是中國人自己的煩惱和苦痛的一種發洩。所以在中國，無論《三國演義》的讀者，還是京劇的觀眾，大概是不會有人站在禰衡的對立面，而為曹操鼓掌叫好的吧？然而，如果我們從修辭學，從交際理論的立場上來看待問題，事情就不一樣了，就不得不承認，禰衡有許多的過錯，他的死得由他自己負責，他是死由自取，有像他這樣說話的嗎？既然他如此地說話，人家不殺他，殺誰？他是不可學習和效法的！

（二）晏子和禰衡

《晏子春秋》（岔開去說一句話：在物理世界中，春夏秋冬四季是對稱的；但是在咱中華文化世界中四季確是不對稱的，我們中國人偏愛「春秋」，而不那麼習慣夏冬，不那麼友好於夏冬）的《內篇雜下第六》中寫道：

> 晏子使楚，以晏子短，楚人為小門於大門之側而延晏
> 子，晏子不入，曰：「使狗國，從狗門入。今臣使楚，
> 不當從此門入。」儐者更道從大門入，見楚王。

短者，矮也──好彆扭，不上口。可見，從古到今，中國人都
崇尚高大，以之為美。難怪現在男青年矮了一點就是「殘廢」
了，就找不到老婆了。儘管楚國人──當然是楚王啦，其他人
不可能如此大膽的──如此之不友好，不禮貌，但是晏子沒有
發怒，沒有失去自己的身份。他說起話來依然是那樣的文雅。
他沒有因此就大罵楚國即狗國，甚至也不說此門即狗門──
「不當從此門入」。用「此門」來代替「狗門」這是在給對方以
面子，從古到今，中國人是特好面子這玩藝兒的。「今臣使
楚，不當從此門入」，他把楚國同「狗國」區分開來，明確表
示楚國不是「狗國」，而是堂堂大國。他大大地抬舉楚國，而
不因此大罵楚國貶低楚國。這就是他的高明之處。他成功了，
他的高貴的身份得到了對方的承認和尊重。

現在禰衡處到了與晏子相似的地步：「帝（漢獻帝）覽
表，以付操，操遂使人召衡至，禮畢，操不命坐。」

古今中外的文人都是特自尊特敏感的特好面子的特虛榮
的。這時候，禰衡當然受不了了。於是──

> 禰衡仰天長歎曰：「天地雖闊，何無一人也！」操曰：
> 「吾手下有數十人，皆當世英雄，何謂無人？」衡曰：
> 「願聞。」操曰：「荀彧、荀攸、郭嘉、程昱，機深智
> 遠，雖蕭何、陳平不及也。張遼、許褚、李典、樂進，
> 勇不可當，雖岑彭、馬武不及也。呂虔、滿寵為從事，

于禁、徐晃為先鋒。夏侯惇天下奇才，曹子孝世間福
將。安得無人？」衡笑曰：「公言差矣。此等人物，吾
盡識之：荀彧可使弔喪問病，荀攸可使看墳守墓；程昱
可使關門閉戶，郭嘉可使白詞念賦；張遼可使擊鼓鳴
金，許褚可使牧牛放馬；樂進可使取狀讀詔，李典可使
傳書送檄；呂虔可使磨刀鑄劍，滿寵可使飲酒食糟；于
禁可使負版築牆，徐晃可使屠豬殺狗；夏侯惇稱為『完
體將軍』，曹子孝呼為『要錢太守』。其餘皆是衣架飯
囊，酒桶肉袋耳。」操大怒曰：「汝有何能？」衡曰：
「天文地理，無一不通；三教九流，無所不曉。上可以
致君為堯、舜，下可以配德于孔、顏。豈與俗子共論
乎？」時止有張遼在側，掣劍欲斬之。（《三國演義》
第二十三回）

　　交際活動中，應當遵守禮貌的原則。甚至當對方不友好的
時候，這禮貌原則也還是應當遵守的。即使是對於敵人，在中
國文化傳統中，也是講究禮貌原則的。這其實在西方也是如此
的。禰衡在這場交際活動中是大大地違背了禮貌原則。他是一
味地過了頭地貶低對方，不，不是什麼貶低，而是地地道道的
攻擊！同時，也違背了客觀公正的原則。他對於曹操陣營裡的
文武官員的評價是很不客觀，同事實的差距真是太遠太遠了，
離了譜了。即使是百分之百的尊劉反曹的人，也是不能同意禰
衡的這個評價的。中國從古就有一種謙虛的傳統，自高自大向
來是中國人所不取的。然而這個禰衡，在這裡，在貶低和攻擊
他人的同時，卻又大大地自我吹噓，又吹得滑了邊，沒有個影
子了。這同他對他人的貶低和攻擊正好成了一個鮮明的強烈的

對照。這已經是對於中國傳統文化的一種偏離，一個反動了。如果不是因為中國人多多少少都有那麼些個反曹的傾向的話，如果換了一個人，那麼我們是會指責說：這人真太那個了，真的是厚顏無恥了。

（三）禰衡之死

有一個故事，說的是有一個天文學家居然掉進了一口枯井之中去了。能夠知道宇宙中的星系的人，居然不知道眼面前腳底下有一口枯井。好不可悲也！禰衡誇口能夠治國平天下，致君堯、舜上，可卻連自己的小命也保不住，也不知道如何保住，豈不同樣的可悲嗎？

禰衡之死是他自找的。他說話不看時間，不分場景。任何時候都只有他自己，他想怎樣就怎樣，他痛罵曹操和曹操身邊的一切人，全部否定；他罵劉表；他罵黃祖；他誰都罵，除了他自己。這樣的人誰個喜歡？哪個不討厭？他死之後曹操說：「腐儒舌劍，反自殺。」言之有理。這個「自殺」的意思是：他的被殺是由於他自己的原因造成的。「禍從口出」，他的殺身之禍就是從他自己的口中產生出來的。

修辭中的一個重要的矛盾是自我和交際對象的關係。失去自我，一味地迎合對方，吹牛拍馬溜須，這是「媚俗」，有失人格，小人也，君子不為也。目中無人，貶低、否定、打倒對方，唯我獨尊，唯我獨革，這「狂傲無知」，也是小人一個，也是君子之所不為也的。真正的修辭就必須從擺正自己的位置開始，平等地待人，以誠待人，自尊自重自愛而不自傲，敬人愛人而不一味地取悅於他人。對於不同的關係，又可以有不同的要求：對下的時候，要防止傲慢狂妄粗暴武力，簡言之，

曰：「禁傲」；對上則防止迎合曲從討好像個「媚態的貓」
——簡言之，曰：「禁媚」。

九、答話的規則和偏離

（一）　請聽馬季說……

笑星馬季在相聲《成語新篇》中對我們說：

乙：什麼廟？

甲：「莫名其妙」。

乙：我已經「莫名其妙」了。

甲：順著廟旁小路你爬上「開門見山」翻過山去，前邊
　　有一條河。

乙：什麼河？

甲：「信口開河」。

乙：你現在就「信口開河」了。這條河我怎麼過呀？

甲：河裡有「代代相傳」哪。

乙：這種船我頭一回坐。

甲：到了「彈丸之地」你想著下船倒車。

乙：倒什麼車？

甲：「閉門造車」。

乙：嘿！我在什麼地方下車？

甲：你在「騎虎難下」。

乙：下車還有多遠？

甲：沒多遠，也就「鵬程萬里」吧。

妙！誰能不捧腹大笑呢？

（二）答話規則的偏離

一問一答，有問有答，問答雙方都應當遵守合作原則和禮貌原則。在答話者一面，就必須遵守答話的規則。

答話有直接回答和間接回答兩種。直接回答的如：

> (1)乙：一頓喝多少？
> 　甲：最多也就是五六兩。
> 　乙：平時喝多少？
> 　甲：也就是五六斤。（馬季《酒》）

間接回答是針對問題的前提背景與因素的回答。

> (2)甲：你能幫我倒杯水來麼？
> 　乙：我是你保姆丫鬟僕人麼！
> (3)甲：你怎麼踩了我的腳？
> 　乙：怕踩，你乘皇冠、桑塔那去吧！

例(2)沒有直接說能與不能，而講不能的原因，就已把直接答案「不能」當作理所當然的大前提了。例(3)已經隱含著一個直接的答案，在今天中國的擁擠不堪的公共汽車上，人踩人的腳這是正常天經地義的，沒資格坐小轎車的人對此只能默默忍受，無權反問什麼的。

一問三不知，問而不答，所答非所問，驢頭不對馬嘴，「王顧左右而言他」，這都是對答話規則的偏離。

　　答非所問，是對合作原則的偏離。這又有兩種情況：一種
是，表面上答非所問，骨子裡還是針鋒相對的。例如：

　　(4)母：你偷吃了巧克力了吧？

　　　　子：婆婆叫你啦，快呀，有急事。

這是聰明的孩子，在打岔，在拖延。

　　這不同於真正的答非所問。例如：

　　(5)（屋內文清的聲音：你這次得多住幾天。）

　　　　陳奶奶：（伸長頸子，大聲）嗯，快滿月了。（曹禺
　　　　　《北京人》）

　　另一種是表面上是針鋒相對的直接回答，但其實卻是答非
所問，例如：

　　(6)乙：什麼水？

　　　　甲：「拖泥帶水」。（馬季《成語新篇》）

　　(7)甲：簡單一點給你煮麵條吃。

　　　　乙：可以！什麼面？

　　　　甲：「油頭粉面」。（馬季《成語新篇》）

即表面上遵守合作原則但骨子裡卻偏離，違背了合作原則，並
不切題，答話同問話風馬牛不相及，兩碼子事兒。這表面的合
作是抓住了「形同」。這也就是中國古人講的「斷章」，現代人
講的斷取。如現代口語中稱人「小兒科」取「小」之意，「土

耳其」則取「土」之意。

再如在馬季的這一相聲中：

(8)乙：熱菜有沒有？

甲：當然有！我專門為你殺了一隻「呆若木雞」。

這「呆若木雞」只取「雞」，正如例(7)中「油頭粉面」只取「面」一樣。關於「斷章」，錢鍾書在《管錐篇》中說過：

> 蓋「斷章」乃古人慣為之事，經籍中習見。⋯⋯後世詞章之驅遣古語、成句，往往不特乖違本旨，抑且竄易原文，巧取豪奪，如宋人四六及長短句所優為，以至「集句」成文之巧，政「賦《詩》斷章」之充類加厲，捋攎奪古人以供今我之用。

足徵「斷章」亦得列於筆舌妙品，善運不如善創，初無須詞盡己出。

斷章或斷取之尤其絕妙者，是諧音斷取，如：

(9)乙：什麼粥？

甲：「順水推舟」。

(10)乙：什麼酒？

甲：「天長地久」。

利用同音聯想改變斷取成分得語義內容。即：

舟→粥　　久→酒

便成了諧音斷取巧答非所問格。

　　總而言之一句話，馬季這裡所運用的修辭技巧，我們可以一言以蔽之，答非所問格，或答而言之，答非格，或非答格。

　　非答格大概可以有兩種格式：Ａ，表面針鋒相對的回答但骨子裡卻是答非所問。Ｂ，表面上答非所問但本質上是針鋒相對的回答。Ａ式可以叫做雙關式非答格，Ｂ式可以叫做閃避式非答格。Ａ式同樣可以分為語音雙關式非答格和語義雙關式非答格兩種。

　　當然，似乎還有一種進攻型非答格，即豬八戒倒打一釘鈀，用反問提問人的方式來作為對問話的回答。如下邊的ＢＢ機小姐的答話方式。

（三）答話的道德

　　說話是藝術，聽話也是藝術；問話是藝術，答話也是藝術。說話和聽話要遵守公德，問話和答話也要遵守公德。

　　現在我們來看一則出現於《深圳青年》1992年2期「ＢＢ機小姐」專欄的問答：

ＢＢ機小姐：

　　請問《深圳青年》封面為何總是出一個外國的俏女郎？難道深圳女青年沒一個比得上那些黃頭髮、藍眼睛嗎？

深圳　筱露

筱露小姐：

你好！難道你不覺得外國妞也很美嗎？要不，你試試如何？

BB機小姐

筱露小姐提出兩個問題，作為青年的良師益友的BB機小姐本該正面一一回答，作為編輯部的代言人，BB機小姐本該坦誠相告，以溝通編者和讀者，取得讀者信任——讀者是上帝。

然而BB機小姐並沒有這樣做。

她反問了兩個問題——這是反詰句，無疑而問，用問句的形式表示肯定的意思，這比用陳述句所表示的語氣更加強烈。一般情況下，反詰句往往有一種盛氣淩人，咄咄逼人的氣勢，往往不那麼友好，往往會引起人際間的誤會和鬥爭。BB機小姐在這裡選擇了反詰句，這已表示她對讀者的問題不滿意不耐煩不友好了，已快忘記自己的良師益友的身分了。

BB機小姐反問道：「難道你不覺得外國妞也很美嗎？」這是廢話，無的放矢的話，因為筱露小姐並未提出外國女郎不美的命題，筱露小姐的命題是深圳女青年中也有俏女郎，也有美人兒，BB機小姐答話中用了一個「也」字，這顯然是把外國女郎同中國女郎相比的，那麼她的意見便是深圳女郎，中國女郎也有俏而美的，這便是說，她並未否定筱露的意見，因為這是事實，無法否定。BB機小姐把讀者筱露小姐當作論辯的對象，可又不遵守論辯的規則，虛構一個論點（只有中國女郎俏而美，外國女郎都不美，醜）強加在讀者筱露的頭上，背離了論辯的規則，這是詭辯，這是偷換概念。

尤其不那麼高明的是，讀者筱露小姐的問題是：難道深圳那麼多女郎就沒有一個比得上外國女郎俏而美的嗎？筱露小

並沒有說自己是一個小美人兒或大美人兒，比外國俏女郎美。
BB機小姐不正面回答讀者筱露小姐的問題，又搞詭辯，又偷
換概念，再次虛構一個命題——你以為你比外國俏女郎還美
——強加到讀者筱露小姐的頭上去，然後反駁、批評，「要
不，你試試如何？」挖苦、嘲諷。口氣無聊，無賴，刻薄，又
失青年良師益友的身分，暴露她（？）自己內心深處的那麼一
個「小」字來了，教養太差，也違背了雜誌編者和讀者的關係
準則。

　　記得魯迅早就批評過，假如吃客向廚師提意見，廚師說，
你去炒菜吧，這時錯在廚師，而不在吃客。讀者就是吃客。吃
客——讀者筱露小姐是有權向雜誌提出問題來的，她的問題提
得不錯，錯在廚師——編者BB機小姐，她錯了。

　　BB機小姐的錯就錯在她沒有遵守交際活動中的合作原則
和禮貌原則，錯就錯在她忘了讀者是上帝的信條，她對讀者筱
露小姐缺乏誠懇之意，結果，她雖然聰明，但她的答話卻顯示
了她的缺乏教養，結果只會失去讀者的信任。

　　在去深圳的汽車上，我翻到這一頁看到這個問題時，我
想，修辭學的基本知識是應當進一步普及的，這我們還有許多
工作要做，修辭工作者是不必擔心沒有飯吃的！

十、說「良辰美景　一布登天」

《參考消息》（2002 年 2 月 25 日）上有個標題叫做：

外來植物疫病大煞美國風景

雙音節化是漢語辭彙歷史發展的大趨勢，是現代漢語中制約詞語規範的一個重大因素。例如：照相機→相機、大幅度→大幅、反恐怖→反恐、維護和平→維和、環境保護→環保、奧林匹克運動→奧運、反對帝國主義→反帝，等。因此，這裡的「美國風景」似可簡化為「美景」。但「美國風景→美景」之路，顯然是行不通的，原因是漢語中已經有了一個作為美麗的風景講的「美景」，這個「美景」頑強地抵制著作為「美國風景」解釋的「美景」的出現，這可以叫做辭彙系統的系統壓力。憑藉著這一系統壓力，辭彙系統才保持著自己的相對平衡和穩定，而不會處於完全無序的混亂狀態。這是常規現象。世界上的一切，都是有條件的，在具備了必要的和充分的條件的時候，超越常規是允許的，常規情況下不可能的東西就有了出現的可能性。或者說，在可能的世界裡，在可能的語言環境裡，現實的、常規的語言環境中不可能的東西就有了出現的可能性。

《參考消息》（2001 年 1 月 18 日）上有個標題：

良辰美景　一布登天

　　如果是在 2001 年 1 月之前，人們也許會說：「是『一步登天』，不是『一布登天』。登天得用腳，一步一步地走。要『布』有啥用？又不做夾克衫或唐裝什麼的！」其實這「布」，並不是土布洋布卡其布，而是一個人──美國總統布希先生。這是成語的諧音仿用。再如《參考消息》（2001 年 1 月 8 日）上有個標題是：

　　　　對國家經濟表示擔憂　小布希避免重蹈「父」轍

成語「重蹈覆轍」，這個「轍」可以是自己的，但不一定非得是自己的，也可以是他人的──「Ｘ重蹈Ｙ的覆轍」。小布希的這個「轍」是他父親的，這裡的意義本是：「小布希重蹈他父親老布希的覆轍。」之所以說成「重蹈父轍」，一來是保持成語完整性，不破壞四字格；二來「父」和「覆」同音，於是省卻了一個；三來，「父」和「覆」同音，諧音雙關，逗樂兒。這一來，「父轍」就是「父親的覆轍」，正如「紅條子」就是「紅白條子」一樣。

　　成語的諧音仿用是新時期的廣告語中經常運用的一種方法。例如：

　　　一見「鍾」情　一見鍾「琴」　一「表」情深
　　　心「馨」相印　家有飛鹿，隨心所「浴」
　　　「騎」樂無窮　「機」不可失　望眼欲「穿」
　　　千里「音」緣一線牽

因其別具匠心，別有風味，很受歡迎。當然也不限於成語，例如：

領略內蒙「騎」趣（《揚子晚報》2002 年 9 月 27 日）

但是，一時間泛濫成災了，叫人厭煩。成語的諧音仿用也同一切好東西一樣，過了頭，就不好了：太爛太生硬，牽強附會，就適得其反了。道理很簡單：凡事都得有個度，不可過頭，即使是補藥，也是不可多吃的。

「良辰」是吉祥的日子、美好的時光。這真的是一個「良辰」，一個美國總統的就職大典，那布希好不容易呀，費盡心機、花了九牛二虎之力，才登上總統寶座，這一時刻對他是多麼的美好呀！但是，若說是「美景」就不妥了，那白宮的外面，就有許多人在抗議示威，正在鬧事兒呢！真是剎風景。中國報紙卻用「美景」這詞兒，似乎是在冷嘲熱諷，看熱鬧，說反話吧？

同一天，中國的另一家報紙的標題也用了「美景」一詞，但是卻是：「『美』景」──強調它不同於「美景」，說的是「美國的風景」，而不是美麗的風景。「美」是形容詞，是美麗的意義，又是名詞，是「美國」的簡稱。漢語詞典中的「美景」的「美」是美麗的美──美麗的風景。既然「美」可以指美國，當然「美景」也可以指美國的風景的。雖然這個意思，從抽象的理論上說，是有合理性的。但是，在此之前，並無此用法，只能叫做「潛義」。語言是一種社會現象，語言是社會集體的財富，個人不能隨意改變語言符號的形式和內容。語言系統具有穩定性特點，語言系統具有系統的「排他性」，系統內

的形式和意義都有一種抗干擾的力量，排斥異己的東西。既然漢語辭彙系統中的「美景」是指美麗的風景，那麼它就強烈地反對美國風景式的「美景」。所以，雖然在 2001 年 1 月 18 日，中國多家報紙上用了其含義是美國風景的「『美』景」，然而很快就被人忘記了，是永遠也不能進入漢語詞典的。

「美景」其實是多義的，第一，美麗的風景，第二，美國的風景，第三，美國的美麗風景。也可以說「美景」是一語四關：第一，「美景」──美麗的風景；第二，「『美』景」──美國的風景，中性說法；第三，「『美』美景」──美國的「美麗的」風景；第四，美國特有的「美景」──非美景、大笑話、怪現象、煞風景，運用了反語修辭格。這一用法的確是很漂亮的，很成功的。

這是一種很藝術的用法。旅美華人作家徐銘謙在《舊金山雜碎·超速》中寫道：

> 我揮手道謝而去，卻惱了同車的「美」女──美國女仔也，她生平不喜歡警察。

這個「『美』女」不是「美女」，作者緊接著說是「美國女仔」，「美」指的是美國，這個「美女」指的是美國女孩，或美國美女。再如：

> 「入世」將推動台資登「陸」(《揚子晚報》2001 年 6 月12 日)
>
> 美麗從「頭」開始 (《東方周刊》2001 年第 20 期)
>
> 老「馬」識途 (《人民日報》1989 年 10 月 27 日)

這裡的「登陸」中的「陸」指中國大陸，「從『頭』做起」中的「頭」指人的頭，「老『馬』識途」中的「馬」指的是一位姓馬的人——他是全國勞動模範。

十一、「實話實說」和「實話虛說」

中央電視台有個「實話實說」的節目，主持人崔永元因此而名氣很大。這一節目的出現，受到廣泛的歡迎。但是也叫人感到恐懼：「這叫什麼話？難道別的節目就不、就沒有『實話實說』麼？難道除了在『實話實說』的節目上，我們大家，你我他，人人、時時、處處、回回、事事，就都不、都沒『實話實說』麼？」如果只有這一節目是在「實話實說」，而我們的生活中到處是、全都是「非實話」和「非實說」，那麼誰個還能心安理得、心情舒暢呢？

「實話實說」，本是說漢語的人的一句口頭語，強調說實事求是的話，說符合事實的話，說自己心裡的話，說實質性的話，不說虛假話、騙人的話、大話、官話、套話、誇張的話、繞彎子的話等等。「實話實說」本是交際的一個基本態度，居然需要大大地強調一番，這是因為交際雙方已經經常性地偏離了交際的基本原則，「非實話」和「非實說」早已是滿天「飛」了。「實話實說」顯然是有針對性的，是在糾偏，是對「非實話」和「非實說」的一個反動。如果人人、時時、處處、事事、回回都說的是實話，都是在實說，那麼中央電視台就不會有「實話實說」的節目，這「實話實說」的節目也就不可能產生如此大的影響，受到廣泛的歡迎。這正如人人、時時、處處、事事都講究「誠信」原則，那麼報紙雜誌上就不需要大聲

疾呼「誠信」原則了。

「實話實說」，其實包括內容和形式兩個方面。「實話」說的是內容，「實說」講的是形式。「實話」的內涵是，要說言之有物的話，說符合事實的話，有用的話，不說大話、空話、廢話、套話，更不能說假話、謊話、鬼話、欺騙性的話，也不說不三不四的怪話。這是做人的準則，也是語言運用的基本要求，也是好文章的標誌之一——但不是唯一的標誌。西方語用學中有個合作原則，其中第一個準則是質的準則，要求資訊的真實性，其實用中國老百姓的話來說，就是「實話」。

但是，僅僅是實話，還不一定就是好話，就是好文章。好話和好文章還需要「實說」。「實說」就是指的表現形式，要求老老實實地用自己的語言，用對方能夠明白的語言來表達，不繞彎子，不故弄玄虛，不裝腔作勢，不拉大旗作虎皮。老舍當年批評許多文章的「不實說」的毛病，他說：「實話實說是個好辦法。」他提倡的「實話實說」，主要指的是表達形式，他說：

> 反之，我們若是每一逢拿筆，就裝腔作勢，高叫一聲：現成的話，都閃開，我要出奇制勝，作文章啦，恐怕就會寫出「一瓢水潑你出山溝」了！這一句實在不易寫出，因為糊塗得出奇。別人一看，也心驚：可了不得，得用工夫，才寫出這麼「出奇」的句子啊！大家都膽小起來，不敢輕易動筆，怕寫出來的不這麼「高深」啊。這都不對！我們寫文章，是為叫別人更明白我們的意思。話必須說明白，文章必須寫得更明白。（《出口成章》）

這裡我也「實話實說」了吧：老舍似乎過時了，落伍了，他已經是太老土了！「一瓢水潑你出山溝」，現在看來，這是一個非常簡單明白的句子，他居然一本正經地大驚小怪地嘮叨了老半天！要是他還活著，看看今天的文章，他會說什麼？即使是今天中學生作文中也會有一些比「一瓢水潑你出山溝」更加不「實說」的句子的。

武漢大學的鄭遠漢教授在《語文建設》發表了文章，對「實話實說」進行質疑，他所反對的其實是「實說」。他站在修辭學的立場上，看到了問題的另一面：實話不一定都必須實說，有時甚至是不能實在說。他是對的。不過，中央電視台的「實話實說」，主要指的是內容——「實話」，並不是形式——「實說」，其中也有「虛說」的地方，唯其有「虛說」，才有趣，才吸引人。如果全都是「實說」，不但不會吸引人了，還會惹麻煩的。我的意見是：我們應當提倡實話實說，這是說話寫文章的最基本的原則。尤其是中學生，說話寫文章都應當堅持「實話實說」的原則。但也不可、不必反對「實話虛說」。因為，「實說」，其實只是語言表達的方式之一，並不是唯一的方式。在「實話實說」的同時我們還需要「實話虛說」的。

這不僅僅是因為：的確有時不能、不應當「實說」，「實說」了不但效果不好，甚至還是不文明不道德的行為。這也是因為：人是社會的動物，是文化的人，在許多場合中，「實話」需要「虛說」。每個年齡段其實都有不可、不必「實說」的東西，中學生的確有些事兒對父母和老師都不必、不好「實說」，父母和老師不理解這一點，或指責他（她）說謊，或強迫其「如實交代」，其實都是不合理，也很不聰明的做法，也是對「實話實說」的誤解。換句話說，實話虛說其實是社會的

人、文化的人的文明的標誌。

「實話虛說」，不但是社會生活的需要，其實也是一種語言的藝術手段。事實上，許多藝術化的語言表達，其本質就是「實話虛說」。所謂語言藝術其實是一種真真假假的藝術，許多藝術化的語言其實就是一種修辭式的假話、善意的假話，也就是「實話虛說」。例如 1944 年的《春秋》雜誌（第一卷第八期）中有一句話：

> 周瘦鵑先生的千金周玲小姐，執教集芙中小學，《紫羅蘭》月刊上常有她的作品，只是至今還沒有把我喜歡讀的一篇寫出來。（陶嵐影《閒話：小姐作家》）

這是「虛說」，挺好，委婉含蓄，不傷人。如果「實說」，那就是：「……至今沒有一篇我喜歡的作品。」這「實說」，具有刺激性，叫人家受不了。

「實話」和「實說」是兩個問題，有聯繫，又有區別，不能混為一談，不能相互代替。「實話實說」和「實話虛說」是每個人都必須具備的本事，對中學生也決不例外。中學生的口語和書面訓練中就應當抓住「實話實說」和「實話虛說」的對立統一。

十二、「英雄」和「豎子」

　　說話難，聽話也難。說話難在做到真正得體很不容易，聽話難在把握說話人所處特殊語言環境和他的特殊的獨一無二的心態是很難的。例如，當年阮籍登廣武古戰場，歎息道：「時無英雄，使豎子成其名！」這話常被引用，但也常被誤解。

　　蘇東坡的一個朋友指責阮籍說：「豈謂沛公豎子乎？」東坡說：

> 今讀李白《登古戰場》詩云：「沉涵呼豎子，狂言非至公！」乃知太白亦誤認嗣宗語，與余友之意無異也。嗣宗雖放蕩，本有意於世，以魏晉間多故，故一放于酒，何至以沛公為豎子乎？（《東坡志林》卷一）

照東坡的理解，阮籍的豎子指的是魏晉時代的人，不是劉項。其實，東坡的理解不符合阮籍的原意。認為阮籍的意思是魏晉時代沒有真正的英雄，有的只是豎子，這也不妥的，事實上阮籍是不會否定曹操等是英雄的，曹操的煮酒論英雄的事情，阮籍是知道的，也是承認的。

　　這裡「時」，可作兩種解釋，第一，楚漢相爭之時，第二，眼前現在今天，阮籍登廣武之時。如果阮籍編寫《楚漢戰記》，作歷史人物論，這「時」就是楚漢相爭之時。作為一個

抒發感情的懷古文本，它有兩個時間——古和今。這個古和今又有虛和實兩種理解。第一種，實指楚漢時，虛指今天。字面上講的是楚漢相爭之際時無英雄，骨子裡說的是今天的無英雄。第二種，實指今天，楚漢時為虛，是一個背景。這又有兩種情況，一種是古今一致，都無英雄，只有豎子。第二種，古今正好相反，成強烈對照：古有英雄，無豎子；今無英雄，只有豎子，可歎息也。

古今一致，當年楚漢相爭，沒有英雄，劉邦、項羽、韓信等都不能算是真正的英雄，劉邦和項羽等都只不過是豎子而已，因時無英雄而成名。如果是這層意思，阮籍也不必非在登廣武古戰場時說這話的。如果楚漢相爭時代無英雄，那中國歷史上無英雄的時代就太多，今天的無英雄也就不值得大驚小怪，不值得太多的傷感的了。即使楚漢相爭時真的沒有英雄，劉邦和項羽只是豎子，這也不值得阮籍如此感慨。他所關心的不是那個時代。

從做文章的角度看，古今對照，更為合理。面對歷史上的一個英雄輩出的時代，感歎今天的無英雄，這才合乎邏輯。有了對比，感情才更強烈。阮籍登廣武古戰場時，眼前出現的是楚漢相爭時的那些真正的英雄，正是劉邦和項羽等大英雄，激發了他的抒情的衝動。

阮籍的「時無英雄」中的「時」，不是指楚漢相爭的時代，而是「今天」。問題在於，「今天」（此時）是一個模糊詞語，可以是指大時段，整個三國時期，這一來，曹操和劉備、孫權、諸葛亮、周瑜等都算不上真正的英雄。這不可能。阮籍似乎不會狂放到、糊塗到連曹操、劉備、孫權、諸葛亮等全都否定的程度。

三國時期是中國歷史上的一個英雄輩出的時代。但是，這些英雄主要活動在前期。《三國演義》的讀者都感覺到，前期是英雄輩出，而後期到了「廖化作先鋒」時候就無英雄了。這並不全是小說家寫到後來精力不夠的問題，也是一個歷史的事實。

「時無英雄」中的「時」，也可指小時段，指司馬氏掌權、行將篡權的時期，即魏晉交替之際，也就是阮籍所生存的那些年。阮籍的「時無英雄」，不是狂放的胡言，而是一個雙關語：

> 表　　層：楚漢相爭時：英雄輩出，英雄成名。
> 深層(1)：曹魏創建時：英雄輩出，英雄成名。
> 深層(2)：魏晉交替時：無英雄，豎子成名。

這個雙關語的深層的真正的含義是，對曹操等曹氏英雄的懷念和呼喚，對司馬氏行將篡權的擔憂和無可奈何。他關心的是他自己所處的此時此刻，一個無英雄的時代，他呼喚英雄，為英雄召魂。他懷念英雄輩出的漢末魏初時代，曹魏的先祖創業的時代。他心目中的英雄是曹操！阮籍所呼喚的英雄也是曹操！但是，在當時情況下，他不能明言，那是要殺頭的。

這句話中，楚漢相爭時是漢末魏初時的一個比喻（煙幕）。劉邦和項羽是曹操和曹丕的借代語。曹氏集團已經沒有曹操曹丕式的英雄人物了，司馬氏豎子才得以成名（成了氣候，從事篡權活動）！可歎息也。說這番話的最佳地方，不是廣武，而是官渡。可那就太露骨了，腦袋要搬家的，必須偽裝一番的，正因為偽裝了，就導致了誤解。

阮籍懷念曹操曹丕時代的英雄輩出，感慨後曹操曹丕時代
的無英雄，而對司馬氏豎子表示了無可奈何。

十三、《紅樓夢》修辭短話

（一）黛玉問：「你到那裡去了？」

這是發生在《紅樓夢》第九十四回中的一次對話。

紫鵑回到瀟湘館，見林黛玉獨自一人。這時候，黛玉問：

你到那裡去了？

紫鵑說：

今兒瞧了瞧姐妹們去。

黛玉說：

可是找襲人姐姐去麼？

紫鵑說：

我找她做什麼？

作者接著寫道：

黛玉一想，「這話怎麼順嘴說出來了呢？」反覺不好意思，便啐道：「你找不找與我什麼相干！倒茶去罷！」紫鵑也心裡暗笑，出來倒茶。

咱中國人喜歡沒話找話說，開口便是：「你到哪裡去了？」西方人崇尚個人自由，彼此互不相干，我到哪裡去？與你無關，你管不得的！你到哪去？與我沒有關係，我沒有興趣管。現代派的中國人，嚮往西方文明，對於咱中國人這句口頭禪，很是羞愧難當，覺得不大妥當，往往說不出口這是在干涉他人的人身自由。我到哪兒去？還用得著向你彙報嗎？我又不是犯人、奴隸！

我認為這不大妥當。其實，在我們的文化裡，這句話只表示了說話人對於聽話人的一種關心和愛護，並沒有干涉他的自由的成分在內的。大多數情況下，問話的人，只是問問而已，並不等待著聽話的人回答的，並不一定要求你一定給予一個明確的肯定的回答。許多時候，你只要給對方一個笑臉、一個點頭的姿勢，也就可以了的。如果你一本正經地回答對方說：「我現在正到小齊家裡去。他昨天晚上打電話約我去談一個學術問題的。我們正在合作寫一篇文章。現在他在等我去討論詳細提綱。」問話的人一定會非常的討厭，我不過是隨口問問罷了，誰有興趣管你到哪兒去呢？真討厭！

對於大多數中國人來說，「你到哪裡去了？」只是一個口頭禪，問問罷了，並不真想知道你到哪裡去了的謎底的。但是，對此時的黛玉來說，可就並不是一句口頭禪，並不是隨便問問的。寶玉不在她身邊，她深深地感到孤獨。她需要紫鵑，紫鵑是她最知心的人。紫鵑關心她，她也關心紫鵑。所以她問

紫鵑「你到那裡去了？」並不是隨便問問的，是真的想知道紫
鵑到那裡去了，這是她對紫鵑的關心和愛護。

「你到哪裡去了？」可能是無疑而問，問話人本來是知道
對方到哪裡去的。問的目的也是多種多樣的，或者是試試你是
否說真話，會不會騙人；或者是沒話找話說，應付應付你的；
或者是一種責備——這種時候，你還到那裡去？也可能是有疑
而問，說話人真的不知道對方到哪裡去了。目的也是多種多樣
的，或者關心愛護你；或者是應付應付你；或者是一種指責
——什麼時候了，還亂跑！那麼黛玉呢？她是無疑而問，還是
有疑而問？

黛玉是有疑而問，她並不知道紫鵑到哪裡去了，但是，卻
也可以認為是無疑而問，她認為紫鵑是到襲人那裡去了。不過
她不能充分肯定罷了，是在運用疑問的方式來證實一下而已！

而且，更重要的是，她的這句問話是她的內心深處的某種
欲望的一種不自覺的表現。存在於她的內心深處的這種欲望，
就是紫鵑最好是到襲人那裡去——襲人是寶玉的丫鬟——貼心
丫鬟。她愛寶玉，她不能去見寶玉，寶玉不來見她。紫鵑是她
的人，她的化身，襲人是寶玉的化身，紫鵑去看襲人，就等於
她黛玉看到了寶玉——

　　黛玉——紫鵑——襲人——寶玉！
　　黛玉＝紫鵑——襲人＝寶玉！
　　黛玉——寶玉！

紫鵑說：「我找她做什麼？」她這樣說的時候，或者是脫
口而出，只站在她自己的立場上說話的，一時間忘記了黛玉的

心事。或者是她故意不理會黛玉的心事，她是一個聰明的姑娘，她明明知道黛玉的心裡是希望她去到「襲人——寶玉」那裡，希望她帶來關於寶玉的消息，能聽到關於寶玉的消息的黛玉就是一種享受——愛的享受！然而，她卻故意地不加以理會，「氣氣」她！生活本來就不該那麼樣的平平淡淡，關心愛護一個人也不等於一切全部聽從。

「黛玉一想，『這話怎麼順嘴說出來了呢？』反覺不好意思，便啐道：『你找不找與我什麼相干！倒茶去罷！』」可見黛玉的這種欲望純粹是潛在的意識，她自己也並不自覺。脫口而出，自己也吃驚了，這就證明，我也不只是一個「我」，「我」也並不都能做我自己的主人，我的言語有時候也並不是我的自覺的行動。「反覺不好意思」，就在於這句話暴露了她內心深處的秘密了，這個秘密是不應該被別人知道的。「便啐道：『你找不找與我什麼相干！倒茶去罷！』」魯迅在《推背圖》一文中說，有說不做，卻偏偏做的；有說做，卻偏偏不做的；有說別人要做，其實是自己要做的……黛玉說與她沒有相干的，其實正是與她關係最大的！這就得正面文章反面來看——在情人眼中，大多數話語都得反轉過來看待的。

「紫鵑也心裡暗笑，出來倒茶。」紫鵑之所以暗笑，就是因為她看穿了黛玉小姐的鬼把戲，情人的小把戲，自以為聰明，哪裡能夠瞞得了別人呢？尤其是這麼聰明的紫鵑，但是總得給小姐留點兒面子，不說穿的好。紫鵑此時，一言不發，出去倒茶，最好，她的不說話就是最好的修辭！她如果再多說什麼，就一定會自討沒趣，哪還像個聰明的可愛的丫頭呢？

（二） 話語的銜接和黛玉的做作

《紅樓夢》第四十五回中，黛玉喜歡上了寶玉的蓑衣斗笠。寶玉找到了好的機會，忙說送她一套。這時候——

> 黛玉笑道：「我不要他。戴上那個，成了畫兒和戲上扮的那漁婆兒了。」及說了出來，方想來這話與方才說寶玉的話相連，羞的臉飛紅，伏在桌上，嗽個不停。

那麼上文她說了寶玉什麼了呢？她說：「那裡來的這麼個漁翁？」如果沒有上一句話，黛玉像個漁婆，就像個漁婆吧！這也沒有什麼的！現在有了上文的那一句話「那裡來的這麼個漁翁？」也就是說：「寶玉是個漁翁！於是呀——

因此 { 賈寶玉是一個漁翁
      林黛玉是一個漁婆

因此 { 賈寶玉和林黛玉是夫妻倆
      賈寶玉是林黛玉的丈夫
      林黛玉是賈寶玉的妻子

所以黛玉才「羞的臉飛紅，伏在桌上，嗽個不停」的。

這個推理是很合乎邏輯的！但是，這個邏輯在許多情況下是不起作用的。對於一個根本不愛賈寶玉的人來說，即使她前面說過賈寶玉是漁翁，後面她一再說自己是漁婆，這並不等於她就承認了自己就是賈寶玉的老婆。她壓根兒就沒有這個意思。假如賈寶玉要這樣想，堅決反擊反駁的——你做你的漁

翁，我做我的漁婆，並不是凡是漁婆就都是漁翁的妻子；凡是漁翁就都是漁婆的丈夫！她會認為賈寶玉不要臉，在討她的便宜。

翁，我做我的漁婆，並不是凡是漁婆就都是漁翁的妻子；凡是漁翁就都是漁婆的丈夫！她會認為賈寶玉不要臉，在討她的便宜。

事實上，這類話語是常常會說出來的。說話的她並沒有這個意思——她並不想做他的老婆。一般情況下，聽話的他也是不會朝著這個方向去想的。你看，這時候的賈寶玉就沒有這一思想嘛！他並不笨，而且是善於聯想的人。作為一個聰明的男人即使是已經看到了這一層銜接的含義，也不應當說破了。假如她並無此意，只是無意間說出來的，你這麼一說，就會叫她難堪。而在交際活動中，你叫人家下不了台，往往自己也難下台的，你應當給她面子，中國又特喜歡面子的！如果她的確正是此意，是在給你一個暗示，那你最好也別挑破為好，含蓄是必要的，也可以裝作沒有聽出來這一層含義的樣子，這可能會叫她失望，最好作出那種只是有那麼一點點會意的樣子。

如果她的確是愛他的，那麼即使是無意間說出來的，他說破了，她會裝做生氣的樣子。如果她的確是愛他的，並且是有意這樣說的，那麼，如果他一點反應也沒有，她會失望的。她會不甘心自己的失望的，她會自己主動來挑破這一點，裝做說滑了嘴，說錯了話，裝做很是害羞的樣子。

黛玉是愛寶玉的，這一點是沒有疑問的。而且她是在尋找一切機會把自己同寶玉緊緊地聯繫在一起，她的內心深處是希望時時處處她都應當同寶玉緊緊地聯繫在一起，同時寶釵她們就是不能！現在，既然寶玉已經成漁翁，那麼，黛玉心理當然就渴望自己變成一個漁婆了。所以，「漁翁——寶玉——黛玉——漁婆」的聯想路線是早就存在於黛玉的心中的了。問題是她的這一句話，是無意為之的，還是有意為之的呢？曹雪芹用

了個「聯想」，顯然是認為她是無意為之的。但是，這也許是曹雪芹在給她面子，女孩子更需要面子。如果說她是有意為之，那還像個大家閨秀、上等人的女孩嗎？或者說，這是一種含蓄的說法罷了。在我看來，單純從表層來看，也許可以說是無意的，但是從深層著眼，則必須認定她這是有意為之的！她心中的「愛」是時時處處都在尋找發洩的時機的，現在有了這麼個大好時機，她怎麼能及時抓住，並不充分利用呢？

黛玉知道她自己比寶玉更聰明，對愛情婚姻更重視更敏感，更會聯想，往往她聯想了，而那個呆子卻還沒有想到，她怕這一次她說了也白說，那呆子就是個沒聽懂，於是她不甘心，只好跳出來，自己把她挑明白了，以免「說了白說」。

「羞的臉飛紅，伏在桌上，嗽個不停」是實情，是不自覺的行為。但是，其中也一定有做出來給寶玉看的成分的！人們可能會不同意這一點，因為黛玉是純真的，不做作的。這話不妥。戀愛中的女孩在愛人面前做了一點假，表演一番，耍一兩個小花樣，這當然不能列入虛偽的範疇之中的。西方人說，戀愛中的人是最會做戲的。那麼，黛玉這一小小的舉動裡帶有一點做戲的成分是不會歪曲了她的形象的。

同時，從這裡，我們也看到，在愛情上，黛玉其實是比寶玉更大膽更主動的。這其實是那個時代裡許多個男女戀愛中所共同的現象。

十四、神秀和慧能的比喻觀

（一） 神秀和慧能

話說，有一天，禪宗五祖弘忍（602～675）大師召集眾弟子，生死事大，須求解脫。他要弟子各作一首偈頌。大弟子神秀（686～760）禪師的答卷是：

> 身是菩提樹，心如明鏡台。
> 時時常拂拭，莫使有塵埃。

最後一句亦作「勿使惹塵埃」。「莫」和「勿」同義。

當時尚未入門的、幹粗活的、大文盲慧能，請人代寫了一份答卷：

> 菩提本無樹，明鏡亦非台。
> 佛性本清靜，何處染塵埃？

第三句亦作「佛性常清靜」。「常」和「本」不同，「常」尚有餘地，「本」則更加徹底。

五祖弘忍大師裁決：慧能勝過了神秀，真正地進入了禪的世界。於是把「法衣」傳給了慧能，於是慧能就成了禪宗六祖，其言論集《壇經》成了佛教經典中唯一由中國佛教徒創作

的「經」。

(二) 難以把握的心

漢語中的「心」有兩種意義：(A)指血液迴圈的器官，(B)指思維的器官。血液迴圈器官的心是具體的，而思維器官的心是看不見摸不著的不可捉摸的。

神秀和慧能所討論的「心」不是血液迴圈器官的心，而是作為思維器官的心，那個不可捉摸的東西。於是神秀求助於比喻：「身是菩提樹」和「心如明鏡台」。不僅是文學家（詩人和小說家）需要比喻，離不開比喻，其實哲學家和自然科學家也同樣需要比喻，也離不開比喻。甚至可以認為，人類的語言本身就是一個巨大的比喻網路，我們所說的每一句話，其實都是比喻，作為人離開了比喻幾乎無法說話和生活。

神秀的比喻是好的比喻。心，又叫「靈台」，魯迅年輕時自題小像的詩句：「靈台無計逃神矢，我以我血薦軒轅。」這「靈」強調了作為思維器官的心的思維功能，所以心又叫做「心靈」。「靈台」把抽象事物形象化了，「明鏡台」與「靈台」同類，「明鏡」就是明亮的鏡子，比喻見事清楚。杜甫的《洗兵馬》中說：「司徒青鑒懸明鏡。」司徒指李光弼，又比喻官員判案公允，「心如明鏡」，是一個很好的比喻。「心如明鏡台」，也是一個很好的比喻。把心叫做「明鏡台」，這樣一來就可以突出禪心的清靜的特徵，這一比喻用多了同樣可以成為心的代語異稱的。

「時時常拂拭，莫使有塵埃。」是這一比喻的延伸：鏡子染上了塵埃，就會失去鏡子的功能，只有「時時常拂拭，莫使有塵埃」，才能保持鏡子的本性，才能發揮鏡子的功能。作為

思維器官的心，的確需要「時時常拂拭，莫使有塵埃」。

「身是菩提樹」也是一個好的比喻。「菩提」是梵文「Bodhi」的音譯，意翻就是「覺」、「智」、「道」等。這個比喻把人的身體比喻為覺悟了的樹木，當然並非每個人的身體都是「菩提樹」，那些心術不正者、陰謀家、殺人犯等的身體只是「惡木」而已，惡木即使有蔭，得道者也不會棲息於其下的！

（三） 比喻和邏輯

慧能卻強調：「明鏡亦非台。」其實他要說的是：「明鏡台亦非台」，是同神秀所說的「心如明鏡台」針鋒相對，強調「明鏡台」不是「台」。但是，只能有五個字，他只好忍痛割愛，把「明鏡台」壓縮成「明鏡」。

慧能當然知道神秀的話是一個比喻，但慧能要超出日常生活的眼光，要進入禪的境界，要用哲學的語言，禪的語言來看待世界。於是他就否定了這一比喻：靈台≠台，明鏡台≠台！心≠明鏡台！心就是心！

按照慧能的思維路線，繼續前進，就出現：靈台本非台、心海不是海、心扉不是門、心火不是火、心潮不是潮、心花不是花、心房不是房、心曲不是歌、心田不是田、心弦不是弦、心聲不是聲……。再繼續前進，就是：人山不是山、人海不是海、人潮不是潮、海馬不是馬、木馬不是馬、熊貓不是貓、天牛不是牛、蝸牛不是牛、天狗不是狗、醬油不是油、鐵餅不是餅、木耳不是耳、松塔不是塔、松針不是針、跟屁蟲不是蟲、甲魚不是魚、墨魚不是魚、娃娃魚不是魚……。同理，叫做「蘭花」、「海燕」和「小屏」等的人也不是蘭花、海燕或小

屏。

慧能在這裡事實上提出了兩個語言學問題：

(A) 本體＋喻體式詞語的語義合法性
(B) 比喻運用中的真實性。

這其實是語言哲學中的根本問題。它一直困惑著語言學家、哲學家們。

現在要請教慧能的是：既然明鏡台本非台，那麼心是什麼？佛性是什麼？當然慧能是不予回答的。禪宗總是採用否定的方式來啟發你，他們不願意使用肯定式語言使自己落入陷阱。

（四） 常人和哲宗家

丟開哲學觀念，不去管誰個是客觀唯心主義，誰個是主觀唯心主義，只就語言而言，神秀是日常生活主義，而慧能是哲學主義、唯理主義。用現代時髦的字眼來說，慧能是一個分析哲學家。慧能是用分析哲學的語言在批判日常生活派對語言的運用習慣，他抓住了日常生活中的語言運用中的漏洞，他的思維比神秀要嚴密精確得多。

人類的語言就其本質而言就是一個隱喻的系統，在日常生活範圍內它幫助人類認識世界和表達世界，但是在哲學的高度上，它又常常妨礙人們對真理的認識和表達。這就是西方哲學早就渴望創造哲學語言和科學語言的原因，也是東方神秘主義者（禪宗是其代表）的破除語言障和文字障的原因。

禪宗要破除語言障、文字障，這表明他們對語言文字的本

質已經有了比較深入深刻的認識。但是他們又不得不依賴語言文字，這說明他們對語言文字也並沒有採取完全的虛無主義的態度，他們還是承認語言文字的功能的。

十五、「拜佛西天」解

在明代董說的小說《《西遊》補》中，孫行者變成了虞美人，在同其他古代美人聚會時，絲絲作句「泣月南樓」，虞美人接著說：「拜佛西天。」綠珠指正說：「美人，想是你意思昏亂了？為何要『拜佛西天』起來？」作者先前已經交代說是「行者一時不檢點，順口」說出來的。但是作者又讓行者辯護說：

> 文字艱深，便費詮釋。天者，夫也。西者，西楚也。拜者，歸也。佛者，心也。蓋言歸心于西楚丈夫。他雖厭我，我只想他。

作者說：「綠娘讚歎不已。」

這裡的問題是一個話語的銜接問題。在話語中，兩個本來是合理的合格的句子，合在一起，卻可能是無意義的荒謬的組合，這「泣月南樓」和「拜佛西天」就是一個很好的例子，驢頭不對馬嘴；而兩個單獨說本是無意義或荒謬的句子，組合在一起卻又可能是絕妙的組合。中國古代詩歌中的對偶，在意義內容上是有很嚴格的要求的，不但兩個句子的意義要有聯繫，而且相關部分的詞語意義也要有相關性。徐青《唐詩格律通論》分為三種：

工對：詞語上要求在同一小類的範圍內選詞作對，做到
字字工整。如：「繞郭荷花三十里，拂城松樹一
千株。」（白居易）

鄰對：天文對時令、天文對地理、地理對宮室、宮室對
器物。如：「曉來江氣連城白，雨後山光滿郭
青。」（張籍）

寬對：不遵守詞語類別，只求詞性相同而構成的對仗。
如：「塵世難逢開口笑，菊花須插滿頭歸。」
（杜牧）

　　董說當然不知道弗洛伊德學說，但是他已經發現了潛意識
在表達中的作用，已經成了虞美人的孫行者，努力充當虞美
人，但是其潛意識中依然是保唐玄奘西天取經的和尚！這「拜
佛西天」就是他的潛意識對意識的干擾，董說似乎已經發現了
潛意識在言語表達中的制約作用。如果說孫行者的驢頭不對馬
嘴是潛意對意識的一種干擾，那麼禪宗大師的驢頭不對馬嘴式
的話語則是他們的有意識的行為，其性質是完全不同的。

　　現代西方的解構主義大師們認為，文本是沒有唯一的解釋
的，終結的解釋是沒有的，任何一個文本都可以無限制地解讀
下去。董說似乎已經發現了這一點，把「拜佛西天」作如此的
解釋，就表示也可以作出許多一般人絕對想像不出的解釋來，
而且都是合適的，可以被接受的。但是，孫行者的這一解釋顯
然是強詞奪理，是詭辯術，其解釋結果往往是叫人口服心不服
的。

　　其實，每種解釋都必須在特定的語境中才能成立，也就是
說每種解釋都必須有一定的先決條件。事實上，假虞美人的解

釋是荒謬的，不可接受的，因為在她（虞美人）生活的時代裡，佛教還沒有傳入中國，就不可能說出、更不可能理解「拜佛」一語！但是小說中可以這樣寫，因為這本是時空倒置的想像中的世界，因為這是孫行者的話，他是一個西天取經者。

塞爾在《心靈、語言和社會》中說：

> 語句的意義是由語詞的意義和語句的意義和語詞在語句中的排列來決定的。但是，說話人在說出這個語句時所意謂的東西，在某種限度之內，完全是屬於他或她的意圖問題。我必須說「在某種限度之內」，因為你不能說僅僅是某種東西卻意指任何東西。你不能說「2＋2等於4」，而意指「莎士比亞是優秀的詩人也是優秀的劇作家」。至少你在意謂這些時不能不增加許多另外的情境。

塞爾強調「在某種限度之內」，這是很有道理的。孫行者不可能用「拜佛西天」來意指「改革開放」，因為他根本沒有改革開放的意識和體驗。如果我們要用「拜佛西天」來意指「改革開放」，如果說不是根本不可能的，那麼就得如塞爾所說，至少得增加另外的情境。「西天」就是西方經濟發達的國家，如美國，「拜佛」就是取經，就是打開國門，就是走向世界，增加了所需要的特定情境，「拜佛西天」也可以意指留學美國或移民美國甚至嫁給美國佬的。所以，話語的表達和理解的關鍵是語境，是條件，具備了特定的語境，滿足了條件要求，表達和解釋就都是可能的。

十六、雙關和歧義　曲解與誤解
——黃旭初掃他媽的墓

（一）　雙關語和歧義句

　　雙關語是指說寫者巧妙地運用多義的語言形式，傳遞表裡兩層含義，又控制聽讀者的解碼活動，使之捨棄表層字義，而把握骨子裡的那層含義。例如，1944 年春天，日寇進犯廣西，廣西省主席黃旭初托故為母親掃墓，逃跑了。《新華日報》報導此事時用了這樣的標題：

　　桂林危機聲中
　　黃旭初掃他媽的墓

表層含義是黃旭初為母親掃墓，骨子裡是一句國罵「他媽的」，這是對不抵抗行為的嚴厲斥責。

　　如果你聽到有人說：

　　老張扶著老李走了。

這句話可能有兩種含義：（A）老張攙著老李走了。（B）老李攙著老張走了。這不是雙關，因為說話人並不想表達兩種含義，他要傳遞的本是單一的含義。但語言形式的確可以有兩種解

釋，在沒有背景材料的情況下，聽話人無法從 A 形式和 B 形式作出選擇，這是歧義句。

（二） 歧義句和誤解

歧義句經常受到攻擊，因為它會造成誤解，減低語言的表達效果。這其實是一種誤會，因為歧義句並不一定就被誤解，非歧義句也可能造成誤解。

如果有一定的背景材料，歧義句也可以有一個符合說寫者原意的解答的。例如「老夫人扶著個小丫鬟走上了舞台」或「小丫鬟扶著老夫人走上了舞台」，都是歧義句。但是在情理上不可能是老夫人攙著小丫鬟，丫鬟也不敢靠在老夫人的肩膀上，只能是小丫鬟攙著老夫人，讀者不會誤解。

相反，單義句也可以被誤解的。有一個笑話是這樣的：有一個人跌在山間的松樹上，另一個人用繩索把他向上拉，這時他們對話：

A：不要鬆手，不要鬆手……
B：不要什麼？
A：鬆手！

於是 B 鬆了手。應當公正地說，A 不想說雙關語或歧義句，他的話語並不是歧義句，而是單義句，但是 B 誤解了，造成了可悲的下場。

（三） 雙關語和誤解

製作雙關語的人是不希望被誤解的。但是雙關語也常常被

誤解，如前面所說黃旭初一例，「他媽的」改為「他母親的」，雖然媽＝母親，他媽的＝他母親的，可以說是一個高雅的雙關語，但由於轉彎太多了，恐怕讀者會誤解你只是客觀地報導，而聽不到那一句痛快淋漓的「國罵」了。

有時候，雙關語的製作者有意識地叫讀者誤解。據說安徽人汪倫寫信邀大詩人李白到他家鄉做客，信中吹噓他家鄉有「萬家酒店」。其實，並不是一萬家酒店，只是一個姓萬的開了一家酒店，李白也以為有一萬家酒店，後來才知道是汪倫的小花招。

這一類可以叫做兩次雙關，先讓你把表層意思接受下來，信以為真，然後再把深層含義推給你，完成了雙關的效果。

雙關語如果聽讀者沒有體察過來，只接受了字面意思，它們仍然是雙關語。雙關語並不因為被誤解而改變其雙關語的性質。

但假如說寫者並沒有想到傳遞表裡兩層意思，但聽讀者理解到了深層意思。例如：

> （錢鏐）引兵趨八百里。八百里，地名也。告道旁媼曰：「後有問者，告曰：『臨安兵屯八百里矣！』」（黃）巢眾至，聞媼語，不知其地名，曰：「向十餘卒不可敵，況八百里乎！」遂急引兵過。

錢鏐似乎並沒有有意在製作雙關語，但黃巢誤解地名八百里為方圓八百里地方，這只能認為是偶然性誤解，不必看作一個雙關語。

民間故事中說，有一個地主耍弄并不識字的長工，給這個姓

米的長工取了個名字叫田共。有一次發生了爭執，長工對地主說：「你還能把米田共吃了！」地主於是吃了虧，因為，米田共即「糞」（糞）字兒。但在這長工，便不是有意製作雙關語，因此，儘管這個地主體會到了吃「米田共」的深層含義，但這個長工的話並不是雙關語，因為他的主體意識上並沒有這層意思。同樣，雖然「米田共」即大糞，但這地主的解碼過程依然是一種誤解，不符合長工的原意。

（四）誤解和曲解

誤解，在聽讀者是無意識地被動的。黃巢怎麼樂意於把八百里這一地名誤解為八百里地呢？我第一次到常州，人們叫我到「小營前」下車，我誤以為是在小營前一站下車，事後才知道小營前是一個車站的名字，這個誤解並不是我所期求的。

與誤解不同，曲解則是聽讀者有意識地對語言材料加以歪曲的理解。例如，在崔時佩、李景雲的《西廂記》中：

（末）：上房一月一兩五錢，中房一兩，下房五錢。
（醜）：成不得，官人，我前者歇了一夜，只得三錢銀子，他家下房就要五錢。
（末）：不，是下等的房子。
（醜）：我只道你家下一個房要五錢。

這裡書僮把「下等的房子」理解為「下一個房」，是在逗趣，是在故意歪曲店主的話語。曲解，是對交際活動中的合作原則的偏離。這是一種詭辯，是在爭吵中經常使用的一種戰術，也是逗趣的好方法。例如：

①Ａ：有點兒難過。　Ｂ：「南過」就朝北過。
②Ａ：氣死我了。　　Ｂ：氣死怎麼還說話。

都是口語中頗有情趣的對話。

　　但是誤解卻不是修辭手法。黃巢的誤解對錢鏐大有好處，但對他本人並沒有什麼好處。當然也有誤解對本人有好處的。成語「郢書燕讀」，是一種誤解，把「舉燭」誤解為任人唯賢，於是燕國大治。但卻不能因此從郢國國書製作者和燕國的解碼者行為中歸納出一種修辭技巧來。

　　這似乎暗示我們，所謂修辭技巧仍是人們主體的一種自覺的行為。

（五）耗損和增值

　　在解碼的時候，說話人所傳遞的資訊在聽話人那裡，可能產生的兩種情況是：資訊的耗損和增值。

　　讀高深的哲學論著，不能完全把握原意，便是資訊的耗損，這不同於誤解和曲解。

　　當聽讀者有某一方面的特點時，卻又可以從話語中獲得比說寫者自覺傳遞的資訊還要多得多的資訊，但這多出來的資訊又是合情合理的，這便是資訊的增值。聰明的楊修從口令中獲得三軍統帥曹操將要退兵漢中的資訊，這個資訊並不是曹操編碼「雞肋」口令時自覺地所要傳遞的東西，但卻是合情合理合乎曹操本人的內心狀態的。

　　閱讀要技巧，聽話也是一種藝術。閱讀術和聽話術與說寫的技巧是同樣的重要的。力求減少解碼中的資訊耗損，避免誤解，不得曲解，適量地使資訊增值，這便是閱讀術和聽話術的

一種原則。

　　把曲解當作一種修辭技巧來使用的時候，其實就聽讀者本人而言，他是把握了說寫者的真實含義的，可以不看作為真正的曲解。

肆 光怪陸離的言語生活

一、語文生活中的無理取鬧

1924年，周瘦鵑在《倔強之囂俄》（《紫羅蘭花片》第十集）中說了法國大文豪雨果——那時譯作囂俄——的幾個小故事。其中之一是：雨果在一部書中說到蘇格蘭人所吹之短笛，有一個詞的字母錯了，而且是字字皆錯。蘇格蘭人「見之大嘩，紛紛詰責，又有多人面告囂俄，指責其誤」。這時候——

囂俄勃然曰：吾為維克都囂俄，吾欲如何，即如何。

我一生喜歡雨果的小說詩歌，但卻不滿意於他的霸道。中國的大文豪魯迅說過，凡事實，都是發少爺小姐脾氣所改變不了的。語言文字的錯誤就是錯誤，大文豪大發大文豪脾氣也不能改變這一錯誤。因為語言文字有其自身的客觀規律、規則，這規律規則是不以個人意志而轉移或改變的。

雨果的這種無理取鬧是不足取的。與之成了鮮明對照的，是中國古人，例如李相把《左傳》中的「姤」字讀錯了，有一小辦事員糾正了他，他「命小吏受北面之禮，號為『一字師』。」大詩人楊萬里把《搜神記》的作者「干寶」誤為「于寶」，一個小吏指出後，他說：「汝乃吾一字之師。」

無理取鬧是古今中外語文生活中的一道風景。吳敬梓在《儒林外史》描寫了一個無理取鬧的典型：

丈人道：「你每日在外測字，也還尋得幾十文錢，只買豬頭肉、飄湯燒餅，自己搞嗓子，一個錢也不拿來家，難道你的老婆要我替你養著？這個還說是我的女兒，也罷了。你賒了豬頭肉的錢不還，也來問我要，你終日吵鬧這事，那裡來的晦氣！」陳和甫的兒子道：「老爹，假使這豬頭肉是你老人家自己吃了，你也要還錢。」丈人道：「胡說！我若吃了，我自然還。這都是你吃的！」陳和甫的兒子道：「設或我這錢已經還過老爹了，老爹用了，而今也要還人。」丈人道：「放屁！你是該人的錢，怎是我用你的？」陳和甫的兒子道：「萬一豬不生這個頭，難道他也來問我要錢？」丈人見他十分胡說，拾了個叉子棍，趕著他打。

這樣無理取鬧的人，當然是該打的。下場更悲慘的是施耐庵的《水滸傳》中的潑皮牛二，由於無理取鬧而被青面獸楊志殺了。

理有多種多樣的理，不同的人對理的理解是不相同的，所以有時候無理取鬧就很難界定了。例如，唐代詩人李賀的一些詩句，有人說好，有人說是無理取鬧。清代學者趙翼在《甌北詩話》第一卷中說，詩家好作奇句警語，但必須千錘百煉而後成，如李賀的「石破天驚逗秋雨」，雖險而無意義，祗覺無理取鬧。他的看法很是精闢，但這句詩卻被許多人讚美為妙語的。

在我看來，新時代的許多廣告語，其實也是無理取鬧，例如：凱奇通信，一「網」打盡（通信設備公司廣告）、隨心「鎖」欲，「鎖」向無敵（數位密碼鎖電話）、「衣衣」不捨華

商牌（華南牌縫紉機）、「衣」想不到（南京服裝店）、「食」全「食」美（食品店）、「石」全「石」美（石材）、「咳」不容緩，請用桂龍（桂龍咳喘寧）、「腦」當益壯（樟腦丸）、不「命」則已，一「名」驚人（上海男德禮命名有限公司）、盡善「淨」美（上海美霸地毯乾洗公司）、「招」三「募」四（成都東環廣告裝飾公司）等。但我也承認，的確有些人很喜歡這些廣告語的。

在言語生活中，無理取鬧表現在說寫者和聽讀者兩方面。聽讀者方面的無理取鬧，是人際關係中的一大「殺手」，尤其是在雙方之間已經有某種「噪音」的時候。例如：

甲：您今天起得好早。

乙：我昨天也沒睡懶覺？你是在罵我是一頭懶豬，是吧？

　　＊　　　　　＊　　　　　＊　　　　　＊

甲：你真聰明！

乙：你是挖苦我長得不漂亮，不如你美？你有什麼資格諷刺我不用功？

　　＊　　　　　＊　　　　　＊　　　　　＊

甲：小李進步很快很大。

乙：你是說我是一個落後分子？

對這種無理取鬧之人，不管你怎麼說，結果都是糟糕得一塌糊塗的。

日常生活中的這種無理取鬧是不好的要不得的，報刊雜誌上的語文評論就更不能無理取鬧了。但，語文評論中也常會有

類似的無理取鬧的現象。例如《咬文嚼字》雜誌1996年第一期，卷首幽默《老太太「產」鹹鴨蛋》：

> 古城西安有個西羊市。在西羊市某鬧市的集市上，一位老太太在賣鹹鴨蛋。這蛋是她自己醃製的。她在攤前亮出一塊廣告牌：「自產鹹鴨蛋」。本該用「醃」字，她用了個「產」字，結果導致誤解，鬧出了老太太能「下」蛋而且是鹹鴨蛋的天下奇聞。

其實，「產」，本有「生產、製造」之義，「生產、生育」只是其中的一個義項，並非唯一的義項。「自產自銷」的東西不一定就是自己生育出來的（自己生育的只能是子女，但這是非賣品！），主要是指自己製造的產品。《現代漢語詞典》中說「產」：

> 1. 人或動物的幼體從母體中分離出來。
> 2. 創造物質財富和精神財富。
> 3. 出產。

值得注意的是：人的生育，通常不單說一個「產」，而說「生了男孩」。我就從沒聽人說過「她產了個男孩」。雞和鴨，則說「下了個蛋」。「自產」是一個複合詞，雖然其中的一個詞素的「產」有生育的意思，但「自產」本身似乎並無生育之義，通常指的是生產、製造。指生育的是「親生」：「他是親生的！」不說：「他是自產的！」如果有位母親對人說：「孩子是我自產的！」人家一定會笑掉大牙，二百五！

　　我以為，這位老太太用的「自產」一詞，並沒有錯，蛋雖然是鴨子生的，但是醃製工作是她家裡人完成的，這鹹鴨蛋不是她批發來的。起碼是沒有什麼大錯。事實上，鹹鴨蛋同鴨蛋大不相同，不是鴨子下下來的，是由人加工製作的——自產自銷。

　　「醃」字，口說容易書寫難！沒文化的「老女人」（這是一個有貶義的詞！）寫不出這個「醃」字也是值得同情的，不應嘲笑挖苦的。與人為善，中國人的傳統美德也。

　　「咬文嚼字」本身是一種社會文化行為，當有社會文化標準。交際活動是一種社會文化的行為，交際雙方都是特定社會文化的人，話語不能脫離具體環境，脫離開特定環境孤立地討論某一話語是不很妥當的。例如，在鞋店裡，在鞋子前掛的牌子上寫道：男牛、女豬等，都得具體問題具體分析。

　　西安西羊市的這個「自產」廣告語，文人茶餘飯後開個玩笑，也就罷了。居然在雜誌上公開批評，這就得考慮考慮啦：一來，這廣告語雖然不是最佳廣告語，這是不用說的，但是，並無大問題，這也是肯定無疑的。二則，把這個廣告語闡述為這個女攤販自己生了鴨蛋，這是闡釋過度的一個很好的例子，闡釋過度是吵架中常有的，是學術研討中不可有的，是語文評論中不應當提倡的。三是，《咬文嚼字》是非常暢銷的，城市裡許多書報攤上都有的，西安是大城市，那裡的讀者不會少的，如果作者不是為寫文章而虛構，那麼那老女攤販將會遭遇到一些什麼麻煩呢？不過不用害怕，這個老女攤販是不會想到上法庭的。如果上了法庭，這同「玩美女人」案可是不同性質的事了。

二、「枕石漱流」和「枕流漱石」

明代曹臣編輯的《舌華錄》上有一個小的故事：

> 孫子荊欲曰：「枕石漱流」。誤曰：「漱石枕
> 流。」其友謂之曰：「流可枕，石可漱乎？」孫曰：「所以枕
> 流，欲洗其耳；所以漱石，欲礪其齒。」

「枕」本是一個名詞，但是也可以當作動詞用。作為動詞的「枕」如何解釋呢？《現代漢語詞典》作了一個很是漂亮的說明：

> 躺著的時候把頭放在枕頭或其他東西上。

這「其他的東西」，詞典的編者們沒說明是固體還是液體，或是兩者都可以。大概是因為他們認為這是不必說的一個人所皆知的常識吧？「漱」者，《新華字典》說：「含水蕩洗口腔。」這樣看來，這「漱」是非水不可的，一切其他的東西都與漱沒有緣分的。但是，孫楚（子荊）先生出了差錯。他的朋友頗有修養的呢，語感很敏銳，應當承認，他指責是對頭的合理的。如果孫先生是一個老實人，或是一個榆樹木頭疙瘩腦袋的傢伙的話，他就本該說一句大白話大實話：「謝謝您。我是一時疏

忽，是口誤。您真是我的一字之師！」但他可是一個才子，善
於急中生智。於是他就按照這個錯了的說法來加以解釋，他也
真的是一個有本事的人有才學的人，居然說出了一篇大道理來
了，說得頭頭是道，似乎是很有說服力的呢。

在這裡，我們想指出的是：第一、孫先生原先想要使用的
格式，與朋友批評時所依據的格式，兩者是同一的，這是一種
常規的格式。第二、「漱石枕流」是一個超常的格式，是對於
規範形式的一種偏離和突破。對於規範的突破，就打破了人們
的常規的思維，打破了人們思維的定勢和惰性，使人不習慣，
叫人感到新奇。第三、對於常規的突破有兩種後果，一是好，
一是不好。好與不好，另有標準。如果有了某種需要，能夠得
到某種合理的解釋的，就是好。相反，既沒有必要性，又沒有
必要的條件，在交際的其他方面得不到合理的解釋的，便是不
好。朋友在常規之外沒有其他合理的解釋，於是就宣佈為病
句。急中生智的孫先生，尋找到了「合理」的解釋，於是原先
的病句就成了一個藝術的佳句了。這說明，病句同藝術的佳句
之間本沒有什麼楚河漢界，它們是相通或相同的，表層形態是
相同或相近的，只要有了一定的條件，兩者之間是可以相互轉
化的。第四、在語言的表達過程中，我們也應當大可不必談語
病而色大變。語言失誤有時正是語言創新的一個前奏，正如在
科學活動中，失誤往往是創造的先導一個樣的。第五、這樣一
種語言創新，如果一定要給它一個名字，叫做什麼好呢？我
看，那就叫作：「換位」，或「錯位」吧。

三、馬騾之辯

宋朝有一個文人，為了馬騾之辯，丟了烏紗帽兒，他就是
鄭起——

> 起貧，常騎騾。一日。從（張）延範出近郊送客，延範
> 揖起曰：「請策馬令進。」起曰：「此騾也，不當過呼
> 馬耳。」以譏延範。延範深銜之，密奏嗜酒廢職。（元
> 脫脫等《宋史》第 439 卷《文苑傳・鄭起傳》）

鄭起當時是泗州市征，而張延範是刺史大人。說一句良心話，
張刺史對這個芝麻綠豆官，本無半點輕視、奚落之意，你瞧，
「揖起曰」，「請」，挺有禮貌呢。但是，自卑而又自傲的鄭起
卻惹是生非，沒話找話說，吹毛求疵，雞蛋裡頭找骨頭。張刺
史因此才懷恨在心，找機會報復不順從者鄭起，讓他丟了官
兒。

鄭起乘坐的明明是一頭騾子，並不是一匹馬呀，你叫他怎
麼個「策馬令進」法呢？按理說，應當說是「請策騾令進」才
像個話兒。

但是，假若張延範刺史當時說：「請策騾令進。」鄭起也
會一肚子不高興的，他會以為張刺史在挖苦他、嘲笑他，揭他
太窮的底牌，連一匹馬也買不起，是一個騎馬者對一個騎騾者

的侮辱。

那麼，鄭起的錯誤在哪裡呢？

第一，窮文人恃才傲物，不會做人，不懂得禮貌和禮貌語言的重要性，說話不分場合，不看物件，咎由自取，罷官活該。

第二，死守著詞典和語法教科書的話，不懂得語言運用的靈活性。在某種場合下，騾是可以臨時叫做馬的，甚至還應被叫著馬呢！言語表達中的詞義有時候同詞典上的詞義不是一回事兒。

當我們說「千軍萬馬」的時候，有時候的確是把騾子也包括在馬之中的。當指揮官說「上馬廝殺」的時候，如果一個騎騾子的大兵說與我無關而原地不動，可得要軍法從事呀！有時候人們說「千軍萬馬」、「上馬廝殺」，卻連一匹馬也沒有，甚至連一頭騾子也沒有，然而您又不能說他說錯了話。

你也可以把騾子叫做：牲口、畜生、東西、家私、動物、財產、夥伴、交通工具、好寶貝、蠢貨。如果您的兒子把一頭騾子叫做「騾騾」，我想您是決不會打他的屁股的，因為他並沒有什麼錯兒。如果一頭騾子拉著一車大白菜走在大馬路上，一個朋友說：「一個動物拉一車植物！」您不會懲罰他，因為他在開玩笑，他並沒有什麼錯兒。

當然，並不是任何時候，任何場合，都可以，而且應當把騾子叫做馬的。如果您問鄭起所騎的牲口的價錢：

「您這匹馬多少錢買來的？」

「您這匹馬值多少錢？」

「您這匹馬三千塊錢賣不賣？」

這可就不妥當了，這真叫著「指驟為馬」之錯了。這時候，你應當說，也只能說：

> 「您這頭騾子多少錢買來的？」
> 「您這頭騾子值多少錢？」
> 「您這頭騾子三千塊錢賣不賣？」

不過。請您記住；鄭起是一個小心眼的人兒，聽了這話，他也許會同您大吵大鬧呢——「我是騾子嗎？你罵人，不文明，語言不美，你侮辱了我的人格，你才是一頭騾子呢！」

這是怎麼一回事呢？

原來您說的「您這頭騾子」是偏正結構，「騾子」是正，是中心詞，「您」是偏的，即修飾語，「您」和「騾子」之間是領屬關係，騾子是您的財產。

鄭起卻把「您這頭騾子」理解為同位元結構了，「您」和「騾子」之間是同位語，與「您這位先生」、「您這位小姐」同類，這時候，您＝騾子，您就是騾子，騾子就是您。這當然就是罵人話了。

那怎麼辦。容易，換個說法就是了：

> 「您的這頭騾子多少錢買來的？」
> 「您的這頭騾子值多少錢？」
> 「您的這頭騾子三千塊錢賣不賣？」

這一來就沒有歧義了，他老兄想找也找不到什麼岔兒了。

對於一頭騾子，什麼時候可以不叫它騾子，可以稱之為

馬、畜生、傢伙，什麼時候卻非說是騾子不可，這就得看交際
的目的、物件、語言環境了，這就是說話寫文章的藝術，就是
語言運用的神秘作用，是值得每一個人「活到老，學到老」的
呢！

四、標語的繁與簡

延吉火車站候車室內的大標語是：

嚴禁吸煙、隨地吐痰、亂扔髒物。

一共三四十二個字。

山海關火車站候車室內的大標語是：

嚴禁在候車室內吸煙、嚴禁隨地吐痰、嚴禁亂扔髒物。

一共三七二十一個字。

前者簡單，後者繁複，但意思還是一個樣子的。

後者在「吸煙」前邊加上「在候車室內」內幾個字，為的是更準確，避免誤解。前者認為既然這大標語是懸掛在候車室內的，言談總有一個特定的論域的，因此「在候車室內」這本是不言而自明的。

如果按照後者的所謂準確全面的標準，那麼後一條標語就應當是：

嚴禁在候車室內吸煙、嚴禁在候車室內隨地吐痰、嚴禁在候車室內亂扔髒物。

這是不是太囉嗦了一些了呢？

　　不過，前者在語音上是三個句子：嚴禁吸煙／隨地吐痰／亂扔髒物，在語法上卻只是一個句子——由動賓短語所充當的：

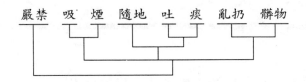

　　語義上，製作這一標語的也是當作一個句子的。但這一標語的接受者，如果他粗心大意，又不自覺受到了語音句的暗示、影響和操縱，而誤以為是三個語義句。但是作為一個語義句，指的是嚴禁三件不好不文明的事兒，如果作為三個語義句，只是，嚴禁一件事——吸煙，可以或者提倡另外兩件事兒：一、隨地吐痰；二、亂扔髒物。為了避免這不必要的誤解，可從形體上作一些區別，如：嚴禁：吸煙、隨地吐痰、亂扔髒物。或者：

$$\text{嚴禁}\left\{\begin{array}{l}\text{吸煙}\\\text{隨地吐痰}\\\text{亂扔髒物}\end{array}\right.$$

如果為了音節整齊，也可以改為：

　　嚴禁：室內吸煙、隨地吐痰、亂扔髒物

這一來，語音句、語義句、語法句就統一了，整齊、和諧、不會誤解，也不那麼囉嗦了。

五、歧義和對照

遼寧教育出版社和英國牛津大學聯合出版了「牛津精選」，是一套高品位的叢書。其中有一本，叫做《我們為什麼有文化》，作者卡裡瑟斯，譯者陳豐。其中有一句是：

> 即使在我們小小的大學的系教學圖書館裡，也有上千本或者更多的書，其中一些書是有關一千多種（還會多得多的）現存和存在過的截然不同的生活方式的。

這大學指的是達拉姆大學，這系指的是人類學系。

這是一個典型的由語序所造成的歧義句：

（A）小小的大學＋系教學圖書館

是達拉姆大學很小，而人類學系教學圖書館不一定小，甚至可能很大。

（B）小小的＋系教學圖書館

是人類學系圖書館小，而達拉姆大學並不一定小，可能很大。

對這個句子，讀者可以不去過問，一來，二者都說得通，

二者其間意義差別不很大，三則兩種解釋都不會影響作者的論點。但是，「咬文嚼字」起來，就大有講究了。有人要問，既然不影響對文本的理解，去「咬文嚼字」，有啥用處？江曉原曾在《文匯報》上發表文章，說科學史的研究全無用處，許多人所說的用處，其實是錯的，但是還得研究。科學大師霍金在中國浙江回答聽眾的提問時，也說，他的那種研究沒用處，但需要研究。所以說不出用處的「咬文嚼字」，也可以繼續「咬文嚼字」下去的。

我以為，這個句子的正常次序應當是：

即使我們大學的小小的系圖書館……

我的道理是：這裡用的是對比手法：小小的圖書館（規模）同巨大的藏書（數量）之間的對比。大學圖書館總是比其某一個系的圖書館要大得多，「系」是大學的組成細胞，下屬單位，系圖書館總比大學圖書館要小，既然是運用對比手法，所以作者的思路必然是選擇系圖書館，強調系圖書館的小，而不會去找大學圖書館。

大和小是比較的結果：達拉姆大學的大小是同其他大學相比的產物。人類學系圖書館的大小有幾個不同的比較點：一是在達拉姆大學內部同其他系圖書館相比，二是同兄弟大學的系圖書館相比，三是同大學圖書館相比，四是同世界上那些規模巨大的圖書館相比。這個問題，我想，作者是沒有多想的。這是哲學家、邏輯學家和數學家要考慮的事，是一般寫作者和讀者所樂意模糊著的問題。

六、錯別字的是是非非

（一） 讀錯別字的人是有學問的人！

有一位大學教師在課堂上，把「遊弋」讀成了「遊戈」，於是他得到了一個美稱「遊戈先生」，被同事們瞧不起。這人是我的一個熟人，而且是一個我所不喜歡的人，哪一個人沒有自己所不喜歡的人呢？但是，當有一天，有一個人對我來借此攻擊此公的時候，我說：「這麼說，他正是一個有學問的人呀！沒有學問的人是不會讀錯別字的呀！我的孩子總是問我：爸，這個字怎麼讀？我常說：去查字典吧！別老是問我，爸爸可不能跟著你一輩子的。再說，我也不是什麼字都認識的呢！有些字我也讀不準的。要以詞典為準。不瞞您說，我也讀錯過字呢！我不面紅。這可不能怪我，漢字太多了，太複雜了，有些兒混亂，不象形的象形字，不形聲的形聲字！哪能全怪我呢？所以我從不笑話別人讀錯別字，因為我知道有時候我也會讀錯別字的呢。而且，非常之怪，有些個字，我明明知道，它不是這個音，不應當這樣來讀，但是，腦子裡總是這樣地儲存著這個讀音，每次總要花上一些力氣，才能使得那我所習慣的所承認的讀音不冒出來，費力地讀出那個正確的讀音來。您說怪不怪？」

客人大不以為然，反問道：「您好奇談怪論，的確常有驚人之言，發人所未發，我實在佩服。但是，這一回是實在不敢

恭維的了。請問：讀錯別字的人怎麼反而是很有學問的人呢？請您證明給我看看。」

我笑了：「不是已經證明了嗎？」

他不解道：「嘛？啥？什麼？」

我玩了一個小聰明：「我的孩子是個沒有學問的人，他不認識的漢字，就不停地問我，自己不敢讀出來。於是他就決不會讀錯別字的了。老外沒有關於漢字的學問，於是，一見到認不得的漢字，就問咱中國人，所以也決不會讀錯字。鄉下不識字的老頭老婆子，見到漢字，也是從來不讀的，也就決不會讀錯別字的了。從古到今，讀錯別字的都是秀才。中國有那麼多的傳統笑話，都是嘲笑秀才讀錯別字的。您能找到一個傳統笑話嘲笑不識字的農夫農婦讀錯別字的麼？不能吧？因為如此，所以讀錯別字的人都是有學問的人，沒有學問的人都是不會讀錯別字的。不對麼？有學問的人才讀錯字呢。您看，楊述是位有地位有學問的人吧。他把『造詣』老是讀成了『造旨』，但是他的地位特高，誰也不敢說。後來有位熟悉的老教授才私下裡告訴他，是讀錯了。這是他自己的自述中的話。」

他還是不甘心：「你說說看，讀錯別字的人的學問何在呢？」

我說：「他們掌握了漢語的結構規律規則。漢字是形聲字，形旁表示意義類別，聲旁表示的是讀音。把『破綻』讀成『破定』的人，不但懂得了這個規律，還明白『綻』字的形旁是『糸』，表示的是意義類別；而『定』則是聲旁，表示的是讀音，這是完全正確的。這就是學問，可也並不是人人都知道的。」

他抬槓說：「不能自圓其說。把『弋』讀成為『戈』，哪

是形旁？哪是聲旁？」

我回答說：「這倒不是誤讀形聲字。這是形體混淆。這也是漢字之罪。『戈』和『弋』只有一筆之差嘛！」

他得意地說：「對於漢字，這一筆之差可是含糊不得的呀！礻和衤的區別就全在這一點上面。沒有一點的是同神仙相關的；多了一點的才是同衣服相關的呢。冫和氵也不是一回事。冷和泠是兩個不同的漢字。冷者，熱之反也。泠者，清涼，聲音清越之謂也。混為一談，怎能說是有學問呢？」

我反駁說：「這當然是不能混為一談的，但是可也不見得的呢。有時候，漢字差了許多筆也沒有關係的呢！有時候，漢字的部件隨意亂放，也沒有關係的呢。群字，峰字，左右結構行，上下結構也『中』的！」

他說反話了：「對呀，讀錯別字的人都是大學問家！」

我抓住不放，說：「我說過讀錯別字的人都是大學問家的話了麼？沒有！我只是說，讀錯別字的人都是有學問的人，沒有說是有大學問的人，更沒有說是大學問家。我的意思是他們是有學問的人，可只是具有小學問的人，又受到了這小學問的害，井底之蛙，自以為是，不知道漢字的學問之大，對於漢字的複雜性缺乏必要的認識，以偏概全，不曉得通變，地有南北，時分古今，於是比沒有學問還可怕，出洋相，鬧笑話，丟人丟臉，貽笑大方。」

他高興極了：「好，不談了。您已經輸了，您也承認讀錯別字是不對不好的事情了。」

（二）讀錯別字好不好？

我可不會這樣容易地服輸：「讀錯別字固然是不對的，不

好的。但是，這件壞事，漢字本身也是大有責任的。老實說，這是漢字的不對，不好！」

他笑了：「真是睡不著覺怪床歪！自己不學無術，還怪漢字！荒唐！」

我決不讓步：「如果不學無術的術是指的權術的話，那麼，我讚美不學無術者，而對於不學而有術則嗤之以鼻。沒有學問沒關係的，幹嘛人人個個都做學問家呢？沒有學問，本本分分，老老實實地做人，不搞權術，這樣的人好得很呢。可怕的倒是沒有學問而專門搞權術的人。」

他不耐煩了，不聽我的牢騷話：「您說，漢字有啥不對？現在可是給漢字大唱讚歌的時代，讚美漢字的文章和著作多極了。這個時候，您來找漢字的碴兒，可要當心些呀。」

我說：「不要一窩蜂，一風吹，一邊倒嘛。您看，這漢字，有同一個聲旁，而讀作不同的聲音的。也有不同的聲旁，反而讀作相同的聲音的。語言的聲音在不斷地演變，但是，聲旁卻不改變，於是許多的聲旁已經不再表示這個漢字的讀音了。如果按照現代語音來讀它，就是錯別字。假如懂得一些古音知識，那麼這時候，讀錯別字的人是無意之間讀了古音了。滑稽，您讀作『gu 稽』，這正是古音，古代人正是這樣讀的呢。我的家鄉有個地方叫做『茭陵』，據說是漢高祖劉邦的兒子的墳墓所在地。當地人讀作『gao 陵』，這正是漢代的讀音。那時侯，漢語中沒有 j，只有 g。地名，世代相傳，最能保持古代讀音的。但是，外地人都是讀作『jiao 陵』的，現在那裡的年輕人也開始讀『jiao 陵』了。地分南北，有許多的漢字是方言用字，只能用方音來讀它的聲旁。漢字本身太複雜，有許多不合理之處，因此讀錯別字是難免的事情，在中國，任

何一個讀書人，畢生中一次也沒有讀過錯別字的，恐怕是沒有
過的吧？」

客人於是憤憤不平地說：「如此說來，讀錯別字的人什麼
責任也沒有。讀錯別字還很有道理，光榮著呢！既然讀錯別字
都是一件大好事了？讓我們都來讀錯字吧？」

我問道：「為什麼看問題做事情除了走極端之外，就找不
到別的一個辦法了呢？說讀錯別字漢字本身也有責任，這並不
是說讀錯別字的人自己就一點責任也沒有。說讀錯別字也可以
原諒，這並不等於提倡大家都來讀錯別字呀！誰說過讀錯別字
是大好事的呢？」

我打開了《魯迅全集》第三卷，請客人瞧瞧：

> 五月十二日《京報》的「顯微鏡」下有這樣的一條——
> 「某學究見某報上載教育總長『章士釘』五七呈文，愀
> 然曰：『名字怪僻如此，非聖人之徒也，豈能為吾（僑）
> 衛古文之道乎！』」

於是魯迅便想起先驅者李大釗：

> 至於「釗」字，則化而為「釘」還不過是一個小笑話；
> 聽說竟有人因此受害。曹錕做總統的時代（那時這樣寫
> 法就要犯罪），要辦李大釗先生，國務會議席上一個閣
> 員說：「只要看他的名字，就知道不是一個安分的人。
> 什麼名字不好取，他偏要叫李大劍？」於是辦定了，因
> 為這位「李大劍」先生已經用名字自己證實，是一個
> 「大刀王五」一流人。

於是魯迅想起他的學生時代的事情：

> 我在 N 的學堂做學生的時候，也曾經因為這「剑」字
> 碰過幾個小釘子，但自然因為我自己不「安分」。一個
> 新的職員到校了，勢派非常之大，學者似的，很傲然。
> 可惜他不幸遇見了一個同學叫「沈剑」的，就倒了楣，
> 因為他叫他「沈鈞」，以表白自己的不識字，於是我們
> 一見面就譏笑他，就叫他為「沈鈞」，並且由譏笑而至
> 於相罵。兩天之內，我和十多個同學就疊連記了兩大
> 過，再記一小過，就要開除了。但開除在我們那個學校
> 裡並不算什麼大事情，大堂上還有軍令，可以將學生殺
> 頭的。做那裡的校長這才威風呢，——但那時的名目卻
> 叫做「總辦」的，資格又須是候補道。

　　我說：「讀錯別字的危害之大，遠遠超過我們關在房間裡
的時候的想像。如果連續閱讀一個月裡全中國的報紙雜誌，只
把那上面所刊登的有關讀錯別字造成的嚴重後果一一地抄下
來，再稍稍作一些加工，或者乾脆什麼也別多事了，編輯起
來，一定是一本好書。小者，鬧了一場誤會，大者損失了許許
多多的鈔票，傷了許多的人命！誰個說讀錯別字是件好事兒的
呢？誰個說讀錯別字是件小事兒的呢？」

　　他高興了起來：「這還差不多。您的意見到底同我們大家
一致起來了。」

　　我說：「但是，讀錯別字，寫錯別字，也並不都是壞事
情。這可以分為兩種，一是無意的，一是有意的。用零度和偏
離的理論來說，正字規範字就是零度形式；而錯別字則是偏離

的形式。偏離又分負偏離和正偏離兩種。無意之間說寫錯別字，大都是不好的，但也會有無意間反而得到了好的交際效果的吧？有意識地說寫錯別字，大都是一種修辭的技巧，會有好的效果的，但是，也一定會有弄巧成拙，壞了事情，交際效果大不好的吧？《紅樓夢》中的李貴把《詩經》的句子讀錯了，是錯別字吧？但是，交際的效果卻是特好的呢。您也一定說過『心不在馬』的話吧？的確，有時候，說『風度 piapia』就是比『風度翩翩』要來得好一些的。」

他打斷了我的話：「這誰個不知道。這叫做『飛白』，是一種修辭手法，或叫做飛白格！」

我說：「還不只是飛白呢！您還記得《紅樓夢》中賈雨村的一番話嗎？他說：『是極！我這女學生名叫黛玉。他讀書，凡「敏」字他皆念作「密」字；寫字，遇著「敏」字亦減一二筆。我心中每每疑惑，今聽你說，是為此無疑矣。』這不是飛白吧？這是避諱，她林黛玉是在為母親避諱。這也是屬於正偏離的。」

他問道：「看來說寫錯別字的學問還不少呢。本來我以為是很簡單的事情，給您這麼一說，複雜化了。雖然避免了簡單化這是好，但是，複雜化了，可又不好把握了，被您說糊塗了。」

我說：「世界上的事情，都是如此的。自以為清楚的，其實是未必真的清楚。看似簡單的，其實也並不簡單的。對於錯別字，我們的態度是：這是漢語教育中的一個大問題，必須認真對待。從小兒抓起，要引起孩子們對於漢字書寫規範的高度重視，一絲不苟！要像西漢的萬石君石建那個樣子。[1]現在總的來說，我們對於漢字的規範是太那個了，整個社會重視都很

不夠。必須使得全民族都認識到漢字的書寫規範的重大意義。尤其是報紙雜誌上，特別是電腦軟體中，要堅決地同錯別字，書寫不規範現象作鬥爭，對著幹。另一方面，學者們要認真地研究漢字的規範化問題，研究讀寫作錯別字的現象，尋找規律規則，幫助人們更有效地把握住漢字說寫的規範。但是，對於偶爾說寫錯字的人，千萬不要嘲笑，因為這既不能解決問題，還會導致人際關係的惡化。要講究策略，先肯定他，然後再批評他，最後來幫助他。但是，這事兒說起來容易，做起來難。就拿什麼是錯別字來說吧，也並不是那麼簡單的呢，這也比我們想像的要複雜得多，現在有一些字典詞典上的字形讀音就有問題。為此，已經上了法庭了。看來，再不進行專門的研究是不行的了。」

1　石建給皇帝上書，寫「馬」字，少了一筆，多日惶恐不安。可見西漢對字的規範是非常重視的。

七、呆霸王呆不呆？
——受眾和效果

　　酒令是中國文化的一個組成部分。

　　《紅樓夢》就寫了許多有關酒令的事兒，其中最成功的，我以為是第 28 回，參與者有賈寶玉公子，呆霸王薛蟠，紫英先生，藝人蔣玉函，「應召女郎」雲兒。

　　少女們的白馬王子賈公子說道：

> 女兒悲，青春已大守空閨。
> 女兒愁，悔教夫婿覓封候。
> 女兒喜，對鏡晨妝顏色美。
> 女兒樂，秋千架上春衫薄。

這一酒令高雅漂亮著呢！因此眾人聽了都說好。但是：

> 薛蟠獨揚著臉，搖頭說：「不好，該罰！」眾人問：「如何該罰？」薛蟠道：「他說的我全不懂，怎麼不該罰？」

　　在一般人看來，當然是薛蟠這個呆霸王沒理兒，胡攪蠻纏，丟人現眼。不過，一方面曹雪芹的確是借酒令來顯示、刻畫、塑造這呆霸王的性格和教養——他不學無術，他連唐寅的

名字也說錯了！另一方面恐怕也反映了一個問題：說話寫文章要看物件！既然寶玉公子把呆霸王也列入交際物件，受眾之一，那麼他理應把呆霸王也當作他的上帝之一。「上帝」在今日中國是遍地走，滿天飛！顧客是上帝，服務物件是上帝……——那麼他的酒令便應當考慮到上帝的可接受性。然而賈寶玉他忘了這一原則，違背了這一原則，現在他的上帝「全不懂」，那麼還談什麼最佳的表達效果呢？說寫者所說所寫的對方「全不懂」，導致了最差表達效果，這責任要誰個承擔？聽讀者呢？還是說寫者？顯然是說寫者！那麼薛蟠說賈寶玉該罰，豈不是很正當很有道理的麼？並非瞎起哄。其實，薛蟠此番舉動大可敬佩。君不見，有一些人，全然不懂，卻又不懂裝懂，瞎讚美一番，或者瞎評議一番，這種人並不少見，這種人比起呆霸王來那可差勁得多了。套用魯迅的話來說，我寧可對呆霸王薛蟠致以敬禮，對其實一點也不懂卻要裝懂，還在說三道四，眉飛色舞的人嗤之以鼻！

當然，我很同情賈寶玉。他一方面要保持他的自我本色，說符合他的身分、教養、個性的話——酒令，另一方面又要適應交際物件，受眾，上帝的要求、身分、教養。這是矛盾著的，這便是他的困惑。而且，他的受眾和上帝又不止一個，要求、身分、教養差異又是那麼的大，叫他適應哪一個好呢！雅欲共賞的原則是很好，但要真正做到卻不容易。「少數服從多數」，當然也是個辦法，但也並非處處行得通。何況，呆霸王既是受眾、上帝，他當然要擺上帝的譜，運用上帝的權的——罰你酒。這便是賈寶玉的又一個矛盾和困惑。

其實，此刻賈寶玉的兩個矛盾和困惑，也並不是賈寶玉個人所特有的，而是交際活動中普通存在著的。不管曹雪芹本人

意識到沒有，他在這裡的確提出了實際交際活動中的一個大問題。

在這個問題上，中國人有一句話叫「見人說人話，見鬼說鬼話」，這是一種否定的態度。但換個角度，反問一下，「見人說鬼話，見鬼說人話」好麼？未必吧！對一個大字不識的人，你滿口成語典故「之乎者也」加文言句式，再夾上一筐頭的 OK 之類洋玩藝兒，對大山溝裡的老頭兒你開口「丘比特的箭射中了我的心」，閉口「我就是她夢中的白馬王子」，而對一個高鼻子黃頭髮的洋人你大說家鄉方言土語俏皮話，⋯⋯效果怎麼樣呢？差勁！因此，就交際活動效果而言，是不能「見人說鬼話，見鬼說人話」的，只能「見人說人話，見鬼說鬼話」。當然我們也明白，俗話中的「見人說人話」中的「人話」其實指的是言不由衷，口是心非的漂亮話，哄人的話，不可以相信的話；而「見鬼說鬼話」的「鬼話」是胡話、昏話、荒唐的話；「見人說人話，見鬼說鬼話」者是兩面派，偽君子，這是我們決不可以效法的。

八、並列、音節與次序

（一） 並列各項最好音節一致

在同一個結構層次上，並列的各個項目最好音節長度相同。例如：

> 這些站堅持監、幫、促的監督方針，使一些工程隱患及時得以發現和排除，保證了工程質量，避免了重大質量事故的發生。（《光明日報》1985 年 10 月 14 日）

並列的各項都是單音節，上口順耳，容易背誦、流傳。或者：

> 枝葉和花苞在春雨裡萌發，
> 希望和理想在風雨中復蘇。（程尊平《古蓮子》）
> 巨大的人口壓力，給中華民族帶來了沉重的負擔：吃飯、穿衣、住房、就業、教育、交通、能源、生態……
> （《半月談》1989 年 8 期）

並列的各項都雙音節，同樣的和諧流暢。

如果在一連串單音節項目中夾雜一個雙音節項目，或者在一連串的雙音節項目中夾雜一個單音節或三音節的項目，例如：

裡面囊括內、外、婦女、兒各科……

吃飯、穿衣服、住、就業、教育、交通、能源、生態……

就顯得特別的刺眼不協調。

（二）音節差異區分了並列的層次

有時候，並列各個項目音節多少反映了並列項目內部的層次。例如：

> 阿旺手腳勤快，王雲芳家用水、出糞、加工糧食、買豬飼料、賣大豬買小豬、種自留地，所有的髒活重活幾乎全由他包了下來。（徐朝夫《十二品正官》）
>
> 現在，蔚蘭每天收到的來信，少則 200 多封，多至 1000 多封。這些來自工廠、商店、機關、大學、農村和個體戶的信件，反映的問題涉及政治、法律、經濟、倫理道德、社會生活，衣、食、住、行、吃、喝、拉、撒，幾乎無所不有。（《半月談》1988 年 23 期）

顯然可以根據項目中音節的多少來分組：

> A.（用水＋用糞）＋（加工糧食＋買豬飼料）＋（賣大豬＋買小豬）＋種自留地
>
> B.（工廠＋商店＋機關＋大學＋農村）＋個體戶
>
> C.（政治＋法律＋經濟）＋（倫理道德＋社會生活）＋（衣＋食＋住＋行＋吃＋喝＋拉＋撒）

當並列項目的數目很多的時候，如果把並列項目再分成大塊，這樣便於記憶、流傳。並列項目分為大塊，形式上主要就靠音節的多少這一點。

（三）以音節的多少來排順序

當並列項目音節有多有少的時候，最好按照音節的多少來排順序。例如：

> 山東出版總社建立集編、印、發、供、外貿為一身的出版實業集團，使印刷設備和人才的優勢在競爭中發揮了整體效益。（《光明日報》1989年9月1日）
>
> 隨便哪個大城市，小汽車的構成與長安街不會兩樣。紅色、黃色、黑色、白色、藍色……賓士、皇冠、尼桑、雪鐵龍、伏爾加……無論是柏油大道，還是鄉間土路，同樣有豪華型和超豪華型的進口汽車在喧囂。（《半月談》1989年10期）

在前一個例子中：

> 編、印、發、供、外貿

在後一個例子中：

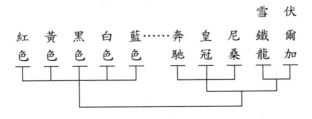

這樣讀起來就很順暢。

（四） 按照語義內容文化因素排列

並列的各個項目的排列次序往往不只考慮語音形式，而要服從於語義內容、社會文化因素。因此，從並列項目的次序我們可看出政治、經濟、文化特徵、民族心理、時代色彩等因素對語言運用的影響。

常見的當然是根據地位、作用的大小、時間的先後來排列。因此，當我們說：

爸爸媽媽　叔叔嬸嬸　哥哥姐姐　爺爺奶奶　弟弟妹妹
男女老少　大男小女　一男半女
父母　夫妻　公婆　子女　兒女

其中便反映了我們傳統文化的男尊女卑的色彩，總是表示男性的詞在表示女性的詞的前面。

至於：

姑姑姑夫　姨媽姨夫　女兒女婿

顯然反映我們傳統文化中高度重視血統的一面：並列成分中，血緣親近的排在前，而血緣疏遠的就排在後面。

九、語林漫步

（一）「王希杰，蓋章！」

每當郵遞員小姐在樓下高聲叫喚「王希杰，蓋章！」的時候，我便立即回答「來了！」並迅速下樓。這個「王希杰，蓋章！」便等於：

A、王希杰，有掛號（快遞／匯款）

B、王希杰，請領掛號！

C、王希杰，請帶圖章下樓來領掛號。

D、王希杰，掛號。

E、王希杰，圖章。

F、王希杰，請下樓。

有一個星期天的下午，樓下一片叫喚：「王希杰，蓋章！王希杰，蓋章！」

不是那位郵遞員小姐，也不是另一位每當她休班時替她的郵遞員「少爺」，而是一個男孩和女孩，幼稚園的，也許小學一年級了，在做遊戲，唱兒歌。

我的妻子和孩子都笑破了肚皮。

這句「王希杰，蓋章！」出自於郵遞員小姐的口，是一個指令性話語（directive）。它的特徵是具有「適從向」（direction

of fit)，它要求客觀現實與說話人所說的話相符合、相一致。
指令性話語得以成立的一個首要條件是：說話人必須具有發出
這一指令的資格、身分。正因為她是郵遞員小姐，所以她說：
「王希杰，蓋章！」便是一個指令性的話語，便引起了一連串
言外行為、言後行為——王希杰拿著圖章下樓，蓋了章，領回
了掛號信。

而小女孩和小男孩不具備發出這一指令性話語的資格、身
分，所以他們的「王希杰，蓋章！」只能收穫到一連串的笑
聲。

（二）「奶貼」？！

妻說，下個月不訂牛奶了。

我徵求孩子們的意見。

他們說：「不訂也可以，但得給奶貼。」我問：「什麼
『奶貼』？」他們說：「奶貼——牛奶補貼，不吃牛奶的補
貼。米貼、房貼、糧貼、肉貼，你們大人可有多種多樣的補貼
呢！」

我說：「有道理。應該。你們提一個奶貼標準來吧。」

就這樣，「奶貼」一詞在我們這個四口之家中誕生了。不
過前途如何，不知道。也許一閃而過，只不過語言史上匆匆而
過的過客，偶發詞，一次性詞語，然而它的確出現過，有過它
短暫的生命史。

現在「X 貼」家族還在發展，它還有一個變體叫「X
補」，如工齡補貼，既有叫「齡貼」的也有叫「齡補」的。

奇怪的是，最常見的「出差補貼、伙食補貼」，怎麼反而
沒有形成「差貼」、「夥貼」呢？

傳統的詞彙學對這類偶發詞語是不感興趣的，但我以為它們也是詞彙學的物件，甚至是重要的物件。收集和研究偶發詞語，對於詞彙學的科學化和現代化，是十分有益的。我甚至於想，如果誰來編著一本《偶發詞語詞典》，那簡直是太了不起了。

(三)「我是誰」?!

別人在看武俠小說，我好奇也瞟了一眼，不，是幾眼。天下事就是巧，巧事兒來了——

> 忽然一聲冷笑，「誰在放屁！」「是我」金毛太歲臉色
> 煞地轉青，怒道：「你是誰？」只見一個黑衣青年走入
> 場中，冷冷地道：「我是誰。」
> 金毛太歲還是聽不明白，問道：「你說你是誰？」我是
> 誰仍是冷冷地道：「我說我是誰。」
> ……「我是誰就是我是誰」。（溫瑞安《白衣方振眉》）

這個黑衣青年原來就叫做「我是誰」。他本該回答說：「我是我是誰。」或：「我叫我是誰。」他對「你說你是誰？」的正規回答本當是「我說我是我是誰」。這個「我說我是誰」相當於「我說張百萬」一樣，是不妥當的。但作者是有意為之，是塑造人物渲染氣氛的一種手段。

這使我想到了明代馮夢龍的《古今譚概》中記載的一個笑話：

> 文皇嘗謂解學士曰：「有一書句，甚難其對。曰：色難」

解應聲曰：「容易」。文皇不悟，顧謂解曰：「既云易
矣，何久不屬對？」解曰：「適已對矣。」文皇始悟，
為之大笑。

皇帝提出上聯為「色難」，解縉對了下聯即「容易」，但皇帝先
誤以為是對這上聯這件事容易了。

於是我又想起了一個民間故事：

有個人念書，讀到「啥」字，不認識，去問先生：「這個
字念啥？」

先生說：「這個字嘛，念『啥』。」

他又問：「是呀，它念啥呢？」先生說：「念『啥！』」

他說：「先生，我問的就是它念啥？」先生生氣了：
「念啥！念啥！我說的是，『啥』就念『啥』！」（《民
間笑話大觀》）

這位武俠小說家的這一情節大概是從這些笑話中衍化出來的
吧。

我是誰和解縉的回答，可以看作為雙關語，因為他有意識
利用多義現象來增強自己話語的效果和魅力。但最後一例，卻
不是雙關，聽說雙方都力求單義而不得。這是由於語言的多義
性——物件語言和元語言的混淆——而導致的交際誤會。勉強
一些，可以叫做「反雙關」——力圖單義，結果卻成了多義
了。

十、語海揚帆

　　語言的海洋，雖說也有風和日麗的時候，但更多的恐怕是雨暴風狂、浪濤翻滾吧！從大連乘海輪到上海，許多人嘔吐不止，只有我照吃速食麵，閑庭信步，他人羨慕不已。在語海的小船上，我也希望自己揚帆前進，風口浪尖勝似閑庭信步。這就得花時間養成觀察，收集、分析語言現象的習慣。天長日久，大概就可以乘長風破萬里惡浪輕鬆自如地在渺茫浩蕩變化萬千的語海之上航行了吧。

（一）「導遊遊了一天」

　　1983 年夏天，在黃山學術討論會上，在餐廳裡，海南大學宮日英講師說：「在南京，我遊了一天，導遊遊了一天，我一共遊了兩天，」我問：「你只遊了一天，另一天是導遊遊的，怎麼能把導遊遊的一天算在你的帳上呢？怎麼可以說你遊了兩天呢？這可是小學生也不會犯的錯誤呀？」宮講師急了，忙辯解說：「我是說，是導遊帶領我遊了一天！」同桌的桌友們齊聲叫喚：「我們都明白這話的意思，王先生怎麼反而不明白呢？」我說：「我是開個玩笑呀！」我雖然是開玩笑，但這玩笑是有根據的呢！如果我說：「我吃了一碗，導遊吃了一碗，我一共吃了兩碗。」「我喝了一杯，導遊喝了一杯，我一共喝了兩杯。」為什麼是地地道道的語言錯誤、思維混亂呢？

可為什麼如果說：「我自個兒買了一件，導購小姐買了一件，我一共買了兩件，」這似乎又是可以的，「導遊遊了一天，」便很自然地被納入「導遊帶著我遊了一天」這一框架了。因為如果只是導遊自個兒遊，那同宮講師無關，同這個話題無關，就不應當出現在這一話語組合中，凡是出現在這一話語組合中的東西，都必須同「宮講師遊南京」這個話題有關，而導遊的職責又是專門帶領旅遊「混飯吃的」——吃旅遊飯的，導遊和旅遊者的關係的關鍵就在於導遊帶領旅遊者遊玩，當然是有償的服務。

孤立的「導遊遊了一天」，「導購買了一件」，都是導遊、導購自個兒去遊，去購買，同他人無關。但如果同特定的話題，前提及交際情景相結合，它就可能僅僅表示導遊帶領遊客旅遊、購買理解的呢。

這一切單純從語言內部結構來分析，是越說越糊塗的，必須聯繫到非語言的社會文化因素，交際情景才能解釋明白。

其實，在交際活動中，語言本身是不自足的。如果沒有雙方的合作誠意，沒有共同的前提，沒有明確的語境，沒有共同的文化背景，那麼單純的語言材料本身，即使再正確再規範再優美，也是無法準確地傳遞豐富多彩的資訊和感情的。

宮講師之所以如此說，是因為這是對我的問題的回答，而我的問題是：「你去南京遊了幾天？」這時候，她的話語是沒有歧義，也不是語病。

對口語中的這一類話語，我們偶然開個玩笑也可以，可千萬別一本正經傻裡傻氣地抨擊，宣判是什麼語病，那是堂·吉訶德同風車魔鬼大戰，是十分可笑的，可惜我們語法學家專門這樣去「語文短評」，這也不合語法，那也不合語法，這是歧

義,那又是病句,其實常常忘記了說話的話題、前提、情景等等多種因素在起作用,歸根到底是忘了語言在交際活動中傳遞資訊感情有不自足性,是對語言的誤解和崇拜。

(二) 佘太君的幽默

在《籬笆·女人和狗》中,那巧姑「有滋有味地唱起了東北二人轉」,她唱的是《楊八姐遊春》中,佘太君向皇帝要彩禮的那一段——有言在先,可千萬別認為這「佘太君」是一個日本皇軍的頭目,她其實是楊老令公的夫人,楊八姐她媽!——

> 我要你一兩星星二兩月,
> 三兩清風四兩雲,
> 五兩火苗六兩氣,
> 七兩炭煙八兩琴音。
> 火燒龍鬚三兩六,
> 天鵝絨毛織手巾,
> 四楞雞蛋要八個,
> 三摟粗的牛毛要九根。
> 雪花曬乾要二斗,
> 冰溜子燒炭要五斤。

佘太君這樣的要彩禮,真比往昔的手錶一隻,自行車一輛、縫紉機一台或今日的彩電一台、冰箱一隻、空調一台、音響一架,或人民幣三千元,或美元三萬元要精彩得多了。

佘太君的這番話,從語義邏輯上看,是荒唐的不合邏輯不可能的事情,是辦不到的,表面上同意某事,但又提出根本辦

不到的條件，這是古今中外拒絕的一個十分藝術的手段，一種十分漂亮而瀟灑的作法，在民間故事和歌謠中，這一模式一而再再而三地被反反覆覆地運用著。

從語法方面看，是量詞的偏離，超出了常規用法。星星、月亮，清風，雲彩，火苗，空氣，炭煙，都不可以同量詞「兩」相結合。

從修辭上說，這裡運用了自相矛盾、相反相成的手法。什麼「四楞雞蛋」、「三摟粗的牛毛」等，修飾語和中心詞是矛盾著的。

然而這些超常規的用法正是中國老百姓所喜聞樂見的，是語言的藝術。

但是如果把佘太君的話用到公文、科技論文、作戰命令中去，那可就了不得不得了壞大事兒了。這是因為在這些東西中，語言文字要求儘量的規範，盡可能少一些兒創新、超常規的東西。但任何一個人不可能從早到晚只同科技論文、公文、作戰命令打交道，作為豐富的健全的人生，他必須有各種各樣的交際物件和情境，因此也就需要多種多樣的語言，一個人一生只善於一種模式的語言，而且模式化、定型化，那麼就無法適應複雜多變的世界，那麼他的一生也就缺乏多姿多彩的情調。語言無味，雖然不至於像個癩三，但也好不了多少，所以佘太君這番話給我們的啟示是：

語言是多姿多彩的，社會和人生是複雜多變的，我們的言語修養也應當多樣化，不要太單一，太模式化了。

十一、「姝」「妹」之別

　　漢字是記錄漢語的視覺符號；也是漢人的遊戲工具；而遊戲有時候也是不可等閒視之的。梁武帝蕭衍就玩弄過漢字的遊戲。

> 乃（劉）孝綽為延尉，攜妾入遷尉，其母猶停私宅。（到）洽尋為御史丞，遣令吏劾奏之，云：「攜少妹于華省，棄老母於下宅。」武帝為隱其惡，改「妹」字為「姝」。（李延壽《南史・劉勔傳》）

姝者，美女——年青而漂亮的女人之謂也。宋玉《登徒子好色賦》：「此郊之姝，華色含光。」《陌上桑》：「使君遣吏往，問是誰家姝。」妹者，同父母而年紀比自己小的女子也。華省指職位親貴的官署，這裡指遷尉府。

　　同摩登女郎，手拉手兒，在嚴肅的政府高級機關裡逛來逛去，成何體統？太不像話了。但假若是自己的妹妹，那就是另外一回事了，問題的性質就不大相同了。然而，「姝」和「妹」不過一筆之差呀！

　　我們的漢字呀，往往一筆之差，就這樣大不相同。你瞧呀：

大——太　　大——天
李——季　　已——己
土——王　　王——玉
乒——乓　　主——王
揚——楊　　子——孑
治——冶　　九——丸

有時候，多了那麼一筆，就是錯字兒：

福——福（×）　　錫——錫（×）

有時候，少了一筆，也便是錯字兒：

衫——衫（×）　　裸——裸（×）

有時候，小小變化就成了兩個不同的字：

日——曰

有時候，形體不大一樣，可還是一個字兒：

潤——閏　　群——羣

一個字，逐漸加筆劃可以組成許多新的字：

$$一 \begin{cases} 十 \to 千 \to 仟 \\ 丁 \to 仃 \end{cases}$$

$$三 \begin{cases} 豐 \to 艷 \\ 日 \to 旦 \\ 日 \to 申 \end{cases}$$

$$王 \begin{cases} \to 汪 \\ 玉 \to 国 \\ 主 \to 住 \to 往 \\ 狂 \to 逛 \\ 呈 \to 逞 \end{cases}$$

掌握了這些規律，有時候也能派上大用場呢。一本正經的包拯大人就曾經求救於這個法寶。您看他這時候是多麼的得意呀：

想魯齋郎惡極罪大，老夫在聖人前奏過：有一人乃是「魚齊即」，苦害良民，強奪人家妻女，犯法百端。聖人大怒，即便判了斬字，將此人押赴市曹，明正典刑。到了次日，宣魚齋郎，老夫回奏道：「他做了違條犯法的事，昨已斬了。」聖人大驚道：「他有甚罪斬了？」老夫奏道：「他一生擄掠百姓，強奪人家妻女，是御筆親判斬字，殺壞了也。」聖人不信，「將文書來我看。」豈知「魚齊即」三字「魚」字下邊添個「日」，「齊」字下邊添個「小」字，「即」字上邊添一點。聖人見了道：「苦害良民，犯人魯齋郎，合該斬首。」被老夫智

斬了魯齋郎，與民除害。（關漢卿《包待制智斬魯齋郎》
第四折）

至於清代爭奪皇位的「傳位於四子」和「傳位十四子」的
事，則已是人們所一而再再而三地在談論著的了。

結論是什麼呢？

一點一劃，似小而非小，大意不得的。

十二、《紅樓夢》內外談

（一） 對稱同構

北京故宮的建築，大都是一一對稱同構的。

曹雪芹《紅樓夢》中的細節設計、語言設計也往往採用這種對稱同構式。如29回中，賈寶玉、林黛玉鬥嘴鬧彆扭的時候，雙方的丫頭出來勸阻：

> 襲人……笑道：「你和妹妹拌嘴，不犯著砸他；倘或砸壞了，叫他心裡臉上怎麼過的去呢？」黛玉一行哭著，一行聽了這話，說到自己心坎兒上來，可見寶玉連襲人不如，越發傷心大哭起來。……
>
> 紫鵑道：「雖然生氣，姑娘到底也該保重些。才吃了藥，好些兒，這會子因和寶二爺拌嘴，又吐出來了；倘或犯了病，寶二爺怎麼心裡過的去呢？」寶玉聽了這話，說到自己心坎兒上來，可見黛玉竟還不如紫鵑。

這裡賈寶玉的心腹丫鬟襲人的話與林黛玉的心腹丫鬟紫鵑的話語同構，林黛玉和賈寶玉的反應及作者的描寫語言也一一同構。

當有人將此事告知賈母之後：

急得襲人抱怨紫鵑：「為什麼驚動了老太太、太太？」
紫鵑又只當是襲人著人去告訴的，也抱怨襲人。

再次對稱同構，但敘述語言卻有了變化。這一來整齊中又有變化，避免了單調貧乏呆板。

再向後，寶玉是「心中還自後悔」，黛玉是「心中十分後悔，雖不曾會面，卻一個在瀟湘館臨風灑淚，一個在怡紅院對月長籲，卻不是『人居兩地，情發一心』了。」

事後，襲人批評寶玉：

襲人因勸寶玉道：「千萬不是，都是你的不是。……」
寶玉聽了，不知依與不依。

紫鵑批評黛玉：

紫鵑度其意，乃勸道：「論前兒之事，竟是姑娘太浮躁了些。……」黛玉啐道：「你倒來替人派我的不是！我怎麼浮躁了？」

襲人和紫鵑的話語行為再次同構。寶玉和黛玉的表現是同義異形，寶玉是深層結構和表層結構一致，他認錯了，去看黛玉。黛玉畢竟是少女，內心認錯後偏嘴上要強說假話，表層結構和深層結構相互矛盾。這便又是同中之異，使文筆變化而有情趣。

這種對稱同構——同中有異，異中有同、同義異形、整齊中又有變化，是曹雪芹結構、組合細節，運用語言的一個特

點，也是這麼一個長篇小說雖然人和事繁多卻又保持了統一和諧，但又不單調重復貧泛的一個重要的手法。

（二） 內人和外人

有一個年輕的朋友對我說，他不知道如何對心愛的女孩表達他的心思，有一次他靈機一動說：「你我不是外人，我從未把你當作外人，希望你以後永遠不做我的外人……」那聰明的女孩回答反問說：「你是說你把我當作你的內人，要我做你的內人？混蛋，在領結婚證之前，我怎麼成了你的內人了呢？做你的 wife，還早著呢！」於是他們後來成了夫妻。

這一個故事大概曹雪芹並不知道。但是他在 16 回中寫道：

> 鳳姐笑道：「媽媽，你的兩個奶哥哥都交給我。你從小奶的兒子，還有什麼不知他那脾氣的？拿著皮肉倒往那不相干的外人身上貼。可見現放著奶哥哥，那一個不比人強？你疼顧照看他們，誰敢說個『不』字兒？沒白便宜了外人。我這話也說錯了，我們看作是『外人』，你卻看著是『內人』一樣呢！」說著滿屋裡人都笑了。趙嬤嬤也笑個不住，又念佛道：「可是屋裡跑出個青天來了。要說『內人』『外人』這些混帳緣故，我們爺是沒有；不過是臉軟心慈，擱不住人求兩句罷了。」鳳姐笑道：「可不是呢，有『內人』的他才慈軟呢！他在咱們娘兒們跟前，才是剛硬呢！」

在王熙鳳的前一句話中，有兩個「你」字，前一個「你」字指

靈活的語言——

賈璉的奶媽趙嬤嬤，後一個「你」字指賈璉，可見這話前一半是對趙嬤嬤講的，後一半是對賈璉的指責。對趙嬤嬤講的「外人」指不相干的人，對立面是親戚、朋友、同事、同伴同夥、親愛者、有特殊利益的人，一個小圈子內的人；而對賈璉，「內人」指老婆，即 wife，又叫「賤內」、「拙荊」、「夫人」、「太太」、「賢內助」、「俺家那個做飯的」，「內當家」什麼的，與這個內人相對的是男子漢大丈夫自己配偶以外的一切人。在這裡，鳳姐偷換了概念，這詭辨行為是由她內心中潛在的嫉妒、吃醋心理，女性的自我保護、排斥異性的意識所驅動著的，是不知不覺地冒出來的。正因為那麼自然巧妙，所以滿屋子的人才會笑了起來。正因為與作不相干的人解釋的「外人」的對立面並不是「內人」，而是作 wife 解釋的「內人」一般情況下也不同作不相干的人解釋的「外人」相對立，否則父母兄弟姐妹就無不是外人又不是內人了，而我們中國人又偏好非此即彼，不是內人即是外人，不能承認有非內人非外人的人存在。鳳姐把本無對立關係的內人和外人聯繫了起來，而且還看到了內人和外人的相互轉化，一是鳳姐和賈璉的差異和對立使得內人和外人轉化了，鳳姐當作外人的，賈璉當作內人，二是賈璉對有內人的外人慈軟，即外人因有內人而向內人轉化，無內人的外人依然是外人，而本是內人的鳳姐卻又轉化為外人了。這拗口令式的關係的陳述，正刻畫了王熙鳳思維的敏捷，口齒的快捷伶俐。

這也是因為，在我們的漢語中，內和外在大多數情況下是一一對立對稱的，如：

國內——國外　　　關內——關外

　　內賓──外賓　　　內銷──外銷

　　檻內人──檻外人　（《紅樓夢》71回）

　　內外有別　內查外調　外鬆內緊

　　這便形成了人們的思維定勢、惰性，誤以為一切內和外都一一對應對立，而忘了我們的語言中並不如此，既有外而無內的：

　　外婆──？　外遇──？　外語──？

也有有內而無外的：

　　內容──？　內幕──？　內疚──？

更有內和外形同而義不同的：

　　內心──外心　內人──外人

　　從這一小段玩笑話中，我們驚詫曹雪芹對我們語言的細微之處觀察、體味之深，這正是他成為一位語言大師的一個重要保證。語言大師不在於選擇一個生僻的字詞或華麗的字句，而在於發掘、體味人所皆知的平常的詞語中一般人所沒有發現的奧妙，並輕鬆自如地運用、利用這樣的語言材料。

　　（三）聯詞語的失誤

　　在33回「不肖種大承笞撻」中，賈政要打寶玉，這時

刻：

> 正盼望時，只見一個老媽媽出來，寶玉如得了珍寶，便
> 趕上來拉他說道：「快進去告訴，老爺要打我呢！快
> 去，快去！要緊，要緊！」寶玉一則急了，說話不明
> 白；二則老婆子偏生又耳聾，不曾聽見是什麼語，把
> 「要緊」二字，只聽做「跳井」二字，便笑道：「跳井
> 讓他跳去，二爺怕什麼？」寶玉見是個聾子，便急道：
> 「你出去叫我的小廝來罷！」那婆子道：「有什麼了不
> 起的事？老早的完了，太太又賞了銀子，怎麼不了的事
> 呢？」

這一段話語是很值得玩味道的。

平日裡這寶玉公子喜歡的妙齡少女們，一見便喜歡，厭惡老女人、老婆子，一見便討厭。在58回中，那芳官不僅能榮幸的為寶玉輕輕用口吹湯，還可以嘗嘗寶玉的湯，但那老婆子想來吹湯時，卻被大小丫鬟們臭罵一頓：「瞎了眼的」，「也沒有拿鏡子照一照，就進去了，」——無非又老又醜吧！於是被趕了出去，轟了出去，滾蛋！但此刻呢，這個老媽媽，老婆子、老女人，對於寶玉少爺，卻如同珍寶一般了，美少年寶玉竟然主動「趕上去拉他」，不嫌她老且醜了，怪麼？怪！此一時彼一時也，此刻怕挨打就得抓住稻草，功利之心壓過了審美好色之心，這便是一個例子。

一個說「要緊」，一個聽著為「跳井」，差之千里也。這是因為，「要」和「跳」，不同的只是聲母，韻母、聲調相同，而「緊」與「井」同音。在漢語中，聲母輕微，抗干擾能力最

差；韻母最宏亮，傳播持遠，而聲調抗干擾能力最強。可見把
「要緊」誤以為「跳井」是有其語言學的根據的。

　　這個老婆子偏又是個聾子，這便是這一誤解、語義短路產
生的受眾的主體生理特徵。

　　在這個大家族中，丫鬟跳井是常事，不久前就發生過，這
就是這一語義短路、交際誤會得以產生的社會文化語用條件。
就在這上一回，正是寶玉少爺導致了丫鬟金釧姑娘跳了井，這
上下皆知，如在今天，寶玉是要負責任的，但在那時代裡，身
為寶二爺的賈寶是可以不管的，不用怕的，所以老婆子說：
「跳井讓他跳去，二爺怕什麼？」雖說是交際誤會，但也表現
了在這個小社會中，各種人對金釧之死的反映，從而揭示出這
裡的道德標準、人際關係。這一來，這一誤會不但合情合理，
而且深化了細節的社會文化內涵。

　　在如此緊急的情景之中，作者忙中偷閒，設置這一誤會，
一來使作品一波三折，在高潮到來之前有所鋪墊，高潮來得太
快就沒大意思了呢！也有某些賣關子的成份在內，這是中國古
典小說家慣用的手段；二來進一步豐滿人物，強化作品的社會
內涵，細節不細，閒筆不閒，笑話中有非笑話性，有真情實意
大道理在呢！

　　最後值得注意的是關聯詞語「一則二則」的誤用。語言家
告訴我們，「一則二則」有兩種用法：如果主語相同，可以
是：

　　　老李一則喜歡相思鳥兒，二則剛好發了一筆財，口袋裡
　　　頭正好有好多錢，於是二話沒說便買下了這對相思鳥
　　　兒。

此時「一則、二則」放在主語之後，一般不放在主語之前。不
說：

> 一則老李喜歡相思鳥兒，二則老李剛好發了一筆財，口
> 袋裡頭正好有好多錢，於是二話沒說便買下了這對相思
> 鳥兒。（×）

但如果主語不相同，「一則二則」便應當放在主語之前：

> 一則老李喜歡相思鳥兒，口袋裡頭又有好多的錢，二則
> 這個賣鳥兒的小販開的價錢又比較公平合理，不貴，於
> 是老李二話沒說便買下了這對相思鳥兒。

這時如果把「一則二則」放在主語之後：

> 老李一則喜歡相思鳥兒，口袋裡又有好多的錢，這個賣
> 鳥兒的小販二則開的價錢又比較的公平合理，不貴，於
> 是老李二話沒說便買下了這對相思鳥兒。（×）

應當說這是病句。

如此看來，這裡的「一則二則」關聯詞語是用錯了，是一
個語法的病句。從語法學的觀點看，正是如此。

類似的語法病句45回也有一個，即：

> 鳳姐兒想了想，說道：「沒有別的法子，只叫他把你們
> 各人屋子裡的地，罰他掃一遍才好。」

這在語法中，或者在鳳姐的深層意識中本是兩個不同的句子：

A. 只叫他把你們各人屋子裡的地掃一遍才好。

B. 罰他把你們各人屋子裡的地掃一遍才好。把你們各人屋子裡的地罰他掃一遍才好。

這在語法上叫做「雜糅」，把兩個不同類型的句子生硬地拼湊在一起，這是常見的語言毛病。

但這兩個句子不同的是，前一句是作者曹雪芹的敘述語言，後一句是小說中的人物王熙鳳的人物語言。作為人物語言，要同人物的身分、個性、教養等相符合，要適應特定的語境。那麼，我們知道這個鳳姐兒在賈府中有權勢，說話可以隨便些兒，不像林黛玉每一句都要字斟句酌，思慮再三。既說話隨便，那麼某些時候出現一些語言失誤便是可以理解的了。同時我們應當看到，從鳳姐的思維看，這一個雜糅的句子反映了她說話時內心思路的變化，先是考慮到罰人的方式、物件、強調了後果，說了一大半又改變了思路，突出了事情的性質，不是為了培養愛好勞動講究衛生的好習慣，而是犯了錯兒（還不算是罪行）的處罰，於是強調了「罰他」。因此這個句子不能算是語言毛病，而是好的個性化了的人物語言，因為這個雜糅的句子有豐富的內涵，體現了王熙鳳的性格、在賈府中的地位，此刻的內心活動的軌蹟。

但是前一個關聯詞語的失誤就不同了，它是作者的語言，是不應當誤用關聯詞語的，是語言毛病，是我們不能為曹雪芹辯護的。

但是黑格爾老頭子說得對：「凡存在的都是合理的。」曹雪芹是語言大師，《紅樓夢》又是十年間的嘔心瀝血的工作，怎麼還會出現這樣的失誤呢？這要從賈寶玉同曹雪芹的關係來看，從曹雪芹對賈寶玉的態度來看，曹雪芹寫賈寶玉多少有自傳性質，這賈寶玉身上有曹雪芹的影子，曹雪芹在一部《紅樓夢》中最喜愛的就是賈寶玉。作為一個大藝術家，他在創作的時候，已經進了角色，進入了角色的思維，在此時此刻，曹雪芹已經賈寶玉化，然而不是老媽媽化，老婆子化，他是在同賈寶玉一起喜怒哀樂一起思索，他化身為賈寶玉了，雖然他也有時獨立於寶玉之外，那麼在寫到這一細節的時候，曹雪芹也如同賈寶玉一樣：「一則急了，說話不明白！」當他每次修改到這裡的時候，同樣是「一則急了，說話不明白！」正是這一感情傾向使得曹雪芹寫出了關聯詞語失誤的句子，也發現不了自己筆下的這一失誤。

從語法學家的立場上看，這是個語法病句。從紅學家的角度上看，這一關聯詞語失誤是曹雪芹內心世界的一次曝光，是我們研究曹雪芹同賈寶玉的關係，曹雪芹對賈寶玉的感情傾斜的一個好證據兒。

（四）異類並列

在42回中，惜春畫大觀園，而畫畫的材料，薛寶釵說：「今兒替你開個單子，照著單子和老太太要去。」於是賈寶玉準備筆錄，你聽：

> 寶釵說：「頭號排筆四枝，二號排筆四枝，三號排筆四支，大染四支，中染四支，大南蟹瓜十支，小蟹瓜十

支，鬚眉十支，大著色二十支，小著色二十支，開面十
支，柳條二十支，箭頭珠四兩，南赭四兩，石黃四兩，
石青四兩，石綠四兩，管黃四兩，廣花八兩，鉛粉十四
匣、胭脂十二貼，大赤二百貼，青金二百貼，廣勻膠四
兩，淨礬四兩——礬絹的膠礬在外，別管他們，只把絹
交出去，叫他們礬去。這些顏色，咱們淘澄飛跌著，又
玩了，又使了，包你一輩子都夠使了。再要頂細絹籮四
個，粗籮二個，擔筆四支，大小乳缽四個，大粗碗二十
個，五寸碟子十個，三十寸粗白蝶子二十個，風爐兩
個，沙鍋大小四個，新磁缸二口，新水桶兩隻，一尺長
白布口袋四個，浮炭二十斤，柳木炭一二斤，三屜木箱
一個，實地紗一丈，生薑二兩，醬半斤。」

　　如此這般一一列舉，不知作者是否有點煩厭，但讀者來讀
是肯定會煩厭的。我想，一定有許多讀者，或跳了過去，或一
目十行二十行地走馬觀花，毫無興趣的。當然，這可以給後代
的紅學家們提供一個好題目《論曹雪芹對中國繪畫的知識和修
養》，撈一些兒稿費，但這未必是曹先生的本意。這大概有點
兒自我表現的意識，誇耀自己的知識淵博。人都有自我表現的
意識，文人尤其頑固突出，在明清小說中，這樣的一一列舉，
以顯示自我才華的細節頗多，其中成為話柄、一再被批評的當
然是李汝珍的《鏡花緣》了。但對這也不該一概否定的，這也
有好處，造成節奏，使情節的展開有快有慢，使作品曲折多
變，有波有瀾，也讓讀者的神經不要老是那麼繃得緊緊兒的。
當然也可以像吳承恩在《西遊記》69回中那樣：

> 行者道：「不必執方，見藥就要。」……（醫官）即出
> 朝門之外，差本衙當值之人，遍曉滿城生熟藥鋪，即將
> 藥品，每味各辦三斤，送與行者。

　　作為語言大師的曹雪芹，他當然有辦法寫得十分的簡潔。
然而他卻如此這般地不嫌其煩地一一列舉寫了出來，這是為什
麼？這是因為，這是薛寶釵的話，不是曹雪芹的話，這是薛寶
釵在自我賣弄，不是曹雪芹，是在刻畫，塑造薛寶釵，她博學
多才、精明能幹，正不失時機在顯示表現自己，在群姐妹中來
造成某種優勢，這就不能看作為曹雪芹故意拉長篇幅的。
　　但是曹雪芹也知道這一大段太單調太沉悶，於是他叫林黛
玉破門而出，打斷了寶釵的話頭：

> 黛玉忙笑道：「鐵鍋一個，鐵鏟一個！」
> 寶釵道：「這做什麼？」
> 黛玉道：「你要生薑和醬這些作料，我替你要鐵鍋來，
> 　　　　　好炒顏色吃啊！」

這是故意逗趣，插科打諢！偏偏是林黛玉來幹這事兒，這是在
顯示林黛玉的聰明、機智。可以設想，別說讀者，當時在場的
眾姐妹們，大都對畫畫兒也不甚感興趣，對寶釵的這段話語也
感到煩厭，早聽不進去了，在其中黛玉又尤其不堪這番單調貧
泛沒有文彩的帳目單，所以才出來造反的。但寶釵一是博學，
二是出身於企業家的家庭，從小習慣算賬，她的一生也最會計
算，只有她才說得出這番話，也不會厭煩反而津津有味其樂無
窮。黛玉的這一逗趣頓時使大家都笑了，它的作用是把貧泛單

調枯燥的話語化解了,化腐朽為神奇,其樂無窮。這一來,寶釵的話和黛玉的話成了鮮明的對比,寶釵的話是黛玉的話的一個鋪墊、一個包袱,黛玉的話是在解包袱,丟包袱。這兩個人的話一正一反、一莊一諧,才構成了個完整的藝術品,這樣一個藝術品何單調貧泛枯燥之有呢?如此看來,曹雪芹是故意用寶釵的話來引發黛玉的妙言來給讀者藝術的享受的,他是成功的。同時,他也在這裡再一次用對比的方式來塑造釵黛二位小姐的性格和形象,他是成功的。

這在語法修辭上,可以叫做異類並列。寶釵所開的並列項目,其內涵有一個共同義項(或參考點),即:有畫畫的功能,是畫畫的工具、材料。但黛玉所續加上去的並列項目:鐵鍋、鐵鏟,並不具有這樣的義項,可決不是畫畫的工具或材料,兩者是異類的。所以這是荒謬的、胡攪蠻纏的,是在開玩笑,所以大家都笑了,所以寶釵才問:「這做什麼?」鐵鍋、鐵鏟本身的功能寶釵當然是知道的,可以做飯炒菜,寶釵用不著請教黛玉,生活常識寶釵比黛玉要豐富得多,她驚詫的是聰明有才華的黛玉小姐為什麼把做飯炒菜的工具也同畫畫兒的工具並列起來,這是因為她正在一一開列畫畫的工具和材料,正處在思維定勢惰性之中,在這強定勢之下,她的頭腦難於一下子來個急轉彎。

黛玉的回答是因為寶釵的單子在有了生薑和醬,這又給我們一個啟示:黛玉也並不是一味胡攪蠻纏,她還是有道理的,她的道理是,寶釵的單子中有做飯炒菜的玩藝兒,她的思維是緊接著生薑和醬的。這是因為在寶釵的單子和種種元素中,有的只有一種功能:畫畫兒,有的除畫畫外,還有做飯和做菜的功能,是多義的多功能的符號,黛玉巧妙地看到生薑和醬的多

功能性，巧妙地轉移了話題，從畫畫兒滑到了做飯炒菜中，移花接木、張冠李戴去了。這時候，異類並列中又有同類並列的因素在內了。即：

寶釵 {
頭號排筆
二號排筆
⋯⋯
生薑
} 繪畫的工具或材料

黛玉 {
醬
鐵鍋
鐵鏟
} 做飯菜的工具或材料

這樣一來，黛玉的玩笑中也是無理中而有理的！這種手法，是現代相聲中所常用的，如：

乙：現在是原子時代，人類都飛上天空去了，到宇宙空間去了。人家研究原子、核子、電子、離子⋯⋯

甲：這我懂，原子、電子、餃子、包子⋯⋯

乙：包子？（侯寶林《陰陽五行》）

乙：都喜歡什麼舞哇？

甲：集體舞、交際舞、芭蕾舞、單人舞、雙人舞、二百五⋯⋯

乙：二百五？（王存立、石材《冰上舞蹈》）

但似乎沒有《紅樓夢》中的這一異類並列這樣的自然而風趣，無理而又有理。

曹雪芹是熟悉相聲等民間藝術的，他的這一細節明顯地受到了相聲的影響，但他的這一穿插是十分成功的，並未游離於作品的總的情節和結構，而是這藝術品的一個有機的組成部分了。

（五） 曹雪芹是預言家

人們說詩人是預言家，詩是預言書。看來，小說家也是預言家，曹雪芹就是一個預言家。

在45回中，眾姐妹們、諸才女才子們搞了一個詩社——即如今的學會、研究會之類什麼的一類玩藝兒吧，這些文人雅士們特地請了粗人、不會作詩也不懂詩的大大的外行人王熙鳳來做領導人，名之曰：「監社御史」——用如今的術語說，可以叫做顧問、名譽會長、主席、常務理事什麼什麼的名目吧！他們的鬼主意兒當然瞞不過聰明絕頂的鳳丫頭：

> 鳳姐兒笑道：「我又不會做什麼濕的乾的，要我吃東西去不成？」探春道：「你雖不會做，也不要你做。你只監察著我們裡頭有偷安怠惰的，該怎麼罰他就是了。」鳳姐兒笑道：「你們別哄我，我早猜著了，那裡是請我做『監社御史』！分明叫我去做個進錢的『銅商』。你們弄什麼社，必是要輪流做東道的，你們的錢不夠花，想出這個法子來勾了我去，好和我要錢。可是這個主意？」說的眾人都笑道：「你卻猜著了。」李紈笑道：「真真你是個水晶心肝玻璃人兒！」

這哪裡像幾百年前的人寫的呢！就好像昨天、今天我們的

報刊上的一篇最新的創作！80年代中國的文人們大搞特搞什麼這會那會，請來了許多有錢或有權的外行人來當「監社御史」——即會長、名譽會長、顧問什麼什麼的——，其實都不過是想人家的錢和權罷了，不同的是，有時候是現代的王熙鳳們找上門來的，我出錢，我有權，給我一個顧問或會長什麼的，有時候，還是非給不可的，否則就拆你的台，叫你玩不成。

但我無法肯定的是：是曹雪芹無意之間說中了碰巧兒的，還是他真的有什麼預測的功能，如氣功家們所說，如柯雲路在他的許多著作中所鼓吹的那樣子。

我也不能肯定：現在的學會的如此如此，和現代鳳丫頭的如此如此，是曹雪芹的《紅樓夢》教壞了呢？還是他們的獨特的發明創造呢？——千萬別貶低人們在這方面的創造才華，否則你便是對中國一無所知。

於是我想，《〈紅樓夢〉和當前中國社會》不也是一個極好的題目麼？可以寫系列論文，可以寫一本厚厚的書。如果把八十年代許多學會的顧問、名譽會長、會長、秘書長同學會的關係、內幕的材料羅列出來，便可以作為《紅樓夢》45回這一細節的詳解、集注的。

十三、「龍虎鬥」說

在火車上，同一個年輕人聊天。他說，他屬龍，女友屬虎。戀愛好多年，可女友常常擔心：龍虎鬥！將來恐怕要矛盾重重，爭吵不斷，總是下不了決心結婚。他挺苦惱的。

我說：錯啦！龍虎相配，正是好的一對。龍和虎，在中國文化中本來是互補的呀。1987年，在河南濮陽西水坡遺址的第四十五號大墓的墓室中央，那墓主，一個中年男子，他的兩側，分別是用蚌殼精心地擺塑出的一條龍和一隻虎。它們距離現在已經有六千年了，所以被譽為「中華第一龍」。中國文化是追求和諧的，如果龍和虎是相互對立的，難道墓主的後人存心同自己的祖先過不去麼？這就可以說明，從一開始，中國文化中的龍和虎就是互補的，是同一意象。

成語也可以說明這一點，比如：

龍鑲虎步、龍吟虎嘯、龍鑲虎視、龍潭虎穴、龍戰虎爭、龍騰虎躍、臥虎藏龍、生龍活虎、降龍伏虎

漢語成語中許多四字格，相互對應的字眼往往都是這種互補關係。例如：千軍萬馬、千辛萬苦、千方百計、千言萬語、千門萬戶、千思萬想、千奇百怪、東奔西跑、大驚小怪、東張西望。

那麼，為什麼人們常常把龍和虎對立起來呢？

這得從「龍戰虎爭」和「龍爭虎鬥」來說了。在四字格的成語中，龍和虎顯然是和諧一致的相互補充的關係：龍爭＝虎鬥，龍戰＝虎爭。但是從「龍爭虎鬥」到「龍虎鬥」，卻出現了質的變化：成了龍和虎之間的相互鬥爭了。

這一來，「龍爭虎鬥」不等於「龍虎鬥」！

其實，「龍虎鬥」作為「龍爭虎鬥」的縮略形式，它的意義本當是「像龍和虎一樣地爭鬥」。但是，人們忘記了它本是從四字格而來，是兩個並列的動賓短語。而誤會為「龍」和「虎」並列作為主語的一個主謂短語了。於是，這爭鬥就出現在龍和虎之間了。這是語言文字的誤導！

聽了我的這番話，那年輕人高興極了：我的婚姻的一個大障礙被您解決了，我怎樣感謝您才好呢？不過，我沒有文化，說給她聽，她不會相信，會說我騙她的，您是教授，是權威，我請您寫下來，她就相信了，就會同意與我結婚了。您不知道她是多麼的好，我又是多麼的愛她，您就做件好事兒吧。我給您稿費。

現在，我應這個偶然相逢的年輕人之請，為他寫下這篇短文，並加上我對他們的祝福。

在我自己每能夠幫助人們從語言的誤導和困惑中解脫出來，就很是愉快的了。

伍 平凡而神奇的語言

一、文學作品和文字遊戲

（一）　文字遊戲不可少

　　文學作品可決不是語言文字遊戲。可是文學作品中的確有語言文字遊戲，然而文學作品中，特別是好的文學作品之中，語言文字遊戲並不是簡單的語言文字遊戲。

　　李白《永王東巡歌》：

　　長風掛席勢難回，海動山傾古月摧。

古＋月──→胡。文字遊戲也。

　　王實甫《西廂記》：

　　（紅唱）君瑞是個「肖」這壁著個「立人」，你是個「寸木」「馬戶」「尸巾」。（淨云）寸木、馬戶、屍巾──你道我是個「村驢屌（屌）」。

「肖這壁著個『立人』」，「俏」字也。寸＋木→村，馬＋戶→驢，尸＋巾→屌（屌），就是「村驢屌」。這類拆白道字，文字遊戲也。

　　湯顯祖《邯鄲記》：

（菩薩蠻倒句）客驚秋色山東宅，宅東山色秋驚客。盧姓舊家儒，儒家舊姓盧。隱名何借問，問借何名隱。小生誤癡情，情癡誤生小。

倒句，即回環，語言遊戲也。

王蒙中篇小說《相見時難》：

「哪兒去了？」

「什麼哪兒去了？」

「你說什麼哪兒去了？」

「我哪兒知道你說什麼哪兒去了？」

「你怎麼會不知道我說什麼哪兒去了？」

「你怎麼會知道我一定知道你說什麼哪兒去了？」

語言遊戲也。然而，這樣拗口令式的對話活靈活現地刻畫出了一對矛盾重重而又庸俗不堪的夫妻之間的日常生活、夫妻關係。

王蒙長篇小說《活動變人形》：

抬起頭，抬起眼皮，從躺椅上仰視「難得糊塗」，他本想借鄭板橋來平撫自己的糟透了的心境。誰知越看越格格不入。越看越生氣。好一個難得糊塗！糊裡糊塗地生，糊裡糊塗地死，糊裡糊塗地結婚，糊裡糊塗地生子，糊裡糊塗地愛，糊裡糊塗地恨，糊裡糊塗地害人，糊裡糊塗地被害……這叫什麼人生，什麼哲學，什麼文化，什麼歷史？為什麼我要這樣糊裡糊塗地來，糊裡糊

　　塗地過，糊裡糊塗走？早知這樣糊塗，又何必投生為
人，糊裡糊塗地走一遭！（第十章）

這裡反覆的運用，也是語言遊戲也。作者故意為之，目的在於
渲染、刻畫人物的內心世界。

　　張賢亮《男人的一半是女人》：

　　「改造，改造，改那麼個造呀！」用本地口音唱出來，
　　極像正在推廣的普通話「倒竈，倒竈，倒那麼個竈」。

這裡諧音的運用，也是語言遊戲，作者的用意是反映主人公勞
改犯人的心理狀態。

　　在曹禺的劇中：

　　我們只會歎氣，做夢，苦惱，活著只是給有用的人糟蹋
　　糧食，我們是活死人，死活人，活人死！（《北京人》）
　　可就是一樣，不懂得愛情，愛情的偉大，偉大的愛情。
　　（《日出》）

「活死人，死活人，活人死」，「愛情的偉大，偉大的愛情」，
詞序遊戲也。

　　《魯迅全集》、《莎士比亞全集》、《紅樓夢》、《鏡花緣》
中，都有許多語言文字遊戲，都值得修辭學者研究。因為語言
文字是巨大的潛在的表現力的實驗室。文學作品的語言文字遊
戲，如果只是為了賣弄才學，只是簡單的語言文字遊戲而已，
那是不可取的，李汝珍就有這個毛病兒。

（二）藥名的遊戲之作

有這樣一副對聯：

白頭翁，持大戟，跨海馬，與木賊草蔻戰百合，旋複回
朝，不愧將軍國老。

紅娘子，插金簪，戴銀花，比牡丹芍藥勝五倍，蓯蓉出
閣，宛如雲母天仙。

上下兩聯中加黑點的詞，都是中藥名詞。這是什麼修辭手
法呢？把中藥名詞鑲嵌到對聯中去，這當然是鑲嵌。又都有兩
層含義，「白頭翁」、「紅娘子」，既指白髮老人、年青女子，
又指兩種中藥；「百合」、「五倍」，既是中藥又表示動量。這
又是雙關手法。

吳承恩《西遊記》第二十八回有一首詩：

石打烏頭粉碎，沙飛海馬俱傷。

人參官桂嶺前忙，血染朱砂地上。

附子難歸故里，檳榔怎得還鄉。

屍骸輕粉山場，紅娘子家中盼望。

第三十六回中又寫道：

那師父戰戰兢兢。進此山中，山中淒慘，兜住馬，叫
聲：「悟空啊！我——

自從益智登山盟，王不留行送出城。

路上相逢三棱子，途中催趕馬兜鈴。
尋城轉澗求荊芥，邁鈴登山拜茯苓。
防己一身如竹瀝，茴香何日拜朝庭？」

這種鑲嵌雙關的運用，使語言表達幽默而風趣。但是出於忠厚老實的唐僧之口，於人物語言個性化的要求並不那麼貼切的。

晚唐詩人陸龜蒙又創造了藥名的離合鑲嵌雙關手法，如《藥名離合夏日即事三首》、《和龔美懷錫山藥名離合二首》：

(A) 乘履著來幽砌滑，石罌煎得遠泉甘。
　　草堂只待新秋景，天色微涼酒半酣。
(B) 鶴伴前溪栽白杏，人來陰洞寫枯松。
　　蘿深境靜日欲落，石上未眠聞遠種。
(C) 佳句伐來誰不伏，神丹偷去亦須防。
　　風前莫怪攜詩稿，本是吳吟蕩槳郎。

把藥名分離開來，分別鑲嵌在兩個相連的句子開頭和結尾，再合在一塊兒理解為藥名，所以叫做離合。離，則是動詞「滑」，名詞「石」，合則成了藥名「滑石」。離和合二解，這便是雙關。

二、眞眞假假的藝術

（一）強詞奪理

強詞奪理，不好，很不好。

在馬季相聲《「二楞子」打籃球》中，甲把「跳河」同「跳高、跳遠」並列——

> 乙：體育專案裡哪有跳河啊？
> 甲：你這個人外行，游泳不跳河嗎？
> 乙：那是跳水。
> 甲：啊！河裡也有水。

甲這是強詞奪理，但聽眾不但不厭恨，反而愉快地笑了。在這裡，馬季是把強詞奪理當作一種修辭手法使用的，這同生活中某些人把強詞奪理當作打擊別人、抬高自己、消滅異己、拉幫結派的手段、武器和法寶，是截然不同的，不可相提並論、一視同仁的。

把強詞奪理當作一種修辭手法，並非馬季笑星首創，更非他獨家經營，唐代大詩人李白就是運用強詞奪理修辭手法的高手。您聽：

> 天若不愛酒，酒星不在天。

地若不愛酒，地應無酒泉。

天地既愛酒，愛酒不愧天。

已聞清比聖，復道濁如賢。

聖賢既已飲，何必求神仙。（《月下獨酌》）

酒星、酒泉，只是一個名稱，名和實不是一回事，若是一回事兒，敝友何永康就應當永不生病，永遠不死。天地間並沒有那回事，名字有「健」有「康」者未必都長壽的。而且，酒星、酒泉的名字，是天和地自封的麼？非也，人類的傑作，與天地有何關涉？把酒中之清者叫作「聖人」，濁者叫「賢人」，隱語黑話罷了。酒之為物也，本與聖和賢並無什麼本質的內在的聯繫，風馬牛毫不相干。好一個強詞奪理的李白呀！

古來聖賢皆寂寞，

唯有飲者留其名！

熟悉中國歷史的李白當然明白，歷史的事實並非這麼一回事兒。李詩人佩服得五體投地的諸葛亮，好像就並不是什麼飲者，不但「留其名」，而且是「大名垂宇宙」哩，垂者，流傳也。古今中外又有多少「太白遺風」者——酒鬼醉漢，不都是「皆寂寞」麼？鬼才知道他們呢！李詩人為飲酒辯護得振振有詞，慷慨激昂，其實不過是強詞奪理罷了。

但是李白詩歌的讀者並不這麼看問題，並不對李白吹毛求疵，橫挑鼻子豎挑眼，他們喜歡這些過激的言詞，他們佩服李白的強詞奪理，他們明白李白的強詞奪理是一種修辭手法，是酩酊大醉後的心理狀態的絕妙的描寫。日本學者松浦友久說得

好：「從表面上看，似乎給人一種強詞奪理的感覺，實際上，
在這種文風的背後，卻隱含著一種故作滑稽的幽默，以及大智
若愚的詼諧，生動地體現了這首作為酒歌的五言古詩（指《月
下獨酌（其二）》）的獨特風格。」（《李白——詩歌及其內在心
象》）

總之，把強詞奪理當作論辯的手段，不好，很不好，十二
萬分不好，但把強詞奪理當作一種修辭手法來用，好得很哩！
因為說寫者並不相信或不完全相信自己的話，也並不要求聽讀
者相信或完全相信他所說寫的一切，醉翁之意不在酒也。完全
相信者，呆子一個！

（二） 修辭假話

戴厚英《高的是秫秫，矮的是芝麻》：

> 現在，小三子親自把碎雞蛋送到我面前，這是一種友誼
> 的表示呀！要還是不要呢？
> 「沒有別人家要買嗎？」我遲遲疑疑地問。
> 「沒有呀！就是給你家留的呢！」大秀媽連忙接腔。
> 我看得出這是假話，但卻出於真心。（《鎖鏈，是柔軟
> 的》）

明明是假話。說者可並不是居心不良，騙人坑人，聽者頗為感
動，認為是「出於真心」，這是修辭假話，同說謊騙人是有本
質的不同的。

修辭假話有兩種，一種主要是為的委婉含蓄一些，有意削
弱語義，避免過分刺激人。如明明是專門去看一個人，卻偏偏

說：「順便看看你」；明明是一心要打聽一件事，卻偏偏說「順便隨口問一句」；明明是送別人一點禮物，卻偏偏說「請幫我個忙兒，把這些累贅處理掉，減輕負擔」。

另一種修辭假話，主要是為的風趣。如：

> （淨）我師父不在，方才辦了八個盒子，看望丈母娘去了。（生）出家人那得有丈母。（淨）徒弟家裡去了。（生）這個才說得是。（崔時佩、李景雲《西廂記》）
>
> 「密謀什麼呢？」鐵餅冠軍問。
>
> 「我們打算去偷個錢包，」畫眉說，因此變得更好看了。
>
> 「我坐地分贓。」小腦袋的鐵餅冠軍說。
>
> 跨欄冠軍「格格格」地笑了起來。這個融洽的氣氛，誰見了都會嫉妒。（李功達《藍圍巾》）

這些假話主要是為了逗趣，決沒有半點兒騙人的意思，交際雙方對此都是十分明白的。

修辭假話的關鍵在於：不可以讓人誤以為真，否則便是騙人的謊話兒了。

（三）謬舉

吳承恩在他的《西遊記》第一回中寫道：

> 次日，眾猴果去採仙桃，摘異果，刨山藥，劚黃精，芝蘭香蕙，瑤草奇花，般般件件，整整齊齊，擺開石凳石桌，排列仙酒仙肴。但見那：
>
> 金丸珠彈，紅綻黃肥。金丸珠彈臘櫻桃，色真甘美；紅

綻黃肥熟梅子，味果香酸。鮮龍眼，肉甜皮薄；火荔枝，核小囊紅。林擒碧實連枝獻，枇杷緗苞帶葉擎。兔頭梨子雞心棗，消渴除煩更解醒。香桃爛杏，美甘甘似玉液瓊漿；脆李楊梅，酸蔭蔭如脂酥膏酪。紅瓤黑子熟西瓜，四瓣黃皮大柿子。石榴裂破，丹砂粒現火晶珠；芋栗剖開，堅硬肉團金瑪瑙。胡桃銀杏可傳茶，椰子葡萄能做酒。榛松榧奈滿盤盛，桔蔗柑橙盈案擺。熟煨山藥，爛煮黃精，搗碎茯苓並薏苡，石鍋微火漫炊羹。人間縱有珍羞味，怎比山猴樂更寧？

這「次日」是春夏秋冬中哪一個季節？是一年十二個月中的哪一個月？小說中沒有向讀者交代，也許吳承恩寫這一段時大腦中也壓根兒沒考慮過這樣一個問題。但細心的讀者卻不能不提出這樣一個問題，因為離開特定時空的景物是根本不存在的。桃李西瓜，夏天成熟；石榴柿子，秋天成熟。這裡一口氣羅列的那麼多瓜果，其實是不可能在同一個月份裡成熟的呀。再說地分南北，龍眼椰子，只能長在南方，核桃棗子則長在北方，孫悟空的花果山不可能樣樣都長吧？但是除書呆子之外，並沒有人指責吳承恩違背情理，不合邏輯，而是從來不向這條邪路上去想，這是為什麼呢？讀者當作為鋪陳誇張語了，讀者認為這是泛時空的不必拘泥於某一個特定的時間空間。讀者只抓住了一點：孫悟空的飲食極其豐富多彩，他過著神仙也不如的日子，是這一點使作者有權這樣做，讀者也支援他，去超越時空局限。

這是中國式形象思維的特點，這是中國文學藝術的技巧。君不見在中國畫中，畫植物，不問四季之更替，梅花、桃花、

蘭花、荷花、菊花同時共現於一個畫面，畫動物，不想陸海之差別，魚蝦鳥獸共濟一堂，畫家認為這是他們理所當然的權利，讀者認為天經地義，理所當然。而歐美人則總以為有點兒不對頭，他們不明白這些超時空共現於同一畫面之物中間具有某種共性，都是畫家喜怒哀樂內心世界的寫照，是由共同關係結構成的一組符號的有機組合，是不可以用日常生活中的小是小非為標準來衡量的。

在《紅樓夢》的第五回，現實主義作家曹雪芹是這樣描寫秦可卿的臥室的：

> 案上設著武則天當日鏡室中設的寶鏡。一邊擺著趙飛燕立著舞的金盤，盤內盛著安祿山擲過傷了太真乳的木瓜。上面設著壽昌公主于含章下臥的寶榻，懸的同昌公主製的連珠帳。

一本正經不知變通的讀者也許會問：秦可卿真的有本事獲得這些寶物嗎？也許世上本來就沒有這些古董的呀！一個木瓜能夠這麼多年不腐爛嗎？荒謬之極。這那還像一個現實主義大作家，現實主義作家可十分講究細節的真實的呀！左拉筆下的細節多麼真實啊！可專家們說，這裡「用一系列古代『香豔故事』中的器物，來說明屋內古玩陳設的華麗，同時更有諷刺的含意」。是的，暗示房間主人秦可卿的風流，以及寶二爺將進入「太虛幻境」，這才是曹雪芹的真意，而木瓜這類不過是表達這一意象的一群符號的有機組合罷了，這也是時空的超越。

如果我們把這一類並列叫做謬舉的話，那麼在現代相聲中，我們可以看到另一種類型的謬舉：

乙：是啊？你都喜歡什麼運動？

甲：那太多了，長跑、短跑、馬拉松、推鉛球、擲鐵
　　餅、扔標槍、舉重、射箭、跳傘、跳高、跳遠、跳
　　河……（馬季《「二楞子」打籃球》）

把「跳河」同「跳高跳遠」之類並列，顯然是荒謬的，作者明
知道是荒謬的卻偏偏要這麼荒謬，目的是要求得意料之外的表
達效果，表現詼諧幽默的情調，讀者是明知荒謬絕倫卻又高高
興興眉開眼笑地接受了。

（四）故作多義

　　言語表達通常力求準確，即便是雙關語、委婉語，目的也
是要人家把握骨子裡頭的真正含義。但有時候，說寫者故作多
義，偏要別人向邪路上去想的。您瞧：

（淨）小子讀書費力，每在螢窗講習，常念青春不再，
那更白白可惜，熟讀《孝經》《曲禮》，博覽《詩》《書》
《周易》，《春秋》諸子百家，篇篇義理紬繹，前日行到
學中，夫子潛自叫屈。（末）呀，聖人如何叫屈？（淨）
道是可惜這個秀才，眼中一字不識。（高明《琵琶記》）
（醜）小子言不妄發，寫字極有方法，先將好墨磨濃，
次把純毫蘸著，推開淨幾明窗，展舒錦箋繡紮，不問真
草隸篆，寫出來都是法帖，大字粗如庭柱，小字細似頭
髮，王羲之拜我為師，歐陽詢見我嚇殺。（笑介）早間
寫個八字，忘了一撇開一捺。（高明《琵琶記》）

「夫子潛自叫屈」和「歐陽詢見我嚇殺」，都分別有讚美和貶低
兩種含義，明明是貶低的意思，卻偏偏叫人向讚美的意義方面
去想，這就是「故作多義」。故作多義大都有風趣幽默俏皮的
情調。

　　故作多義不僅表現在說寫者一方，也可以表現為聽讀者一
方，如：

> （末）上中下三等房。（醜）上房要多少錢？中房要多
> 少錢？下房要多少錢？（末）上房一月一兩五錢，中房
> 一兩，下房五錢。（醜）成不得，官人，我前者歇了一
> 夜，只用得三錢銀子，他家下房就要五錢。（末）不
> 是，下等的房。（醜）我只道你家下一個房要五錢。
> （崔時佩、李景雲《西廂記》）

醜說「他家下房就要五錢」是故意把人家「下房五錢」向邪路
上面引。再如明崔時佩、李景雲的《西遊記》：

> （貼）……何曾惹恨，落花紅滿地，料不關愁。九溪十
> 八洞。（醜）十九洞。（末）你輸了，十八洞，怎麼說
> 十九洞！
> （醜）老道你好不知趣，這個丫頭生得好，便動了一動
> 待何如。

說「十九洞」便是「故作多義」。把「動了一動」之「動」也
當作「一洞」，混淆了「洞」和「動」，當然是故意迷惑人的。

（五）合二而一

明成祖有一次對大臣解縉說：「有一個上聯叫『色難』，要對出個下聯來難不難？」這大臣脫口而出：「容易。」之後沉默，冷場。皇帝沉不住氣了，追問：「你說容易，那麼就快點對出下聯來吧！」大臣回答說：「早對過了！」這時皇帝才恍然大悟，立即讚歎不已。

按常規，按部就班，這番對話應當是這樣的：

> 皇帝：有一個上聯叫「色難」，要對出個下聯來難不
> 　　　難？
> 大臣：不難不難，容易容易。
> 皇帝：那就請您對出下聯來。
> 大臣：好好好，遵命就是。我對的下聯就是「容易」兩
> 　　　個字。

因為兩次回答中都有「容易」二字，於是這大臣便把兩次答話合二為一了。但是，這個「容易」雖然兼有了兩層含義，大臣的本意、資訊的焦點卻在第二層意思上，卻又故意叫對方只理解為第一層意思，以便對方一旦迷途知返，覺今是而昨非，轉而抓住第二層意思，便不由得連叫：「妙極！妙極！」

科學的敘述力求把兩層意思分開，井水不犯河水。藝術語言卻往往故意把兩層意思混淆起來，以求取得情理之中，意料之外，餘味無窮的修辭效果。

這合二為一的手法，日常會話中也常常運用。如：

甲：你今天看的電影叫什麼名字？

乙：明天告訴你！

甲：為什麼要明天告訴我？

乙：因為電影的名字就叫「明天告訴你」！

這種合二為一手法的條件是：兩層意思所共同的那個說法，應當是一個同形異義形式。「容易」，一是「困難」的反義詞，一個形容詞，一是「色難」的下聯，主謂詞組，或者說小句。「明天告訴你」，一是句子，一是專有名詞。

　　為了修辭格的名目不要太多，這合二為一可作為一種特殊的雙關。

三、漢字的笑話和學問

（一） 萬字和類推

清代學者俞樾在《一笑》中講過一個故事：

> 有一個富家子，問他的老師：「一字如何寫？」老師
> 說：「一畫。」又問：「二字如何寫？」答：「二畫」
> 「三字如何寫？」「三畫」。
> 他以為全部漢字都可以這樣類推。
> 但他遇到了一個難題；別人要他寫一個姓萬的人的姓
> 名。他只好一畫一畫又一畫地畫下去。這時，他責備姓
> 萬的人了：「什麼字不好姓呢？偏偏要姓萬字。害得我
> 畫了半天，還沒寫成一半！」

這就叫做睡不著覺怪床歪，不會走路怪地不平。

長期以來，這個富家子是人們嘲笑的物件。這裡，我想為
他說幾句公道話。

如果只因為他是富家子就嘲笑他，這有點成見在裡面，不
可取。

他有點不對頭，但並不是愚笨而不可救藥的人。如果不動
腦筋，也不會動腦筋，只會鸚鵡式地重複老師的話，那才是一
個沒有多大出息的角色呢！然而他開動了腦筋，努力從已知的

知識中概括出規律來，並利用規律來向未知的領域進軍。這本
是可貴的，應當受到讚揚，而不是嘲笑。

還應該看到，他所運用的類推規律在語言文字的學習中的
確是大有用處的。

拿漢字來說，是有規律的，是可以類推的。同一義旁的
字，類的意義大都是相同的。如「口」字部的字，大都是和口
有關的器官，如：喉、吻（嘴邊）；或是跟口有關的行為，
如：含、叫、咬；或是屬於語言方面的事情，如：命、問、唯
（答應）；或是象聲詞，如：呱（ㄍㄨㄚ、小兒哭聲）、啾
（ㄐㄧㄡ、小兒聲）。聲旁相同的字，讀音也相同或相近，如：

單 chán	嘽 chǎn
嬋 chán	闡 chǎn
禪 chán	韂 chǎn
蟬 chán	

各方言之間語音差異，也是有規律的，有對應規律的。方
言區的人學習普通話的時候，掌握對應規律，適當運用類推，
是可以做到多快好省的。

許多新詞，許多原來沒見過的詞，我們也是靠類推掌握
的，並不靠詞典。

那麼這個富家兒就沒有可笑之處了嗎？

有的。一是他概括出來的規則不夠科學，二是他過分迷信
和濫用了類推。

在語言文字中，類推適用的範圍是有限的。這是因為：

一，語言是千百萬人的習慣，它只是一個近似的體系，是規則

的，又是不規則的；二，語言是在不斷發展變化的，每時每刻都在發生這樣那樣的變化。

再拿漢字來說吧，有時同一聲旁讀音大不相同，如：

也 yě　　他 tā
迤 yí　　拖 tuō
地 dì　　馳 chí

於是，只會「讀字讀半邊」的秀才們就要出洋相、鬧笑話了。

語文教學中應當引導學生正確對待類推。不善於類推的人，將少慢差費；濫用類推的人，則會出洋相、鬧笑話。

（二）「一」字和同一

關於「一」字，明代人馮夢龍在《笑府》中講過一個笑話：

> 父寫「一」字教幼兒。明日，兒在旁，父適抹桌，即以濕布畫桌上。問兒，兒不識。父曰：「吾昨所教『一』字。」兒張目曰：「隔得一夜如何大了許多？」

這個幼兒固然有一些可笑，但他卻提出了一個很重要的問題：怎樣確定語言文字的同一？兩個「一」字，大小不一樣，為什麼還是同一個字？小小的年紀，居然提出了這樣一個大問題，我以為還是了不起的。當我們在笑這個孩子的時候，我們應當有一點自知之明：這個問題，有時我們自己也很難回答得清楚的。

就拿漢字來說吧，通常認為，重要的形體一樣，大小沒關係。那麼，下面這些形體不一樣的字：

鄰——隣 群——羣 峰——峯 散——散 閏——潤 啟——啓

是同一個字，還是不同的兩個或三個字？人們說是一個字。魯迅筆下的孔乙己說，茴香豆的茴字有四種寫法，這時孔乙己認為這四種不同的寫法是同一個漢字。

再如偏旁吧，下面這些偏旁：

火——灬 氵——水 扌——手 衤——衣 月——肉

差異甚大，但人們卻認為是同一個偏旁，或者說是同一漢字的不同變體。

相反，有些漢字形體差別甚小，如：

己——巳——己 未——末

人們並不人為它們是同一個漢字，而說它們是不同的兩個或三個漢字。

偏旁也是如此，如：

衤——礻 王——玉

差異雖然小，但人們堅持說是不同的偏旁。

再拿詞來說，書寫形式相同就是同一個詞嗎？讀音相同就

是同一個詞嗎？意義相同就是同一個詞嗎？用法相同就是同一個詞嗎？反之，書寫形式不同就不是同一個詞嗎？讀音不同就不是同一個詞嗎？意義不同就不是同一個詞嗎？用法不同就不是同一個詞嗎？

書寫形式相同的，常常是同一個詞，但也並非永遠如此。書寫形式相同但是不能看作為同一個詞的情況，是有的。如：

長 ^{1}zhǎng 生長　　行 ^{1}háng 行業
長 ^{2}cháng 長度　　行 ^{2}xíng 能幹

這裡是連讀音也不同的。當然也有書寫形式和讀音都相同但不能認為是同一個詞的。如：

法 ^{1}fǎ　法律　　打 ^{1}dǎ　打擊
法 ^{2}fǎ　法國　　打 ^{2}dǎ　（從）

反之書寫形式並不相同，但是應當看作同一個詞的現象也是有的。如：

丁當——叮噹　茨菰——慈菇——慈姑
本相——本象——本像

有一個詞，在吳承恩筆下，在《西遊記》一書中就有了四種寫法：

椰槤（3回）——椰杭（22回）——狠犺（23回）——

郎伉（47回）

一般說，讀音不同的就不是同一個詞。但是，一方面讀音相同的並不一定就是同一個詞，這種情況真是太多了，尤其是在現代漢語中，如：

年終──年中　鄉思──相思

這就是同音詞。而另一方面，讀音不同的有時也可以是同一個詞，如：

披 pī　或 pēi

這叫異讀詞。再如在北京話中，

學　口頭語讀 xiāo，書面語作 xué

這叫做文白異讀。這些當然都是同一個詞。

僅就書寫形式和讀音兩個方面看，詞的同一性已經夠複雜的了。如果再加上意義和用法這兩個更為複雜的因素，如果再考慮到詞彙學和語法學這兩個不同的角度，如果再引進語言和言語這兩個不同的觀察點，那麼問題勢必會更複雜一些的。所以我們這裡就此打住。

還是回到「一」字的笑話上來吧。這個幼兒提出了一個重要的問題，即同一性的問題。這個問題在語言研究和語文教學中都是很重要的。就語文教學而言，書本上的知識，課堂上的

知識，搬了家，學生就張口結舌了，說出了類似於「如何大了許多？」的話，這種現象應當解決。從教育學的角度來看，這裡的關鍵首先在教員而不在學生。

最後，讓我們用另一個笑話來結束這一篇短文吧：

> 楊布的狗離家時是黑狗，回來時變成了白狗，因為外邊在下雪。楊布便把它當作野狗來痛打。楊布的哥哥哲學家楊朱便對他說：如果你穿著黑衣服離家而穿著白衣服回來，你的狗將如何呢？

但願我們的學生不要因為一個漢字、一個詞語、一個句子外形的小變化而翻臉不認它。而應知道，儘管七十二變，還是孫猴子。這就叫抓住實質，舉一反三。

（三）「豬舌」和「觸讐」

明人馮夢龍在《廣笑府》中講過一個笑話：

> 有一個縣官，寫字很潦草。有一天他想請客吃酒，便叫僕人去買豬舌。「舌」字寫得太長，僕人誤以為是「買豬千口」。那僕人費了九牛二虎之力，只買了五百口。縣官發怒了：「我叫你去買豬舌，你怎麼去買豬？」僕人說：「老爺寫的『舌』字太長了。今後老爺若要買鵝，請千萬寫短些。要不然，叫我到那兒去買『我鳥』？」

這件事是離奇了一些。但這類事生活中的確是常有的。

這類事之所以發生，不僅因為寫字的人太馬虎，也還有漢字本身的原因：漢字筆畫多少不一樣，少的則一畫，多的四五十畫，如由四個繁體的「龍」字而組成的字，誰寫起來都是麻煩的。特別是漢字上下左右各個構件，又往往是不均衡的。手寫的時候是很容易比例失調的。而且漢字的上下左右構件有時又能彼此獨立成字。直行書寫，上下兩個構件一分裂便會成為兩個字：

　　　　舌──千、口　　　裝──壯、衣　　　愁──秋、心

　　再說繁體字的龍字吧，由於它本身的筆畫太多，和別的字合成新的字，是很容易造成誤解的。《戰國策·趙策四》中有一篇《觸讋說趙太后》，這個「觸讋」的人名，只出現過一次，以後被稱之為「左師公」。馬王堆漢墓出土的帛書中，不叫「觸讋」，而叫「觸龍」，到底哪一個對呢？請看原文：

　　　　左師觸讋願見太后，太后盛氣而胥之。

「願見」，只是一個主題願望，還未變為行動。太后何以如此之氣衝衝呢！太后還不知他何時到來，也用不著等候（胥）的。這在情理上不那麼妥當。
　　但如果他叫「觸龍」的話：

　　　　左師觸龍言願見太后，太后盛氣而胥之。

　　左師觸龍在門外「言」，太后在室內聞知，於是乎盛氣，

人已到了門，只好接見，這似乎更合理一些，更自然一些。

如果說那個縣官的「舌」字寫得太長，變為兩個字「千口」，那麼這裡「龍言」又寫得太短，兩個字又變為一個字了：「聾」。

這都和直行書寫有關。如果改為橫行書寫，那麼這兩個誤會就不會出現的。但是橫行書寫又會出現另外一些差錯，如：

好——女、子　　功——工、力　　知——矢、口

這些差錯，漢字雖然要負一點責任，但是書寫者卻不能把責任推給漢字，而應當找自己的原因，努力正確地書寫，避免這些不必要的誤會。

（四）「門」字到底有沒有鉤？

晚清曾國藩湘軍中有一個原先目不識丁的武夫，名叫鮑超，有這麼個小故事：

> 有一次鮑超閒著無聊，提筆寫了一個大大的門字：「門」！正當他得意洋洋、洋洋得意的時候，身旁有一位幕僚膽大包天竟然糾正說：
> 「這個門字右邊怎麼少了一鉤？」
> 這可糟了，啪！一個十分響亮的大耳光。這個殺人都不帶眨眼的鮑將軍火冒三丈了，手指著大門，振振有詞地說：
> 「你去看看，這門下哪裡有鉤呀！」
> 幕僚不甘示弱，指著牆上曾國藩書寫的對聯反駁說：

「您看，中堂大人寫門也有鈎！」

因為曾國藩是湘軍的最大頭頭，於是，鮑超被壓服了，

跪下，給這位幕僚叩了三個響頭：「先生恕我武人！」

鮑超屠殺太平軍，我很厭惡，但是這一次他出了洋相，我卻願意說幾句公道話。

漢字是形象性較強的文字，鮑超的文字觀，既然是象形字，當然得考察實物，這也自有道理。

那麼，這位被稱為晚清「中興名臣」之一的鮑超（後來他當上了浙江省提督）又為什麼的確錯了呢？錯就錯在：他把形象性較強的文字當作畫畫兒了。其實就是最早的象形漢字，也並不是同實物一模一樣的。

鮑超錯就錯在他沒有一點兒歷史知識，他不知道，時間這個東西早已把古代象形的漢字變成為不象形的「象形字」了。

請問：有誰見過長方形的太陽（日）、眼睛（目）呢？

因此，鮑超認為現代漢字的門，應不應當有鈎，當以門這個東西有沒有鈎為標準，這是不對的。

至於那位幕僚，以曾國藩的書寫為標準，這就更加不能令人信服了。假如曾國藩寫錯別字呢？難道官大了，字就一定對麼？不見得的。再說，難道門字就非得有鈎嗎？也不見得的。其實，門字古代的寫法都沒有鈎，誰又能說錯字、別字呢？但是，我們能夠承認鮑超寫的門字是正字嗎？不能。為什麼？因為每一個時代都有自己的正字規範。我認為那個幕僚對鮑超的回答其實這樣說就可以了：「大家寫門字都有鈎！」但是那個時代是講究權力的，這種心理恐怕至今也難免：名人就是權威。從社會學角度看，他的回答又是最省力的。

四、語言中的空符號

　　人們通常認為，萬事萬物都有自己的名字，沒有自己名稱的事物幾乎是沒有的，只不過我們無知，沒學會這許多名稱罷了。這其實是一個誤會，是不符合事實的。千真萬確的事實是：有許多事物千真萬確地存在著，但的確並沒有相應的語言符號。

　　初學英語的人，被現代英語中的（雞）：[horse（馬）——ox（牛）—— sheep（羊）——（雞）—— dog（狗）] 驚呆了，在現代英語中沒一個與現代漢語中的雞等價，與現代英漢語中的 horse —— ox —— sheep —— dog 可以並列的符號，所以只好寫作——空符號。

　　任何一種語言中都有空符號，而且數量很大。

　　也許有人認為，這是因為交際活動中並不需要，所以才沒有出現。這是不恰切的，有許多空符號所表示的事物是人們日常生活所不可缺少的，對於現代英美人，真是差不多天天都是與雞打交道的，然而就是沒有表示雞的語言符號。

　　在大多數情況下，人們並不因為有這些空符號的存在而感到交際的困難，不，從來就沒感覺到——但是，這只是對使用本族語言的人而言。現代英美人從未因為（雞）這個空符號的存在而感到交際的不方便。但對於慣於使用「雞」這個語言符號來思惟的現代漢人，（雞）真是大大不便，許多情況下，甚

至沒辦法說話了。如想用現代英語來說「我喜歡雞」，這就先
要想清楚了：喜歡的是公雞？母雞？小雞？就得先回答公雞、
母雞、小雞哪一種最可愛，能同您的性格、愛好掛上鉤兒，這
可真真太麻煩了呀！

　　語言中的空符號，常常可以通過對比來發現。如

$$sheep（羊）\begin{cases} A & ewe & （母羊）\\ B & ram & （公羊）\\ C & lamb & （小羊）\end{cases}$$

$$\varnothing（雞）\begin{cases} A & hen & （母雞）\\ B & \begin{cases}cock\\ rooster\end{cases} & （公雞）\\ C & chick & （小雞）\end{cases}$$

$$OX（牛）\begin{cases} A & cow & （母牛）\\ B & bull & （公牛）\\ C & \varnothing & （小牛）\end{cases}$$

$$dog（狗）\begin{cases} A & \varnothing & （母狗）\\ B & \varnothing & （公狗）\\ C & \varnothing & （小狗）\end{cases}$$

　　英美人是那麼的喜歡狗，可偏偏在現代英語中，狗的空符
號卻又特別的多，真是不可思議的呀！

　　同別的一種語言相比，最容易發現一種語言的空符號。如
果同現代漢語作比較，您便會發現現代英語中有許多空符號：

$$\varnothing（哥哥）\qquad \varnothing（姐姐）$$

∅（弟弟）　　∅（妹妹）

∅（伯伯）　　∅（叔叔）

∅（姑媽）　　∅（舅媽）

　　古人有云「各人自掃門前雪，休管他人瓦上霜」，老說現代英語幹什麼呢？有精神還是來砍砍我們自己的現代漢語這座大山吧！

　　在我們的現代漢語中，空符號也是很多很多的，多得出奇，比我們想像的要多。如：

∅　　（哥哥＋妹妹）

∅　　（哥哥＋姐姐）

∅　　（弟弟＋姐姐）

∅　　（父＋母＋子）

∅　　（父＋母＋女）

∅　　（夫＋妻＋公公）

∅　　（夫＋妻＋婆婆）

∅　　（東邊＋南邊）

∅　　（西邊＋北邊）

∅　　（師母＋學生）

∅　　（師公＋外甥女婿）

∅　　（姐姐的丈夫＋兒子的妻子）

叫什麼？怎麼稱呼法呀？不知道，誰也不知道，因為我們的語言中本來就沒有這麼一些兒符號！

　　通過現代漢語內部的對比，我們便可以把握現代漢語中的

這些空符號。再如：

彩電──∅（黑白電視）
彩照──∅（黑白照相）
彩捲──∅（黑白膠捲）
彩擴──∅（黑白擴大）
彩印──∅（黑白印刷）

人呀人，往往好走極端，好新奇，對異常反常的東西，眼睛瞪得大大的，而對於平常的普通的東西卻往往視而不見，聽而不聞，於是乎便又出現了一大批空符號。如：

長──∅──短
大──∅──小
美──∅──醜
好──∅──壞
厚──∅──薄

不長又不短的，不大又不小的，不美又不醜的……如此平常普通的，反而沒有一個相應的語言符號。

應當承認，許多空符號的存在給我們的思惟活動，交際活動帶來了麻煩。如：

∅（大拇指之外的其他四個指頭）
∅（大拇指＋小指）
∅（大拇指＋食指）

∅（大拇指＋中指）

∅（小便＋汗水）

∅（痰＋口水）

∅（痰＋鼻涕）

∅（痰＋鼻涕＋口水）

∅（臉＋脖子）

∅（腳＋小腿）

　　如果這些空符號能夠實符號化，而被填補，即出現了相應的詞語，那麼便會減少不少麻煩的。如：用「吐（痰＋口水＋鼻涕），罰款五毛！」便可以省去了好多麻煩的！一方面寫道：「吐痰、口水及鼻涕，罰款五毛！」太麻煩而且彆扭；另一方面區分痰、口水和鼻涕的異同也挺費勁兒的。一說「洗（臉＋脖子）」或「洗（腳＋小腿）」，小孩子便不會忘了洗脖子和小腿，這是多麼好的事情呀。

　　語言的研究，不但要研究實符號——實際存在的語言符號，實符號中包括假符號，如：仙女、觀音菩薩、維納斯，等等。同時，也應當研究空符號。

　　對空符號的研究也應當是語言學的一個任務。

　　應該研究有哪些空符號，為什麼會出現空符號，空符號對於思惟和交際有什麼不便之處，人們是怎樣繞過空符號來思惟和交際的，空符號和實符號的相互轉化，空符號在外語教學中的影響……

　　我相信，空符號的研究既有理論意義，也有實用價值。

五、「黑、漆、七」和高渙之死及語言聯想

（一）殺人的語義聯想

在英語中，seven（七）、seventh（第七），同 lacque（漆），paint（油漆），同 black（黑）之間，是風馬牛不相及，一點兒關係也沒有。井水不犯河水，老死不相往來。漢語的「漆黑」，英語叫「pitch-black」或者「as dard as pitch」（像瀝青一樣黑），而不說「paint-black」！

話說北齊開國皇帝高歡的第七個兒子高渙，「天姿雄傑，俶儻不群，雖在童幼，恒以將略自許」。他老子高歡很喜歡他，常說「此兒似我」。這高渙長大以後，「力能扛鼎，材武絕倫」，他常對身邊人說：「人不可無學，但不要為博士耳！」這高渙被封為上党肅王，並沒有犯什麼死罪，但他的哥哥皇帝高洋卻命令庫其真都督破六韓伯升帶兵捉拿他，他挺而走險，殺了破六韓伯升，逃命而去，結果還是被捉拿歸案，盛在鐵籠子裡，關在地牢之中，一年後砍了頭，死時才 26 歲。

這是為什麼？這是因為：

> 初，術士言亡高者黑衣，由是自神武（高歡），每出行，不欲見沙門，為黑衣故也。是時文宣（高洋）幸晉陽，以所忌問左右：「何物最黑？」對曰：「莫過漆。」帝以渙第七子為當之。（李百藥《北齊書・高祖十二王

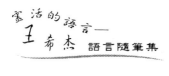

傳》)

冤枉哉,第七子高澳。雖然他並不黑。

(二) 語言聯想的兩條路線

高澳死於語言聯想:

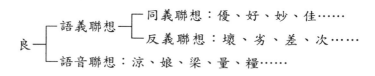

於是:黑=七,第七。亡高者,便是高歡的第七子高澳,所以砍高澳的頭是必要的。

　　語言是音義結合的符合系統。任何一個語言符號,我們都可以從語音和語義的兩個方面去加以聯想,如:

```
      ┌ 語義聯想 ┬ 同義聯想:優、好、妙、佳……
良 ─┤           └ 反義聯想:壞、劣、差、次……
      └ 語音聯想:涼、娘、梁、量、糧……
```

聯想在讀聽說寫中的作用是你們怎麼估價也不嫌過分的。沒有聯想能力,不但不能說和寫,也根本不能聽和讀。在言語交際中,交際雙方都是憑藉著聯想才把語言符合同事物、思想有機地暫時地聯繫在一起的,本來,這一聯想是多層次多角度全無限制的。例如:

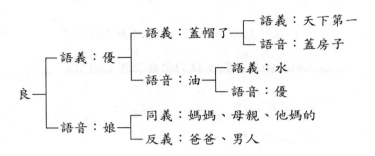

　　因此，交際的藝術，在說寫的一方，關鍵在於要控制對方的定向聯想，避免對方作不必要的聯想。而在聽讀的一方，則要求自己的聯想是有根據，合理的。只有這樣，交際才能夠順利進行下去。

　　聽讀者故意不遵守會話的聯想規則，交際便產生了大大小小的麻煩。例如：

　　丈夫：劉曉慶真漂亮。

　　妻子：我醜，我們離婚去。明天你就同劉曉慶結婚吧！

妻子便破壞了會話中的合作原則。

　　如說寫者故意濫用聯想：

　　甲：你要準備充分些。

　　乙：放心，我可是最愛吃竹筍的。

這乙的意思是說他已「胸有成竹」了，但他的聯想卻是聽讀者無法接受的，這也是違背了合作原則的。

（三） 語音聯想的民族性

我們有許多歇後語就靠的語音聯想。例如：

一二三五六——沒「四」（事）

一丈二加八尺——兩丈（仰仗）

一條腿的褲子——成了裙（群）

老蜘蛛的肚子——儘是絲（私）

賣布不帶尺——存心不量（良）

畫上馬——不騎（奇）

如果這樣來譯成英語：

One, two, therr, five, six —— there isn't 「four」

因為英語中的 four 同 matter, affair, thing 並不同音，所以英國人就不可能這樣聯想： it doesn't matter, It's nothing 。

而在莎士比亞的《第十二夜》中，有這麼一句：

我的命運在 M ，O ，A ，I 的手裡飄搖。

公爵所鍾情的奧麗維婭小姐的管家馬伏裡奧和費邊這樣說：

馬伏裡奧：A 的背後又跟著個 I 。

費邊：哼，要是你背後生眼睛的話，你就知道你眼前並
　　　沒有什麼幸運，你的背後卻有倒楣的事跟著呢。

（《莎士比亞全集》第二卷）

為什麼要說「背後生眼睛」呢？翻譯家吳興華注釋說：「眼睛原文為 eye，與 I 音接近。」這當然是我們說漢語的人所難以理解的。

（四）　說寫者的聯想和聽讀者的聯想

說寫者的聯想和聽讀者的聯想可以一致，也可以不一致的。例如：

> 然而，我也常見到另一種情況，甲不慎踩了乙的腳，乙便出口成「髒」，破口大罵。（《羊城晚報》1982 年 3 月 11 日）

對這「出口成髒」（對比「出口成章」），說寫者和聽讀者的聯想是一致的。

唐人在小說《贖身記》中寫道：

> 「死先生，」婦人一口蹩腳的廣東話，把一包香煙連鑲著寶石的打火機推到我面前：「死先生死一死。」
> 我在發怔。她女兒卻笑得彎下腰，還按住了小腹，連眼淚都笑出來了：
> 「媽咪，是施先生試一試。」
> 「不要你變成死先生死一死。」小女孩的雪糕匙直接我的鼻子。（《小說月報》1985 年 4 期）

說話人並無此聯想，她也不希望聽話人產生如此聯想，但客觀上聽話人是產生這一聯想了。這妨礙了交際的效果。

> 劉寶瑞在相聲《小「式」兒》中說：「別看名兒叫『陶然亭』，其實啊，一點兒也不『陶然』，簡直有點兒『討厭』！」（《劉寶瑞單口相聲選》）

說的人由「陶然」想到「討厭」，但聽的人卻未必都這麼接受的，特別是他或她在陶然亭有著甜蜜的回憶的時候，初戀或定情在陶然亭，那就更不會接受的了。

（五） 語義聯想的民族性

不但語音聯想，而且語義聯想也有民族性。例如歐美的男士見到小老鼠，會想到他心愛的意中人，而中國的男士則決不如此的胡思亂想，因為在中國，「過街老鼠人人喊打」。

關於愛情，歐美想到的是維納斯女神，丘比特的神箭，羅密歐和朱麗葉他們。而在中國，則是鴛鴦、蝴蝶、紅豆、林黛玉和賈寶玉，牛郎和織女，梁山伯和祝英台。

對於白色，藏族人想的是潔白的哈達，漢族人想的是送喪哀悼戴孝，中國人忘不了的是京劇舞台上的曹操的白臉。對於黑色，中國人想的是張飛、包公，剛強而正直，歐美人則不可能有這樣的語義聯想。

一個詞語經常伴隨著另一個詞語出現在人們的腦海中，久而久之，這些語義聯想就有可能改變詞語的意義和色彩，甚至使詞語獲得新的語義內容。於是，在漢語中，「雲雨」便有了「做愛」的語義內容，而「烏龜」便成了十分難聽的罵人話。

（六） 語義聯想的時代性

在不同時代的人，語義聯想的模式也是不一樣的。

在中國古代，看到毛毛蟲的幼蟲又白又嫩的軀體，男人們聯想到少女的又白又嫩的脖子，《詩經》上就這麼唱的。可今天的男人們只會對著毛毛蟲的幼蟲吐口水。

錢鍾書在《圍城》中是這樣描寫鮑小姐的：

> 有人叫她「熟食鋪子」（charcuterie），因為只有熟食店會把許多顏色暖熱的肉公開陳列；又有人叫她「真理」，因為據說「真理是赤裸裸的」。鮑小姐並未一絲不掛，所以他們修正為「局部的真理」。

這樣的語義聯想大概是春秋戰國的人所不會有的吧。

六、同形異義說略

（一） 同形異義導致歧義誤解

同形異義是各種語言中都大量存在著的。

同形異義是運用語言時應當特別注意的。

同形異義之所以特別值得注意，是因為它往往會引起歧義和誤解。如：

> 我最高興看調皮的大猴子、小猴子和雄獅、猛虎。（海
> 笑《盼望》）

「調皮的」是既修飾「大猴子、小猴子」，也修飾「雄獅、猛虎」呢，還是僅僅修飾「大猴子、小猴子」呢？

再如：

> 賈平凹對我們並不陌生。（《光明日報》1980 年 2 月 6 日）
> 關於索緒爾的兩本書（標題。許國璋作。《國外語言學》
> 1983 年 1 期）

都可以有兩種解釋。一種是賈平凹熟悉我們，一種是我們熟悉賈平凹。一種是索緒爾寫的兩本書，一種是研究索緒爾的兩本書。

（二）同形異義的多樣性

同形異義，指的是形式相同，而所表達的意義不同。

「形」可以有多種理解。它可以指書寫形式，也可以指語音形式，也可以指片語和句子的結構。

形指書寫形式的，如：

長1	zhǎng	生長	行1	háng	行業
長2	cháng	長度	行2	xíng	能、可以

這可叫做同形詞。

形指語音形式的，如：

yóu chuán1	油船		zhèng wù1	正誤
yóu chuán2	郵船		zhèng wù2	證物
yóu chuán3	遊船		zhèng wù3	政務

這就是通常說的同音詞。

形指片語、句子的結構的，如：

名詞^1＋名詞^2

學生家長　　工人教師

文學語言　　生物化學

都有兩種可能：一是並列關係，可以加並列連詞「和」與「或」，或者加頓號；二是偏正關係，有的可以加「的」。如

「學生家長」，可以是並列關係，「學生和家長」，「學生或家長」；也可以是偏正關係，「學生的家長」。

這就是同形異義結構。

這又有兩種情況：一種是兩種不同的結構方式的巧合，因此可以作為不同的結構來分析。如「學生家長」，或者是並列關係，或者是偏正關係，二者必居其一。另一種情況是，一種結構本身具有多種含義。如：「吃的人」這一偏正結構，既可以指發出「吃」這一動作的人，也可以指承受「吃」這一動作的人，如「這家飯店生意好，吃的人多」，「老虎吃的人是張家莊的」。再如：

吃燒餅　吃苦頭　吃大碗　吃食堂　吃包伙　吃五毛錢

同是動賓結構，但含義卻不一樣，有些表示受事，有些表示方式方法。

義也可以有多種理解，它可以指語言本身的意義，即詞語的多義現象，也可以指修辭上的比喻等用法，也可以指和事物的對應關係，也可以指說話人所表達的思想感情。

義指詞語的辭彙多義現象的，如：

打1　打擊。如：打門、打鼓。

打2　製造。如：打燒餅、打家俱。

打3　買。如：打酒、打油。

義指修辭上的比喻等用法的，如：

　　鴛鴦樓西樓，樓下敞廳已坐滿了食客，人多狗也多。

當你讀到這裡時，一定會以為這「狗」指一種動物，——這裡「人」和「狗」的對比是如此的鮮明，但是你錯了，請繼續向下看：

　　看到盛勇、大力和喜子進來，狗們都張開鼻孔，按主子要求嗅嗅味道，但當他們看到那一派天下主人的氣勢，凌人的目光，叭兒們又夾尾巴坐下了。（梁信《龍虎風雲記》）

原來這「狗」也是「人」，不過是壞人。作者這裡是用比喻的手法，他的「人多狗也多」中的「人」和「狗」的對立，其實是好人和壞人的對立。

　　義也可以指和客觀事物的對應關係。如果你到一個已有不少人在其中的教室裡去找幾個人，說：「人呢？怎麼一個人也沒有？」在座的不會有一個人出來抗議：「誰說一個人也沒有？我們不是人嗎？」因為他們明白，你口中的「人」指的是特定的人，再如：

　　執策而臨之（按：指馬）曰：「天下無馬。」（韓愈《千里馬》）

為什麼面對著「馬」而大叫著「沒有馬」呢？這是因為「沒有馬」中的「馬」指某一特定的馬，即千里馬。再如：

世有伯樂，然後有千里馬。千里馬常有，而伯樂不常
有。（韓愈《千里馬》）

既然先有伯樂然後才有千里馬，那麼沒有伯樂便沒有千里馬。
為什麼又說「千里馬常有，而伯樂不常有」呢？原來前一個
「千里馬」指的是出了名的、大家公認的千里馬，後一個「千
里馬」指沒有被社會公認的、埋沒掉的千里馬。

　　義指說話人所表達的思想感情的也是很常見的。列寧在
《哲學筆記》中曾經引用過黑格爾《邏輯學》一書中的一段
話：

正像同一句格言，從年輕人（即使他對這句格言理解得
完全正確）的口中說出來時，總是沒有那種在飽經風霜
的成年人的智慧中所具有的意義和廣袤性，後者能表達
出這句格言所包含的內容的全部力量。

這裡的同形（同一句格言）異義的義，主要指的是說話人所表
達的思想感情。

（三）　多義可以被排除

　　對待同形異義現象，我們首先要做到心中有數，即知道我
們的語言中有哪些同形異義現象；其次要掌握避免因同形異義
而產生的歧義和誤解的各種方法；第三，也應當注意到同形異
義在語言表達中的積極作用。

　　同形異義在語言中是大量存在的，而且在大多數情況下也
並不影響交際，並不產生歧義和誤解。這是因為：在交際活動

中，幫助人們識別語義的方法是很多的，排除歧義和誤解的方法也是很多的。

語言環境是排除歧義和誤解的一個重要手段。一切交際活動都在一定的語言環境中進行，這時許多歧義和誤解便被排除了。單獨說「雞不吃了」，可以是「雞不吃米了」，也可以是某個人「不吃雞了」。但如果在飯桌上說，那一定是某個人不吃雞了，而不會誤解為雞不吃米了；而在養雞場，就只會被理解為雞不吃米，而不會誤解為某個人不吃雞了。

上下文也是排除因同形異義而產生的歧義和誤解的另一個重要手段。任何詞、片語、句子都不是孤立的，而總存在於一定的上下文之中，這時許多歧義和誤解便被排除了。如：

動詞＋名詞^1＋名詞^2

可能是：

(A) 動詞＋（名詞^1＋名詞^2）
(B)（動詞＋名詞^1）＋名詞^2

但如果是：

名詞^3＋動詞＋名詞^1＋名詞^2

這時就是 A，而不會是 B。如：「我們支援老張的建議」。

如果是：

數量詞組＋動詞＋名詞^1＋名詞^2

這時就是 B，而不會是 A。如：「一個支援老張的建議（順利通過了）。」

語義內容，即客觀事理，也是排除歧義、避免誤解的一種重要的方法。如：

禁止出口物品包括：……珍貴的動物、植物及其種子。（《中國出口商品交易會指南》）

「動物、植物及其種子」，從結構上看，有兩種解釋的可能性：

(A)（動物＋植物）＋及其種子
(B) 動物＋（植物＋及其種子）

由於通常不說什麼「動物的種子」之類話，因此便排除了向 A 理解的可能性。再如：

高廉喝道：「你怎敢打死了我殷天錫？」（《水滸》52回）

因為前邊有高廉喝道，動詞又是「打死」，而死人是不能說話的，因此這裡的「我殷天錫」就只能理解為領屬關係，而決不可以理解為同位元關係。如果不是「打死」，而是「打」、「駕」、「打傷」、「欺侮」等詞，而且前邊不出現高廉字樣，那麼理解為同位元關係就同理解為領屬關係是同樣合理的了。

　　如果語言環境、上下文、語義內容都無法排除產生歧義和誤解的可能性，這時就應當避免這種說法，即換一種表達方式。巧得很，我們的語言中不僅大量存在著同形異義，也大量存在著同義異形（這讓我們另外找機會再說吧），這就為換一種說法準備了充分條件。比如說，漢語中的單音節詞同音現象、多義現象都較為嚴重，而雙音節詞的同音現象、多義現象就相對地要少得多，而且絕大多數的單音節詞又都有與它等義、近義的雙音節詞。因此如果語言環境、上下文、語義內容都無法排除一個單音節詞可能引起的歧義和誤解時，就可以換一個相應的雙音節詞，也可以改變一下語序，如開頭舉的例子可改為：

　　　　我最高興看雄獅、猛虎和調皮的大猴子和小猴子。

這一來，歧義和誤解的可能性便被排除了。

（四）　多義也有好處的！

　　最後，我們必須看到，同形異義在語言表達中不僅是不可避免的，並且也不一定就會造成歧義和誤解，而且也是有一定的積極作用的。

　　同音現象的巧妙運用可以增加語言的情趣，如畢克官《漫話漫畫》。再如魯兵《議嫁》：

　　　　唧唧喳喳，
　　　　一個說「三十六」，
　　　　一個說「四十八」，

數位一大串，

沒能全記下，

不知是議嫁，

還是在議價。

這裡的「三十六」、「四十八」是用家俱的腿數來計算家俱的件數。

這兩例，漫話——漫畫，議嫁——議價，巧妙地運用了同音詞，顯得生動活潑，給讀者以深刻的印象。

多義現象的巧妙運用也能增加語言的情趣。如：

「你們算了！」老師笑著說，「算了！算了！」

「我們算了，算了。我們算出來了！」

「你們算啦！好啦好啦，我是說，你們算了吧，白費這個力氣做什麼？」（徐遲《歌德巴赫的猜想》）

中學生們說的「算了」，指的是「演算」；老師說的「算了」，意思是到此結束，別再幹了。作者利用這一同形異義，生動地再現了生活的畫面，表現了少年們的天真活潑——他們那麼得意，竟然沒有聽懂老師的話，如果換一個場合，不這麼興奮的話，當然是會聽得懂的。

丞相做事業，

專靠黃、蔡、葉。

一朝西風起，

幹黵！（《明史・五行志》）

> 周繁漪：好，你去吧！小心，現在（望窗外，自語）風
> 暴就要起來了！（曹禺《雷雨》）

前例中丞相指元末張士誠的弟弟張士信，「黃、蔡、葉」既指張士信所信任的黃敬夫、葉德新、蔡彥文，又指「黃菜葉」，因此才說西風起便幹齏。後例中表面上指天氣，實際上是指的人際關係，──就要展開大搏鬥了。

台灣詩人何福仁在《說風涼話後》中說：

> 讓沉鬱的苔蘚訴說
> 浪漫的水的生涯。

可以解釋為：A.浪漫的水，B.浪漫的生涯，C.（浪漫的水）的浪漫的生涯，似乎都可以說得通的。詩歌本是模糊的，不必過分追求確解。

同形異義現象的巧妙運用，也是相聲藝術的一個重要特點。

同形異義在語言運用中的積極作用是很值得我們注意的，這裡只不過是舉幾個例子罷了。

順便說一句，同形異義和同義異形是語言中的一對矛盾，結合起來觀察是很有意思的。

七、曹子建、崔巨倫及其他

北魏有個人，叫做崔巨倫：

> 葛榮聞其才名，欲用為黃門侍郎。巨倫心惡之。至四月
> 五日，會集官僚，命巨倫賦詩。巨倫乃曰：「五月五日
> 時，天氣已大熱。狗便呀欲死，牛複吐出舌。」從此自
> 晦，獲免。（魏收《魏書》56卷《崔辯傳》）

這使我想到了曹子建的七步詩：

> 文帝嘗令東阿王七步中作詩，不成行者行大法。應聲便
> 為詩曰：
> 「煮豆持作羹，漉菽以為汁。
> 萁在釜下燃，豆在釜中泣。
> 本是同根生，相煎何太急。」
> 帝深有慚色。（劉義慶《世說新語·文學》）

從藝術角度評價，當然是曹子建的詩勝過崔巨倫的十倍、百
倍，優和劣涇渭分明，有天壤之別。

但若是從表達效果方面想一想，那麼崔巨倫的詩獲得了最
佳表達效果，詩人因此「獲免」；而子建先生呢，他顯示了自

己的聰明才智，暫時出了個不小的風頭，使得令兄文帝曹丕大
人臉紅脖子粗，「深有慚色」，暫時放過了他，沒行什麼大
法，但是卻引起了更大更深的嫉妒、猜疑、仇恨、壓迫、打
擊、迫害，落得個：

> 十一年中而三徒都，常汲汲無歡，遂發疾薨，時年四十
> 一。（陳壽《三國志・魏書・陳思王傳》）

這怎能說表達效果是最佳的呢？

表達效果可真是一個十分複雜的問題。一般說，優美的語
言表達才能有好的表達效果，低劣的表達只能得到不好的表達
效果，種豆得豆，種瓜得瓜，種蒺藜的得喇嘛。可曹子建、崔
巨倫的事情告訴我們並不是如此這般的呀！

崔巨倫的詩又使我們想起了張打油的詩：

> 江上一籠統，井中黑窟窿。
> 黃狗身上白，白狗身上腫。

還有一位姓陸的文人的名句：

> 一株枇杷樹，兩個大丫叉。

太俗氣，全是大實話，真不高明。

但是有一個皇帝寫道：

> 雨從天上來，水從橋下流。

拾得娘裙帶，同心結兩頭。

不是又挺好的嗎，雖然寫詩的人是大暴君隋煬帝楊廣這小子！

　　酸秀才對賣柴者說：「外實而內虛，煙多而焰少，請損之。」語法正確，修辭工整，用「請」字是語言美，精神文明，但賣柴者不知道他說的是什麼意思，荷擔揚長而去，他的表達效果只是一個零！曹雪芹筆下的李貴，當賈政大人大發雷霆之際，滿口胡言什麼：

　　　　哥兒已經念到第三本《詩經》，什麼「攸攸鹿鳴，荷葉浮萍」，小的不敢說謊。（《紅樓夢》第九回「訓劣子李貴承申飭」）

得到的是出乎他本人意料之外的結局：

　　　　說的滿座哄然大笑起來，賈政也掌不住笑了。

李貴和他的主子寶二少爺免去了一頓板子。試想，他說「攸攸鹿鳴，食野之蘋」的話，能夠有這麼好的表達效果麼？未必吧。

　　由此可見，表達效果通常由說寫者所選擇的語言材料的美醜好壞所決定，但又並不僅僅取決於這一點，還有別的許多重要的因素在起作用的，如交際的具體環境，交際的物件，交際的前提，社會文化背景等等。

　　丈夫對妻子客客氣氣地說：「您好，您請坐！」妻子會疑心重重，火冒三丈吧。中國主人對歐美客人說：「今兒個甚麼

菜也沒有，菜不好，隨便吃點兒吧！」客人反而認為主人不敬重自己。對一個剛死了父親或妻子或愛子的人，你用莎士比亞式詩歌語言去安慰他，他會怎麼樣想呢？幸災樂禍的卑劣小人一個！這些是交際的物件和時空關係及文化背景的不同而引起的。

　　再說更麻煩的事兒吧：表達效果的評定，以說寫者的自我感覺為標準呢，還是以聽讀者的反映為標準呢？這兩者有時候是矛盾的。而且從聽讀者方面來評價，麻煩事兒也挺多，有時候聽讀者當時十二萬分感動，但事後卻反感萬分，可也有相反的，當時火冒三丈，不共戴天，事後卻心悅誠服，感激萬分。假如有兩個以上的聽者讀者，他們的反映大不相同時，聽誰的？以誰為標準？真叫人頭疼！

　　表達效果取決於交際活動中多種變數的相互關係，這是每一個使用語言文字進行交際活動的人不得不經常多想想的。

八、語言也是殺人的刀

言語情深的確可以勝過傳情的眉眼。

但是，有時候，在某些人的手中，語言也是殺人的刀！

（一）改其名而殺之

日本人長穀川如是閑發牢騷說：「古之君子惡其名而不飲；今之君子，改其名而飲之。」當然也有改其名而食之，殺之之類的事兒。魯迅1933年在《抄靶子》一文中揭露說：

> 中國究竟是文明最古的地方，也是素重人道的國度，對於人，是一向非常重視的。至於偶有凌辱誅戮，那是因為這些東西並不是人的緣故。皇帝所誅者，「逆」也，官軍所剿者，「匪」也，劊子手所殺者，「犯」也。滿洲人「入主中夏」，不久也就染了這樣的淳風，雍正皇帝要除掉他的弟兄，就先行御賜改稱為「阿其那」與「塞思黑」，我不懂滿洲話，譯不明白，大約是「豬」和「狗」罷。黃巢造反，以人為糧，但若說他吃人，是不對的，他所吃的，叫做「兩腳羊」。（《魯迅全集》5卷）

雍正這是學的孔孟之道。儒家是主張君君臣臣父父子子，妻妻妾妾奴奴婢婢的，是反對以下犯上的，於是亞聖孟軻說他只知

道殺了一個獨夫民賊的紂，不知道作為臣子的周的姬發以下犯上割了商的紂王的頭顱的事。雍正四年（西元 1726 年），雍正皇帝把曾與他爭皇帝寶座的兄弟胤禩（康熙皇帝的第八個兒子）改名為「阿那其」，滿洲語，意為豬，又把胤禟（康熙皇帝的第九個兒子）改名為「塞思黑」，滿洲話，即狗！既然是阿那其——豬和塞思黑——狗，雍正皇帝便可以名正言順地砍下他們的腦袋來了。

這也使人想起了高唱大風歌的劉邦的太太呂皇后，她老人家殺了情敵戚夫人，拋進了豬圈，命名為「人彘」！真是古今英雄不分彼此呀！

（二）改其名而食之

中國二十四史上關於吃人的記載是太多太多了，而且吃人的花樣之多也是叫人難以想像的。唐代張鷟《朝野僉載》中記載的隋末深州諸葛昂就是一個例子：

> （諸葛）昂後日報設，先令要妾行酒，妾無故笑，昂叱下，須臾蒸此妾坐銀盤，仍飾以脂粉，衣以錦繡，遂擘腿肉以啖（渤海人高）瓚。諸人皆掩目。昂於奶房間撮肥肉食之盡，飽而止。（《古今說海》）

真真的人不像人時比野獸還要野獸！

至於「兩腳羊」，的確是魯迅記錯了。「兩腳羊」是南宋莊季裕《雞肋編》中說靖康之亂（1126 年）後六七年間山東、京西、淮南等路的事兒：

盜賊官兵以至居民，更互相食，人肉之價，賤於犬豕，
肥壯者一枚不過十五千，金軀暴以臟。登州范溫率忠義
之人，紹興癸丑歲（1133年）泛海到錢塘，有持至行
在（杭州）猶食者。老瘦男子謂之「饒把火」，婦人少
艾者名之「不羹羊」，小兒呼為「和骨爛」，又通曰為
「兩腳羊」。

這是我們歷史上的不光彩的一頁，但我們不必忌諱，要有勇氣
承認：我們的祖先中的某些人曾經把人叫做「兩腳羊」而殺了
來吃肉！

（三）改其名而鉗之，制之

改其名而制之、壓之，這是我們一些人的老譜。魯迅在
《狂人日記》中就猛烈地抨擊這一老譜了：

這時候，我又懂得一件他們的巧妙了。他們豈但不肯
改，而且早已佈置，預備下一個瘋子的名目罩上我。將
來吃了，不但太平無事，怕還會有人見情。佃戶說的大
家吃了一個惡人，正是這方法。這是他們的老譜！
（《魯迅全集》1卷）

魯迅這話當然是有他深切的體會才說出來的。1925年他
在《補白（二）》中說：

民國元年章太炎先生在北京，好發議論，而且毫無顧忌
地褒貶。常常被貶的一群人於是給他起了一個綽號，曰

「章瘋子」。其人既是瘋子，議論當然是瘋話，沒有價值
的了，但每有言論，也仍在他們的報章上登出來，不過
題目特別，道：《章瘋子大發其瘋》。（《魯迅全集》3
卷）

給自己難以對付的人一個惡名來制服他，這80年代也一再被
人運用，90年代還會被人運用。可悲呀！

（四）　加以惡名

魯迅在《補白》中揭露中國某些人的伎倆說：

中國老例，凡要排斥異己的時候，常給對手起一個渾名
——或謂之「綽號」。這也是明清以來訟師的老手段：
假如要控告張三李四，倘只說姓名，本很平常，現在卻
道「六臂太歲張三」，「白額虎李四」，則先不問事蹟，
縣官只見綽號，就覺得他們是惡棍了。（《魯迅全集》3
卷）

中國古代還有一些書，如《蕭曹遺筆》之類，教人如何選
用惡劣的詞語去傷害別人來為自己謀私利。如：

孽親	梟親	獸親	鱷親	虎親
歪親	鱷伯	虎叔	孽兄	毒兄
虎兄	悖男	惡侄	孽侄	悖孫
梟甥	孽甥	悖妾	潑媳	梟弟
惡婿	凶奴			

　　既然語言能夠害人殺人，便有人出來研究教人如何利用語言來傷人、殺人，這也是十分自然的事兒。我們的任務便是像魯迅那樣，揭露那些人利用語言傷人殺人吃人的傷天害理的勾當和手法。

九、名稱的藝術

（一）書名好，書走俏！

一位日本企業家說，一個新產品，有了一個好名字，便成功了一半。真是言之有理！倪寶元教授來信說，正在寫一本書，暫名為《成語九章》，很想找一個名兒，但頗不易得。于根元先生告訴我，他們編了一本書，取名兒，叫「語文評論集」，徵訂效果不佳，換了個名兒，叫做「詞語評改五百例」，好傢伙，訂數二十萬。

這時候，我想到了《喻世明言》、《警世通言》、《醒世恒言》的作者馮夢龍，他還有一本書，名叫：《古今談概》。概者，要略，概括之謂也。用作書名，頗為典雅。文藝理論家劉熙載尤其愛好這個典雅的「概」字，什麼《文概》、《詩概》、《詞曲概》的，好得很哩。但是，清初朱石鍾三兄弟刪削「古今談概」後，卻改換了一個名兒——「古今笑」。

大文人李漁說：「同一書也，始名《談概》，而問者寥寥，易名《古今笑》而雅俗並賞，購之唯恨不早。」不過李漁卻又易名為《古今笑史》。

名字的確是重要的呀！如果魯迅的十六本雜文集，分別叫做《雜文一集》、《雜文二集》、《雜文三集》，……還有啥味兒呢？如果有一台戲，戲名是《張飛審案》，你未必肯花上幾角錢去買他一張票吧？但若是《張飛審瓜》的話，則花上幾角

錢又算個啥子呢？知道《孔雀東南飛》、《紅樓夢》的，一定
知道《古詩為焦仲卿妻作》、《石頭記》的多得多吧？

當然，在考慮讀者心理的同時，是決不應當忘卻作品本身
的，一味用什麼「戀」，什麼「奇案」，什麼「傳奇」，什麼
「言情」或「驚險」之類字樣，來吸引讀者，則不僅未必都能
如願，而且更重要的，這是丟人的事兒，失身分的事兒。

（二） 語義換位法

《張飛審瓜》用的什麼樣的修辭手法呢？

事實是：張飛審的是案件，是人，不是瓜。不過這個案件
的關鍵是瓜，可以抓住瓜來審人，審案子。如此而已。

稱之為《張飛審瓜》，這是「語義位移」，或者叫「語義換
位」。這是一種很好的修辭方法。您瞧：

> 《似乎聳人聽聞，實非無中生有——「五分錢」修理美國》
> （《光明日報》1988 年 3 月 29 日。標題。作者司馬達）
> 《在「葉塞尼亞」家作客》（《文匯報》1985 年 12 月 6
> 日。標題。作者楊樹田）

前者是這麼一回事兒：雷根政府苦於國庫空虛，赤字龐大，不
得不用從每加侖汽油費中增稅五美分的辦法，來提取一筆總額
為五千五百億美元的修理費，用於維修公路、橋梁、下水道、
城市運輸系統。實際上，是用五千五百億美元來修理美國的公
路等。這裡兩頭都進行了語義位移：用五美分代替五千五百億
美元，因為五千五百億美元是由一個個五美分積累起來的；用
美國代替公路了，因為公路等是屬於美國的，是美國的一個部

分；一頭縮小，一頭擴大，於是成了強烈的鮮明的對照。

後者是用葉塞尼亞代替扮演葉塞尼亞的女演員雅格琳·安德雷。

由於運用了語義位移，這兩個標題便頗能勾住讀者的好奇心。

三十年代上海的報紙上，曾經有過這樣的標題：《看救命去！》我可並沒有見過這張報紙，那時候我還不知道是什麼樣兒的一種物質呢！我是從《魯迅全集》中看得來的。

什麼意思？原來是義演，為了救濟災民——水災——的義演。您買了一張戲票，這錢將用去救濟災民，於是乎您既看了戲，又救了人家一條命，這戲是為救人而演出的，您去看戲也便是去看救命了！

魯迅挖苦了這個標題。

但是從修辭手法方面來看，這也正是「語義位移」呀！

（三） 藝術化的名稱

小說家陸文夫在中篇小說《井》中說：

> 徐麗莎……終於製成了新藥×××××，填補了國內的
> 一項空白，得到了專家們的一致好評……到底是什麼新
> 藥，人們沒聽清楚，或者說是聽清楚了也沒聽懂，是些
> 比、妥、啶、酞之類，聽了叫人想打噴嚏。

看來造物難，命名亦不易。因此我佩服吳承恩，在第十四回，唐僧遇到了六個強盜，他們的名字是：

　　眼見喜　耳聽怒　鼻嗅愛　舌嘗思　意見欲　身本憂

真是別致。評論家張書紳還發現了其中的深層含義：「六賊者
何？耳目鼻舌身意，凡好惡之不正者皆是也。說一個心猿歸
正，則從前之盜酒偷舟，一任六賊之所欲，而不正也。可知名
雖有六，其實皆聚於一心，故一心正，用之皆正，一心不正，
用之皆不正，用之皆不正而為魔矣。總之一心用在正處，邪念
自不妄生，此六賊之所以無蹤也。」（《新說西遊記圖像》）張
書紳的這一說法我看還是頗有道理的。

　　又第四十一回號山枯松澗火雲洞的妖王牛魔王的兒子紅孩
兒手下有六個鍵將，名字是：

　　　雲裡霧　霧裡雲　急如火　快如風　興烘掀　掀烘興

也是風趣而又意味深長的。

　　董說的《西遊補》，人名也是別致而又風趣的。第十二回
中，三個無目女郎的名字是：

　　　隔壁花　　　摸檀郎　　　背轉娉婷

頗有一點兒詩情畫意。

　　葉文玲中篇小說《小溪九道灣》中有三個主要人物：

　　　穀雨　　　葛金秋　　　春蕉

穀雨愛葛金秋，葛金秋愛穀雨。但春蕉卻不知道，也愛上了穀

雨。結局如何呢？名字本身早已暗示我們了：穀雨是屬於春天的，而不是屬於秋天的，穀雨和春蕉將成親眷，而葛金秋退出。

揚州有個大飯店叫做「菜根香」，合肥有個燒餅店「吃吃看」，蚌埠有個「君再來小吃店」，都是挺叫人喜歡的呀。

這些名稱決不僅是一個符號，而是值得反覆玩味的藝術品。

十、語言的崇拜和迷信

語言，這位原「披著厚面紗的女郎」確實需要我們從四
面八方——物理、化學、生物、社會、系統論、資訊理
論、控制論、甚至協同學（著重研究構成系統要素或子
系統之間的協調同步作用的理論）等方面，來窺探她那
神秘而美麗的面容。

——仲焱《語言學奇境》

（一）神秘而美麗的面紗

對語言本質的再認識，也可以從語言的崇拜開始。對語言
的崇拜，這也是對語言的一種認識，也是一種語言觀。

古代印度人非常崇拜語言。在婆羅門教人眼中，語言不但
是神，而且是最偉大的女神。在《梨俱吠陀》（*Rigveda*）中，
這語言女神芳名叫做伐克（Vak），她曾經這樣的宣稱道：

我說這話時，神人皆歡喜：「我心愛的人，我使他強
大，我使他成為婆羅門弟子，偉大的先知，我使他聰
慧，我為魯德拉（雷神）彎弓，射死仇恨婆羅門教的敵
人。我為人民作戰，我滲透天地。我把父親背上世界的
頂峰；我的出處是在海水裡；我從那裡出來，混在眾生

中，身軀觸及蒼穹，我呼吸如風，比天還高，比地還大，我是這樣偉大的。」（第十卷第125頌）

在西元前1500年，用古代梵文寫成的，印度婆羅門教最古老的經典《吠陀》（Veda）（意為「智慧」）一書中，就有許多讚美詩是奉獻給語言女神的，說她從一開始就同諸神在一起，完成了豐功偉績，造就了無數奇蹟。但是人所知道的只不過是其中的一部分。在其中的《奧義集》（Upanishads）中，說語言是母牛，而呼吸是公牛，正是語言和呼吸生出了人心——難怪我們今天還說，語言是一個人的心靈的窗口！——在婆羅門教人的心目中，牛就是神的象徵。

（二）不可思議的魔力

在阿拉伯，在《天方夜譚》（即《一千○一夜》）中，「芝麻芝麻快開門！」阿里巴巴就這樣輕鬆自如不費吹灰之力地打開了通向金銀財寶大倉庫的牢固的巨大的石頭門。

在《西遊記》、《封神榜》中神仙或妖怪們常有什麼葫蘆一類的寶貝玩藝兒，一叫你的名字，那怕是假名化名筆名異名諢名也好，你一答應，便呀地一下把你吸了進去，叫你永世不得翻身。如來大佛爺只憑了幾個音節，便把大魔頭天不怕地不怕的孫悟空鎮壓在那五行山下了；而什麼本事也沒有的唐僧老和尚，只要一念那緊箍咒，咱們的齊天大聖便服服帖帖規規矩矩五體投地而再不敢亂動了。

佛教徒念徑，道士們鬼畫巫，巫師無數、巫婆們念念有詞，哼哼唧唧，什麼人間奇蹟都可能出現的，活人死了死人活了，怪哉。

氣功家憑語言治病，催眠師靠語言催你入睡，預言家靠語言預測未來。

在中國民間，吉日良辰，要討個口采，要忌諱一些詞語，有些話是說不得，說了是後果不堪設想的。孩子病了，可以去叫魂，「小三子，回家呀！」孩子夜間哭鬧，辦法是到岔路口貼一張告示：「我家有個夜啼郎，過路君子念一遍，一覺睡到大天光！」新建築落成，要寫上幾個大字：「姜太公在此，百無禁忌」！在中國「泰山石敢當」也是遍佈四方的。在古時候，播種的時候，還要主人去反覆高聲大叫大喊一些有關性的粗話髒話，這樣才有豐收的希望。唐詩中有一句「胡麻好種無人種」，怪，丈夫出門當大兵了，妻子難道連胡麻也不會種了麼？不怪，沒有男主人種的胡麻是沒有豐收的希望，這當然是「無人種」了，怎能叫葛鴉兒不呼喚「正是歸時底不歸」呢?!

「文革」期間，把一個人的名字倒過來寫，在一個人的名字上打上一個「×」，這可是不好鬧著玩的事兒呀！

現在，帶8的號碼身價百倍。旅遊區最新式的旅遊紀念品是小棺材——升官發財！

所有這一切，都是語言的崇拜，前提是：語言符號同客觀事物之間有著某種神秘的聯繫。

現代語言學認為，語言符號的本質特點是任意的即同客觀事物之間並沒有什麼本質的聯繫。這是語言科學化的一個重要標誌，推動了現代語言學的長足進步。

但是，任何真理向前再走半步又便是謬誤。如果把語言符號同客觀事物之間的聯繫快刀斬亂麻，一刀而斷，恐怕也就不那麼妥當的了。其實，語言符號同客事物之間還是有些兒聯繫的，我們應當承認它，並且研究它。這一聯繫是民族的歷史和

文化所賦予的，甚至可以說，是民族的歷史和文化把語言符號同客觀物理世界有條件地聯繫起來的，民族的歷史和文化是語言符號同客觀物理世界之間的仲介物。這不僅同語言符號的任意性沒有什麼矛盾，而且是必要的補充和保證。

（三） 語言即宇宙

　　氣功在改革開放的80年代、90年代中頗為流行，氣功家對語言是高度重視的。氣功家也在努力發掘語言的本質特點，這一發掘對語言的發展也是有益的。但是，值得注意的是有些氣功家正掀起新的語言崇拜大潮，柯雲路是一個代表人物，他的《大氣功師》及其後的幾部著作便是這一新的語言崇拜大潮的頂峰，《大氣功師》中說：

> 語言是宇宙間最奇特的東西之一。語言本身是宇宙的秩序。
>
> ＊　　　　＊　　　　＊　　　　＊
>
> 思維即是語言；語言即是思維。行為也是語言和思維。解放自己，就是解放自己的語言和思維；解放自己，就靠解放自己的語言和思維。我們有那麼多邏輯，科學的邏輯，哲學的邏輯，語言的邏輯，它們太約束我們了，它們太死板了。我們要掙脫這一切羈絆束縛，要在恍兮惚兮中，自由自在。我們一瞬間頓悟大千世界，一瞬間湧過千言萬語，我們因勢利導，滔滔不絕，任自己的思維和語言發展。我們用思維追蹤我們的思維，用語言追蹤我們的語言。
>
> ＊　　　　＊　　　　＊　　　　＊
>
> 宇宙從大到小，從宏觀到微觀都有該理解為結構的。至

於任何發展過程，不過是結構在時間上的體現。

而這種結構，本質上就是語言。

＊　　　　＊　　　　＊　　　　＊

深入破譯語言，就能發現整個宇宙的規律。其實，規律就是語言。

柯雲路對語言的狂熱崇拜已到無以復加的地步，真是空前的。他所創造的符號物理學的核心便是：

> 我們如果深刻瞭解了宇宙的結構、語言，那麼就能真正瞭解人類交流所使用的語言了。反之，如果我們能夠破譯人類語言的全部奧妙，那麼我們就能瞭解宇宙的結構奧妙了。
>
> 符號物理學，就是要把語言學與物理學統一起來考慮。
>
> 他應該從全部物理學中看到語言意義。
>
> 又應從全部語言現象中看到物理意義。
>
> 物理學的全部學說該引入語言學；而語言學的全部學說該發現其物理的解釋。
>
> 這是一項極為獨特的，有創新意義的工作。

在柯雲路的其後的幾本著作，又一而再、再而三地反反覆覆地重複、並進一步發揮他的這一觀點。但可惜都未作認真的論述，只是用排比的句法，詩的語言加以誇張而已。然而這一思潮影響是很大的，對語言學界也很有影響的呢！

1990年夏天，在語法修辭學術研討會上，我提出，為了90年代語言的進一步發展，我們必須重就認識語言的本質。

這一方面是因為現代語言學的發展過程中我們已經發現、揭示了語言某些新的側面有待於我們儘快在理論上來加以概括；另一方面也因為對語言的新的崇拜新的迷信又開始盛行，語言又被蒙上了新的神秘的厚厚的面妙，需要語言學家們去揭下這些面紗，我當時指的也就是柯雲路所製造的面紗。

（四）科學地實事求是地認識語言

在認識語言本質的道路上，語言學家們要同哲學家、心理學家、美學家、邏輯學家、生物學家、人類學家、自然科學家、氣功學家共同並肩作戰，從他們那裡尋求啟迪和支援，尊重他們的發現，不可以對他們的勞動和成果漠不關心，但同時又不可盲從他人，作應聲蟲。

氣功在中國有悠久的傳統。氣功同語言、同語言學的確有密切的關係。語言學家應當吸收氣功對語言的認識和研究的成果，開闊自己，豐富自己對語言的認識促進更科學更全面的語言觀的早日形成。但是對氣功界的關於語言的全部言論，又不可以不加分析地接受過來；對一些不妥當的甚至是錯誤的言論也不可以漠不關心，不聞不問。對於柯雲路的如此廣為流行的語言觀，語言學家就應當破門而出，公開表態，具體分析。所以我多次對一些年輕學者說：「你們可以寫一篇大文章：《論柯雲路的語言觀》。這對你們自己建立正確的語言觀也大有好處。」

關於柯雲路的語言觀，這裡只講兩點。

第一、在表述自己的語言觀的時候，柯雲路沒有採用科學的語言。他的術語不明確，他的「語言」既指人類的自然語言，又指人類的其他符號和行為，還包括動物「語言」，植物

「語言」、非生物「語言」，是一個混亂的概念。他只是一再斷言，反反覆覆地斷言、下結論，卻全然忘了論證，他的許多結論是建立在沙灘上的，這就不能幫助我們進一步揭示語言的本質特點了，往往把人思路搞亂。

第二、柯雲路提出語言即宇宙，宇宙即語言的論斷，如果指的是人類的自然語言，那麼地球上沒有人類、沒有語言之前，宇宙怎麼辦呢？如果指的是宇宙語言，那麼，老實不客氣地說，這宇宙語言至今還是一個連柯雲路本人也並不知道是什麼東西的東西呢！

如果說，在語言學史上，科學的語言觀總是在同語言迷信劃清界線而出現的，那麼在我們今天對語言的本質進行再認識的時候，也只有同對語言的新的迷信劃清界線，新的科學的語言觀才會像黃山日出一樣顯現在我們面前。

十一、語言的理想和現實

沒有這樣一種語言，它對人類交流和實踐活動的各個方
面都是理想的。

——米哈伊羅‧馬科維奇：《辯證的意義理論》

（一）　一步步揭開語言女郎的面紗

仲焱在《語言學奇境》（大連理工大學出版社 1989）中寫
到：

> 我很讚賞有人將複雜的問題，比作一位披著面紗的女
> 郎。語言，這位「披著面紗的女郎」，確實需要我們從
> 四面八方——物理、化學、生物、社會、系統論、資訊
> 理論、控制論、甚至協同學（著重研究構成系統要素或
> 子系統之間的協調和同步作用的理論）等方面，來窺探
> 她那神秘而美麗的面容。

我不僅佩服作者的好口才，也很贊同他的這一想法：應當全方
位多視角多層次地來認識語言的本來面目。

在這裡，我只是從這樣一個角度來認識我們的語言——

　　理想的語言應當是什麼樣子？實際存在著的語言又是什
麼一個樣子？理想的語言同實際存在著的語言之間存在
著什麼樣的一個差？這差是如何造成的？這差對交際有
什麼影響？如何克服這樣一個差？這差是不是也有某種
好處呢？

這樣的考察對於我們揭開面紗來認識神秘而美麗的語言女郎而
言，也許是有好處的吧？

（二）　理想的語言

　　理想的語言應當是完備的詳盡的。大千世界、茫茫宇宙
——常觀世界、微觀世界、宏觀世界、渺觀世界，每一個事物
或現象，都應當有一個屬於它自己的語言符號！而且，每一個
事物或現象又只能有一個語言符號，決不可以有兩個以上的符
號，堅持一夫一妻制，禁絕「婚外戀」！而任何一個語言符號
也只能用來指稱同一個事物或現象。這最好同馬路上的紅綠燈
一樣：禁止通行——紅燈！通行無阻——綠燈！

　　理想的語言應當是統一的。大連人、廣州人、海口人、桂
林人、南方人、烏魯木齊人、海外華人，他們的語言都應當是
一個樣兒的。孔子、韓非、孫中山、魯迅，到我王希杰，從古
到今到未來，我們的子孫們，講的語言也應當是一個樣兒的，
這一來孩子們就不用學什麼文言了！甚至中國人、日本人、俄
國人、美國人、法國人、德國人、阿拉伯人，全世界的人，都
講同樣的語言，這一來地球村上就不再有外語院校了，也不必
搞什麼第二語言教學了，任何一個人都可以走遍世界而不必擔
心什麼語言的障礙了。最好全宇宙也只通用一種語言，那麼同

外星人拉關係搞宇宙大循環，也就是再方便也沒有的事兒了。

理想的語言應當沒有社會變體和差異。沒有階級、階層、性別、年齡、職業、場景、文化等方面的差異。男女老少、工農兵學商，任何時間和空間，談論任何問題，使用的語言符號都是一模一樣，毫無二致的，各色人等對同一語言的理解永遠是毫無差別的。

理想的語言在交際活動中，會話中的用法和含義，同詞典和語法書上的用法和意義，應當是完全一致的。

語言是人類最重要的交際工具，因此理想的語言應當是最簡明的：好發音，好辨別，容易記牢，語言符號要少，語法規則沒有多義性、模糊性……

理想的語言要同客觀世界一致，一一對應，並且能夠最準確地表達人們豐富而複雜的內心世界，沒有歧義、費解、誤解、曲解。

人類不同於、優越於動物的一個地方，便是人類有理想，而且理想又多得出奇！更進一步說，不同的人們又有完全不同的理想，有人想當大官，有人想發大財，有人想當大明星，有人想做大神仙小神仙什麼的，不一而足。對於語言，不同的人，詩人、哲學家、邏輯學家、語言學家、美學家、心理學家、財迷心竅者、陰謀詭計家、氣功家等等又各有不同的理想的。語言學家的理想的語言應當是任何規則都不可以有一點兒例外，這樣，他們著書立說編詞典就很省氣力了。詩人們的理想的語言是沒有一條語言規律是強制性的、不可以突破的，他要求隨心所欲地運用語言，來完成他的自由心靈的自由創造。財迷心竅者的理想的語言是他說到什麼東西的名稱，那東西便出現在他眼前，成了他的私有財產。陰謀詭計家的理想的語言

是他所講的語言能幫助他把他的任何陰謀詭計變成為事實，讓他通過語言來控制世界，控制他人！於是由於人們的身分的不同，對理想語言的認識也是不一樣的。

（三）現實的語言

理想就是理想，現實就是現實。理想同現實是永遠不一致的！理想不能代替現實。我們必須面對現實，不管這現實是多麼地不完善！我們必須現實地生活著！理想的語言過去沒有過，今天沒有，將來也不會有！有的只是現實的語言。儘管現實的語言，正如南斯拉夫學者馬科維奇所說，「沒有這樣一種語言，它對人類交流和實踐活動的各個方面都是理想的」，然而它是人類最偉大最寶貴的財富，唯其不那麼的理想，具有非系統性、缺漏性、交際不自足性、多義性、模糊性、歧義性，但卻又那麼的有用、可親、可愛、有趣、有情，而充滿魅力！相比之下，理想的語言——假如這世界上、宇宙之間還真的有理想的語言的話，卻反而顯得蒼白乏味，只能叫人敬而遠之，這正如基督教的天堂、佛教的極樂世界其實是凡人們一天也難忍受的地方一樣道理。

語言符號數量有限，且別說微觀、宏觀、渺觀世界中大量的事物和現象並沒有名稱，就是常識世界中許多事物也還沒有一個名稱呢。舉例來說，儘管我們的語言中有「三角形、正方形、圓形、梅花形、橢圓形……」等等語言符號，但是一

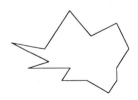

這叫什麼形呢？不知道。世界各種語言中對我們隨手畫出的許許多多的圖形至今都還沒有一一給予一個相應的語言符號呢！但是，如果理想的語言中給宇宙間一切事物和現象一一都配上一個相應的語言符號，那麼這時候語言符號的總數量將比天文數字更天文數字的了，我們的大腦和心理又怎麼能夠承受得了呢？那時候交流思想和情感的活動也許更加的麻煩而苦不堪言的了。

在理想的語言中，決沒有費解、誤解、曲解、歧義、多義、模糊，一切都是單義的精確的，那麼雙關語、委婉語、燈謎、詩歌等等，也就不可能出現了。在我們的人類生活中，少了詩歌、謎語、雙關語和委婉語等等，行麼？人類的社會生活豈不是單調貧乏乏味得多了麼？

現實的語言同理想的語言相比較，有許許多多的不妙之處，但從總體上來說，它又的的確確是大大的勝過於理想的語言。理想的語言從局部上看，是在這一點或那一點上面是似乎勝過於現實的語言的，但從整體上看，它是無法同現實的語言相比美的。

人類的自然語言之所以並不是理想的語言，而只是現實的語言，這是因為它是人類祖先的創造物，是在一定的歷史時期為一定的社會需要而創造出來，又是適應人類社會演變發展的需要，在特定的社會文化歷史條件下演變發展著的，從單一的抽象邏輯角度上講的某些不理想之處，決不能改變現實的語言從整體上對人類社會的歷史的合理性。黑格爾說，凡存在的就是合理的。現實的語言是歷史的存在，它便具有最大的合理性。因此人工語言是決不可能代替自然語言──現實的語言的！許多哲學家希望創制人工語言來代替自然的語言，這是行

不通的。而且人類自然語言的發展的道路也並不是從現實的語言到理想的語言的前進之路。其實由於觀點不同，不同的人的理想的語言本身又是不一樣的。

（四）以理想語言作為參考框架

但是「理想的語言」這一概念是有用的。

我們可以把「理想的語言」作為一個參考框架，引進我們對現實的語言的研究工作。引進這個參考框架的目的，是為的我們更好地認識語言的本來面目：語言似乎應該是那個樣子的，如能夠那樣該多好呀！然而我們的語言偏偏、畢竟不是那個樣子，而是這麼個樣子，為什麼如此的呢？這有什麼不好？就沒有什麼好處麼？它就永遠是這個樣子麼？這一來，我們便可以對語言現象做出更加合理的解釋。

在我們觀察和研究語言的每一個方面，我們都可以假設一個理想狀態來，作為我們分析語言的現實狀態的一個參考框架。這就是說，我們所說的理想的語言，並不是語言發展的一個目標，而是一種研究語言的方法。當香港報刊報導上海出現「男保姆」的時候，我們可以看到這現實的語言不妥貼：「保姆──男保姆」，不均衡，不對稱，應是：「保姆：男保姆，女保姆」，或「保姆──保女夫」（這「女夫」字也是新創的漢字！）看來「保女夫」一詞很難出現，但「女保姆」的說法可能出現，果然1993年11月我在上海街上的布告上真的看到了「女保姆」一詞，到1994年2月我又在《揚子晚報》上看到了「女保姆」。但是「女保姆」恐怕不會在漢語中取得「綠卡」的，即不會形成「保姆：男保姆、女保姆」的格局的。

再如「中醫中藥」有兩個含義，一是中國的醫藥，二是漢

族的醫藥。理想的狀態應當是「中醫中藥」只指中國的醫藥，不指漢族的醫藥，然後下位概念是：漢醫漢藥，藏醫藏藥，蒙醫蒙藥……然而不可能形成這樣單一的合乎形式邏輯的況態，這是因為在漢語人多且醫藥特別發達這一歷史文化事實在起作用。因此說，現實的語言的不那麼理想，這是民族的歷史文化傳統的產物，從語言為社會文化服務來說，現實的語言才具有最大的合理性。而理想的語言的合理性僅僅是抽象的邏輯的。這便是現實的語言從根本上來說，才是最合理的最可親可愛的最有用處的。換句話說，這理想的語言所具有的只是理論的價值，而並不是現實的價值。

後　記

　　我們早就有編輯王希杰先生的語言隨筆集在臺灣出版的想
法，現在這個想法終於變成了現實，的確是一件非常高興的事
情。我們相信臺灣讀者也一定像大陸讀者一樣地喜愛王先生的
語言隨筆。其實，臺灣讀者對王先生也不是完全陌生的，上個
世紀臺灣的《中國語文》曾發表過王先生的若干篇語言隨筆，
很受讀者歡迎。新世紀裏，《國文天地》也發表了王先生的一
些語言隨筆。

　　王希杰先生是當代傑出的語言學家、修辭學大家。在四十
餘年的學術生涯中，他出版了學術專著如：《漢語修辭學》、
《修辭學新論》、《修辭學通論》、《修辭學導論》等，發表了
許多具有獨到見解的長篇學術論文，他的富於原創性的學術思
想，已經產生了很大的影響。同時還為讀者朋友奉獻了幾百篇
語言隨筆小品，深受廣大讀者的喜愛。在他的影響下，上個世
紀大陸出現了語言隨筆熱，周一農稱之為「王希杰現象」。

　　他的語言隨筆具有獨特風格，其學術價值也日益得到學術
界的重視與研究，影響力已遠播海內外。在大陸已經出版的語
言隨筆集有：《語言學——在你身邊》（合著、1983）、《說話
的情理法》（1990）、《說寫的學問和情趣》（1991）、《這就是
漢語》（1992）、《語林漫步》（1993）、《語言隨筆精品》
（1996）、《動物文化小品集》（1998）等，他的語言隨筆還被

翻譯成日文在日本出版（《王希杰言語文化隨筆集》，加藤阿幸·許山秀樹編譯，白帝社出版，2003年）

王先生的語言隨筆能產生如此大的影響，原因自然是多方面的。最為重要的一點是王先生發展了或者說創造了一種新的文體，對此孟華教授有精到的概括：「他發展了一種叫做語言隨筆小品的研究文體」。王先生的語言隨筆的最大特點是：「它不預設某種先在的理論觀點，而是將傳統的語言觀懸置起來，『置於抹拭之上』，用懷疑而不是贊同的眼光，用呈現而不是描寫語言的方法，向讀者展示語言的本真狀態，啟發他們去觀察、反思並產生理論衝動。」（孟華《理性主義、人文主義、後結構主義》）

王先生是通過什麼方法呈現語言的本真狀態的呢？用他自己的話說，就是用「文學筆調，散文隨筆小品的方式來處理語言學問題」。正是由於王先生有如此獨特的語言研究觀念，於是，他的語言隨筆小品呈現出獨特的風格特點：鮮活靈動、從容瀟灑、見解獨到、啟迪智慧。請看《呆霸王呆不呆？》的幾段話：

> 偉大的現實主義小說《紅樓夢》就寫了許多有關酒令的事兒，其中最成功的，我以為是第28回，參與者有賈寶玉公子，呆霸王薛蟠，紫英先生，藝人蔣玉函，「應召女郎」雲兒。
>
> 少女們的白馬王子賈公子說道：
>
> 女兒悲，青春已大守空閨。
>
> 女兒愁，悔教夫婿覓封侯。
>
> 女兒喜，對鏡晨妝顏色美。

女兒樂，秋千架上春衫薄。

這一酒令高雅漂亮著呢！因此眾人聽了都說好。但是：薛蟠獨揚著臉，搖頭說：「不好，該罰！」眾人問：「如何該罰？」薛蟠道：「他說的我全不懂，怎麼不該罰？」

在一般人看來，當然是薛蟠這個呆霸王沒理兒，胡攪蠻纏，丟人現眼。不過，一方面曹雪芹的確是借酒令來顯示、刻畫、塑造這呆霸王的性格和教養──他不學無術，他連唐寅的名字也說錯了！另一方面恐怕也反映了一個問題：說話寫文章要看物件！既然寶玉公子把呆霸王也列入交際對象，受眾之一，那麼他理應把呆霸王也當作他的上帝之一。「上帝」在今日中國是遍地走，滿天飛！顧客是上帝，服務物件是上帝………──那麼他的酒令便應當考慮到上帝的可接受性。然而賈寶玉他忘了這一原則，違背了這一原則，現在他的上帝「全不懂」，那麼還談什麼最佳的表達效果呢？說寫者所說所寫的對方「全不懂」，導致了最差表達效果，這責任要誰個承擔？聽讀者呢？還是說寫者？顯然是說寫者！那麼薛蟠說賈寶玉該罰，豈不是很正當很有道理的麼？並非瞎起哄。其實，薛蟠此番舉動大可敬佩。君不見，有一些人，全然不懂，卻又不懂裝懂，瞎讚美一番，或者瞎評議一番，這種人並不少見。這種人比起呆霸王來那可差勁得多了。套用魯迅的話來說，我寧可對呆霸王薛蟠致以敬禮，對其實一點也不懂卻要裝懂，還在說三道四，眉飛色舞的人嗤之以鼻！

在這裡讀者似乎在欣賞一篇情趣盎然的散文作品，品味到
的不僅僅是精妙的文筆，更重要的是作者巧妙地引出自己的語
言主張的方法，還有文中所闡發的獨到見解：不學無術的呆霸
王薛蟠也有可敬之處！這對於讀者是有啟發的。

王先生獨特的文體風格曾深深地吸引讀者，甚至不少人因
為喜歡他的語言隨筆而喜歡語言學，最後走上了語言學研究之
路。大陸不少著名學者對王先生的語言隨筆評價甚高：胡裕樹
先生一再稱讚，倪寶元教授更是多方推薦，一再說讀其文章
「是一種享受」，秦旭卿先生則將這些文章概括為「學、識、
才」三者的高度融合。

王先生的語言隨筆所產生的廣泛影響，作為資深主編的
何偉棠先生（他在他所主持的《語文月刊》上，先後發表了王
先生一百多篇語言隨筆）最為清楚，他對此頗為感慨與敬佩，
在其主編的《王希杰修辭學論集》（2000年，廣東教育出版社）
的前言中曾這樣詳細地寫道：

> 記得從80年代中開始，語文類期刊紛紛索要希杰先生
> 的隨筆小品。最先是《語文月刊》，繼而是另外幾家發
> 行量較大的雜誌包括香港的《普通話》，最後是連臺灣
> 的《中國語文》也來湊這個熱鬧。大家都希望借此贏得
> 讀者。對於這一點，我這個曾經是《語文月刊》編者的
> 過來人是有著至為深切的體會的。語言學和漢語類的文
> 章不容易討得讀者的歡心，尤其是語言圈外的讀者；要
> 使他們感到有用，則是難之又難。可是，他王希杰就是
> 有本事使語言和修辭的學問變成千萬人都覺得風趣而有
> 用的東西！層次稍高的讀者則更是認同倪寶元先生的說

法：讀希杰的文章是一種享受。因為很多時候都會產生
眼前一亮、思想開竅的快感。於是，在一個長達十年以
上的時期內，讀者指名要看希杰的文章，雜誌社也樂意
留出版面。希杰先生的態度又總是來者不拒。某些雜誌
向其他作者要稿，也挑明要「希杰式」的。記得當時我
們編輯隊伍裏把這個現象稱為「語言小品熱」，或者叫
做「王希杰現象」。

　　的確，吸引讀者的首先是他獨特的瀟灑、靈動、親切、
平易的文筆。他的文章往往一開頭就能將讀者抓住，有時甚至
使人開懷大笑。請看《語林漫步》中的一段：

「王希杰，蓋章！」
　　每當郵遞員小姐在樓下高聲叫喚「王希杰，蓋章！」時
候，我便立即回答「來了！」並迅速下樓。這個「王希
杰，蓋章！」便等於：
Ａ、王希杰，有掛號（快件／匯款）
Ｂ、王希杰，請領掛號！
Ｃ、王希杰，請帶圖章下樓來領掛號。
Ｄ、王希杰，掛號。
Ｅ、王希杰，圖章。
Ｆ、王希杰，請下樓。
　　有一個星期天的下午，樓下一片叫喚：「王希杰，蓋
章！王希杰，蓋章！」不是那位郵遞員小姐，也不是另
一位每當她休班時替她的郵遞員「少爺」。而是一個男
孩和女孩，幼稚園的，也許小學一年級了，在做遊戲，

唱兒歌。

我的妻子和孩子都笑破了肚皮。

當我們第一次讀到這些話語時真的禁不住哈哈大笑起來，那樣鮮活、靈動的敘述！但作者並不是僅僅停留在這裡，他要說明的是語言學的一條重要的原理——指令性話語的行為主體必須具有一定的條件：

> 這句「王希杰，蓋章！」出自於郵遞員小姐的口，是一個指令性話語（directive）。它的特徵是具有「適從向」（direction of fit），它要求客觀現實與說話人所說的話相符合、相一致。指令性話語得以成立的一個首要條件是：說話人必須具有發出這一指令的資格、身份。正因為她是郵遞員小姐，所以她說：「王希杰，蓋章！」便是一個指令性的話語，便引起了一連串言外行為、言後行為——王希杰拿著圖章下樓，蓋了章，領回了掛號信。
> 而小女孩和小男孩不具備發出這一指令性話語的資格、身份，所以他們的「王希杰，蓋章！」只能收穫到一連串的笑聲。

通過身邊的語言事實巧妙引出自己的語言主張，親切、平易，不露痕迹是王先生語言隨筆的常用手法，或者說是其一貫的風格。他總是可以在人們司空見慣的言語生活中發現其潛藏的語言規律，並輕鬆地加以組織、闡發，使人頓生信服、佩服之感。本書收集的很多文章都有這個特點，語言材料就在你

我他的身邊，但我們熟視無睹，可王先生卻巧加利用，發現了、闡釋了我們忽略的語言事實或語言理論。如在《摩托車修理配件?!》一文中，作者從一個普通的店名說起，發現了並列結構的一種新的格式：不同詞性的語言單位同樣可以並列出現。

讀王先生的語言隨筆，不同層次的讀者會有不同的收穫，普通讀者可以發現語言世界的奇妙景觀，會驚訝地發現語言真奇妙！語言學愛好者、研究者會得到語言學的諸多啟示，甚至直接從中找到新的語言學研究論題或方法；細心的讀者還能從中獲得某種人生的啟迪。如在《眼睛和「看」》一文中，作者所總結的語言規律：「眼睛」是「看」的必要工具，但在語言表層經常不出現。相反一些「看」的輔助性工具，如「眼鏡、望眼鏡、放大鏡、顯微鏡、哈哈鏡」等卻經常出現在語言表層。由此作者議論到：重要的東西「不在場」，「在場」的東西未必重要，可是人們往往無法正確區分，往往忽略了、忽視了最重要的！這裏說的就不單單是語言學問題了。又如在《「殺手」》一文中，王先生在區分了「殺手」一詞的不同含義後，最後總結道：「語言現象簡單而複雜，表面相同的骨子裏可能並不相同，表面不同的骨子裏可能是相同的。注意這些平常語言現象背後的同和異，不但可以提高自己的語言修養，也能提升自己的文化品位，增加智慧。」這就具有普遍意義了。

所以不少人覺得讀王先生的文章會使人變得更加聰明。這是別人的體會，您的閱讀體會如何呢？

另外，我們想告訴讀者的是，王先生的語言隨筆太多，由於時間、水平、經驗等原因，我們挑選了現在的這些：全書分成五大部分，先從語言的最小單位──「千變萬化的辭彙」談

起，其次是組織辭彙的「簡單而複雜的語法」，而後是讓語言生動的「高深而平常的修辭」，而這些在應用時，就會表現出「光怪陸離的言語生活」，最後以揭示整體規律的「平凡而神奇的語言」總收。但願這些篇章能基本體現王先生語言隨筆的概貌和風格。

最後，我們要感謝王先生的信任，和陳滿銘教授、梁錦興總經理等諸多前輩、朋友的大力支持！謝謝！

仇小屏　鐘玖英
2004.1.10

國家圖書館出版品預行編目資料

靈活的語言：王希杰語言隨筆集 ／仇小屏、鐘
玖英主編. -- 初版. -- 臺北市：萬卷樓，
2004[民 93]
面； 公分
ISBN 957－739－464－7(平裝)

1.語言學－文集
800.7 　　　　　　　　　　　92022828

靈活的語言
——王希杰語言隨筆集

主　　　編：仇小屏 鐘玖英
發 行 人：許素真
出 版 者：萬卷樓圖書股份有限公司
　　　　　　臺北市羅斯福路二段 41 號 6 樓之 3
　　　　　　電話(02)23216565‧23952992
　　　　　　傳真(02)23944113
　　　　　　劃撥帳號 15624015
出版登記證：新聞局局版臺業字第 5655 號
網　　　址：http://www.wanjuan.com.tw
E－mail　：wanjuan@tpts5.seed.net.tw
經 銷 代 理：紅螞蟻圖書有限公司
　　　　　　臺北市內湖區舊宗路二段 121 巷 28 號 4F
　　　　　　電話(02)27953656(代表號)　傳真(02)27954100
E－mail　：red0511@ms51.hinet.net
承 印 廠 商：晟齊實業有限公司
定　　　價：320 元
出 版 日 期：2004 年 4 月初版

ISBN 957－739－464－7